W. W. Domsky
Ehre, wem Ehre …

LEDA

W. W. Domsky
Ehre, wem Ehre …
Kriminalroman

1. Auflage 2009
2. Auflage 2009

ISBN 13: 978-3-939689-33-1

Leda-Verlag, Kolonistenweg 24, D-26789 Leer
info@leda-verlag.de
www.leda-verlag.de

Satz: Heike Gerdes
Titelillustration: Carsten Tiemeßen
Gesamtherstellung: Bercker Graphischer Betrieb GmbH & Co. KG
Printed in Germany

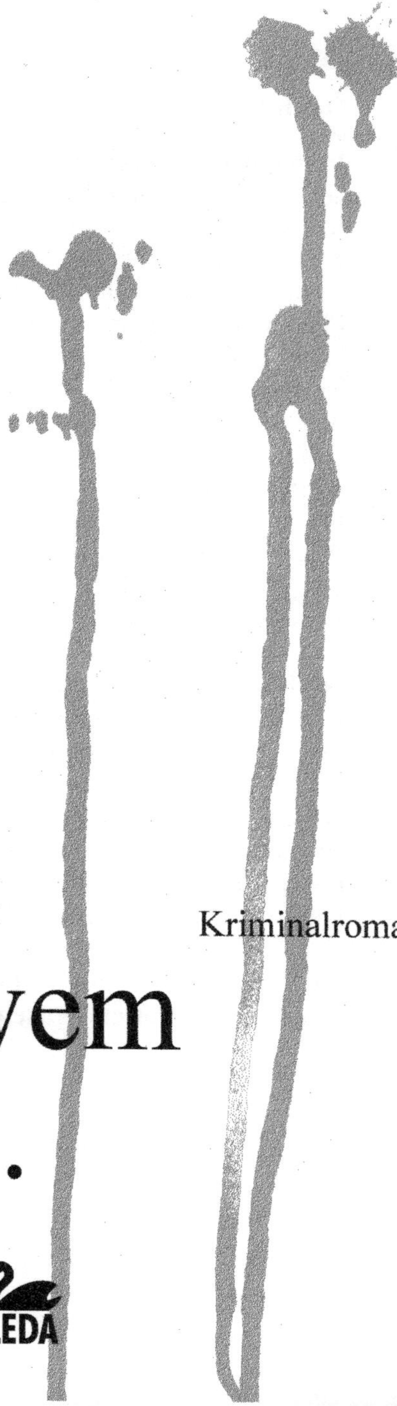

W. W. Domsky

Kriminalroman

Ehre, wem Ehre ...

LEDA

Das Buch

Mitten in einer Großstadt des Ruhrgebiets wird am helllichten Tag aus einem Auto auf Passanten geschossen. Drei Menschen sind tot. Der Leiter der Mordkommission ist davon überzeugt, es mit einem Krieg unter Kiezkönigen zu tun zu haben. Eine Diskothek stand zur Disposition. Ein klarer Fall – wären da nicht ein kleiner Junge, der die Schüsse überlebt hat und der von niemandem vermisst wird, und ein junger Polizeibeamter, der vom Tatort flüchtet.

Wer sind die Opfer, und wem galten die Schüsse wirklich? Hauptkommissarin Thea Zinck, bestgehasste Ermittlerin in der Mordkommission, geht ihre eigenen Wege, um die Fragen zu beantworten.

Nachdem der Fall gelöst ist, gibt es mehr als drei Opfer zu beklagen – obwohl die Schüsse nur einer Person galten.

Nachdem ein Verlag diesen Krimi wegen angeblicher islamfeindlicher Passagen und aus Angst vor Repressalien nicht herausbrachte, hat sich der Leda-Verlag nach eingehender Prüfung des Manuskriptes für die Veröffentlichung entschieden. »Wir sind der Meinung, dass sich jeder ein eigenes Bild machen sollte. Wir haben in dem Text nichts festgestellt, das einer Veröffentlichung widersprechen könnte und bringen das Buch ungekürzt heraus.«

Ein Teil des Erlöses aus dem Buchverkauf fließt an »Solwodi« (Solidarität mit Frauen in Not, www.solwodi.de)

Der Autor

Über seine schriftstellerische Arbeit sagt W. W. Domsky: »Ich frage meine Figuren nicht, wie es ihnen geht. Ich guck einfach nur zu.«

Der Traum von einer multikulturellen Gesellschaft
war schon ausgeträumt,
als der erste aufrecht gehende Affe von sich behauptete:
Ich sehe was, was du nicht siehst,
und das ist Gott.

W. W. *Domsky*

Kapitel 1

Erster Tag: Samstag

Das Telefon hörte auf zu klingeln.

Sekunden später surrte das Handy auf dem Nachttisch und wanderte vibrierend über das verstaubte, fleckige Holz. Eine Hand kam unter der Bettdecke hervor, tastete auf dem Nachttisch herum und griff zu. Thea Zinck öffnete die Augen und setzte sich ächzend im Bett auf. Ihre Zunge klebte am Gaumen. Unter ihren Augenlidern Sand, der die Augäpfel wund rieb. Sie drückte die rote Taste und schob das Handy unter ihr Kissen.

Ein Schluck Wodka würde auf der Stelle den Kater vertreiben ... und vielleicht auch den Gestank von Blut und Angst ... und vielleicht auch die Halluzination, die an ihrer Heizung kauerte. Der blutbesudelte Mann, der sich dort mit einem kleinen Jungen auf den Knien weinend vor und zurück wiegte, musste eine Wahnvorstellung sein – direkt aus dem Delirium.

Unter ihrem Kissen brummte wieder das Handy.

Thea Zinck nahm das Gespräch an. »Ja!«

Das Quäken aus dem kleinen Apparat schmerzte in ihren Ohren. Ihr Kopf zuckte zur Seite.

Das Kind starrte sie aus großen schwarzen Augen an. Thea Zinck starrte zurück. Die kleine Hand streckte sich ihr entgegen, wechselte plötzlich die Richtung und griff nach der Waffe, die in einem Lederholster an der Heizung hing. Der Mann zog den Jungen sanft auf seine Knie zurück. Bei dem Versuch, sich Rotz und Tränen abzuwischen, verschmierte er Blut über sein Gesicht.

Thea Zinck ließ den Mann und das Kind nicht aus den

Augen, während sie in ihr Handy sprach: »Noch mal, Özgü ... keine Details!«

Sie verdrehte die Augen, fiel in die Kissen zurück und sagte: »Das mit der Schießerei hab ich verstanden ... Wo?«

Das Quäken aus dem Handy wurde lauter.

»Scheiße ... Entscheide dich mal! Zwei Tote oder drei!«

Thea Zinck hustete heftig. Das Quäken auf der anderen Seite der Leitung setzte für einen kurzen Moment aus.

»Natürlich komme ich! ... Keine Ahnung, wo der steckt. Versuch es weiter. Bin ich das Kindermädchen vom Kollegen Stettner!?« Ohne eine Antwort abzuwarten, beendete sie das Gespräch.

Sie griff nach der Wasserflasche neben ihrem Bett, nahm einen Schluck und rülpste. Dann wandte sie sich dem Mann an der Heizung zu.

»Danke, Chef«, sagte der Mann und drückte den Jungen fest an sich.

Thea Zinck stemmte sich aus dem Bett. Dabei verrutschte ihre zerknitterte, fleckige weiße Bluse und gab den Blick auf einen schwarzen Schlüpfer frei. Sie taumelte ins Bad und warf die Tür hinter sich zu. Das Kind hatte angefangen zu weinen, und seine Schluchzer drangen bis ins Badezimmer.

Ihr war übel. Sie hatte Kopfschmerzen. Auf sie warteten zwei – oder drei? – Leichen. Sie brauchte Wodka. Am besten für jede Leiche einen.

Thea Zinck riss die Badezimmertür auf und schrie: »Stettner! Kaffee!«

Das Kind verstummte auf der Stelle. Kai Stettner erhob sich und flüsterte: »Komm, Kleiner, wir machen Kaffee für die Chefin.«

Sie warf die Tür wieder zu. Das Gesicht, das ihr aus

dem Spiegel entgegenstarrte, war blass und teigig. Die Falten ihres Kissenbezuges hatten tiefe Spuren hinterlassen. Thea Zinck schnitt eine Grimasse, zerrte die Bluse herunter und griff nach der Zahnbürste.

Die letzte Nacht … hatte sie mit Slawa in seiner Bar auf dem Kiez um die Wette getrunken. Daran konnte sie sich noch erinnern, aber wann und wie sie nach Hause gekommen war, wusste sie nicht mehr. Wahrscheinlich wie immer – Slawa sorgte dafür, dass sie sicher in ihre Wohnung und in ihr Bett kam.

Sie gurgelte mit Mundwasser, würgte und spuckte die Reste ins Waschbecken. Dann wankte sie zurück ins Schlafzimmer und zog eine schwarze Bluse und eine zerknitterte dunkelgraue Leinenhose aus dem Kleiderschrank. Ihre Schuhe fand sie unter dem Bett. Sie legte das Lederholster an und zog ihre Waffe heraus, geladen und gesichert.

In der Küche klapperte Geschirr.

Kai Stettner stand am Herd und goss mit zitternden Händen Kaffee in eine frisch gespülte Tasse, als Thea Zinck im Türrahmen auftauchte. Er gab zwei Löffel Zucker in die Tasse und rührte vorsichtig um.

Sie setzte sich an den Küchentisch. Kai Stettner stellte die volle Tasse vor sie hin. Der Kaffee schwappte auf die Tischplatte, und ein paar Spritzer landeten auf ihrer Hose. Thea Zinck schien es nicht zu bemerken. Sie nahm einen kleinen Schluck und bedeutete ihm, sich hinzusetzen. »Also, Stettner, die ganze Geschichte.«

Er zog sich einen Stuhl heran, setzte sich und nahm den Jungen auf den Schoß.

»Was tust du hier? Wieso bist du voller Blut? Wer ist der Bengel?« Ihre Stimme klang rau und belegt.

Mehrmals setzte Kai Stettner zu einer Antwort an, aber aus seinem Mund kam kein Wort.

»Stettner!«

Er schüttelte den Kopf und flüsterte: »Ich war da.«

»Du warst wo?«

Seine Augen füllten sich mit Tränen. »Ich war da ... am Rathaus.«

Thea Zinck stellte die Tasse zurück auf den Tisch und sagte: »Du warst also am Rathaus. Bei dieser Schießerei, von der Özgü grad ...?«

Stettner schloss die Augen. Seine Zähne klapperten. Er fuhr sich mit seiner blutigen Hand durchs Gesicht.

»Keine Schießerei ...«, murmelte er, »... fahrendes Auto ... Schüsse ... Scherben ... Blut, so viel Blut ...« Plötzlich setzte er den Jungen ab, sprang auf, stürzte zur Spüle und übergab sich.

Thea Zinck schloss die Augen.

Kai Stettner drehte den Wasserhahn auf, um das Waschbecken zu säubern. Dann griff er sich ein Geschirrtuch und wischte sich den Mund ab.

»Okay. Noch mal von vorne«, sagte sie.

Er setzte sich wieder auf den Stuhl und zog den Jungen auf seinen Schoß. Der Kleine legte beide Hände auf die Tischplatte, fiel nach vorne und barg seine Stirn in den Händen. Er schluchzte leise. Thea Zinck beobachtete das Schauspiel gebannt. Kai Stettner klopfte dem Jungen mit der flachen Hand sanft auf den Rücken, bis das Kind sich wieder beruhigt hatte. Erst dann sagte er: »Ich war zum Einkaufen in der Metzgerei, ich wollte Hähnchenragout machen heute Abend. Mein Vater ...«

»Keine Details!«, unterbrach ihn Thea Zinck.

Für einen Moment sah es so aus, als würde Kai Stettner zu weinen anfangen. Der Junge drehte sich um und guckte ihn an. Kai Stettner schluckte krampfhaft. »Also ... ich stehe da in der türkischen Metzgerei ... gegenüber vom Rathaus ... und dann knallt's. Die Schaufensterscheibe explodiert, da fliegen auf einmal Riesensplitter durch den Laden, und der Angestellte, der mich bedient, kriegt so ein Ding mitten in den Hals, und alles ist voller Blut … und dann kommt dieses Mädchen rein mit dem Jungen auf dem Arm, und ich stehe einfach da und … und das Mädchen blutet und drückt mir den Jungen in den Arm … und die hören nicht auf zu schießen … und ich konnte gar nichts machen!« Er wischte mit einer Hand fahrig auf dem Tisch herum. »Gar nichts …! Ich … ich hab nur dagestanden mit dem Jungen auf dem Arm, und das Mädchen liegt auf dem Boden und starrt mich an und sagt immer: ›Bring ihn weg, bring ihn weg‹, und dann bin ich gerannt … hinten raus.« Er blickte Thea Zinck flehend an. »Ich wusste doch nicht, wohin, Chef«, flüsterte er dann.

»Du bist abgehauen? Abgehauen? Ein Mitglied der Mordkommission haut ab, während um ihn herum Leute abgeknallt werden? Wo ist deine verdammte Waffe?!«

»Im Auto … Ich wollte damit nicht in die Metzgerei gehen … ich hab doch …«

Sie winkte ab und beugte sich zu dem Jungen. »Wie heißt du? Hm? War das deine Mama in der Metzgerei?«

Der Junge heulte los, während er mit seinem blutigen kleinen Zeigefinger auf sie zeigte und unverständliche Worte schluchzte.

»Ich glaube, der versteht Sie nicht, Chef. Die Mutter könnte eine Türkin sein, vielleicht versteht er nur Türkisch?«

Thea Zinck wandte sich wieder an den Jungen. »Ismin ney? Hm? Ali? Hakan? Suleiman?« Sie zeigte auf sich selbst und sagte: »Thea.« Dann zeigte sie auf das Kind und fragte wieder: »Ismin ney?«

»Aneh, aneh«, wimmerte der Junge und verbarg sein Gesicht in Kai Stettners blutigem Hemdkragen. »Was sagt er?«

»Er flennt nach seiner Mutter.«

Thea Zincks Handy auf dem Küchentisch surrte. Sie nahm das Gespräch an und bellte: »Özgü, ich bin unterwegs, verflucht. Zehn Minuten.« Sie beendete die Verbindung. »Ruf mir ein Taxi, Stettner. Nimm dir ein T-Shirt aus dem Schrank, und dann bringst du den Bengel zur Jugendschutzstelle, die sollen sich um ihn kümmern. Sprich mit der Leiterin, Frau Hengsdorf. Schönen Gruß von mir. Und mach ein paar Fotos von dem Kleinen.«

»Das war wie Krieg«, flüsterte Kai Stettner und starrte auf den Fußboden, »wie Krieg ...«

»Hast du verstanden, was ich dir gesagt habe?«

Er zitterte am ganzen Körper. »Ja.«

»Stettner! Fahr zur Jugendschutzstelle! Mach Fotos. Danach bleibst du zu Hause! Ich melde mich! Hast du verstanden?«

Er nickte.

Thea Zinck griff über den Tisch, packte Kai Stettners Kinn und drehte seinen Kopf beinahe gewaltsam in ihre Richtung. »Guck mich an und sag mir, dass du mich verstanden hast.«

»Ja, Chef.«

»Und wisch dir endlich das Blut aus dem Gesicht. Du siehst aus wie ein Massenmörder.«

»Ja, Chef.«

»Und wie bist du überhaupt hier reingekommen?«

»Mit Ihrem Schlüssel«, stotterte er. »Sie haben mir doch gesagt, dass ... ich den ... Also als ich Sie ...«

»Ja, ja. Weiß ich. Sieh zu, dass du wegkommst. Ich besorg mir selbst ein Taxi.« Sie ließ ihren Assistenten los, griff sich einen dunkelgrauen Tuchmantel von der Garderobe und verließ ihre Wohnung.

Kapitel 2

Der Tatort war großräumig abgesperrt. Innerhalb des Areals arbeiteten ruhig und methodisch Mitarbeiter der Spurensicherung in weißen Overalls, Sanitäter und Ärzte. Zwei Leichenwagen fuhren vor. Alle Köpfe wandten sich den ankommenden Wagen zu. Außerhalb der Absperrung drängten sich Schaulustige. Reporter fotografierten die Vorbereitungen für den Abtransport der Leichen, während sie gleichzeitig in ihre Handys brüllten. Etwas abseits, in einer Hofeinfahrt, standen ein paar Schaulustige, die von uniformierten Polizeibeamten befragt wurden.

Lothar Hassan Özgü lief der Kommissarin entgegen und reichte ihr ein Paar Latexhandschuhe, die sie sich überstreifte, ohne seinen Gruß zu erwidern.

Vor dem Eingang der türkischen Metzgerei blieb sie stehen. Unter ihren Sohlen knirschten die Splitter der zerborstenen Schaufensterscheibe. Sie berührte eine große Scherbe, die noch im Rahmen hing. Ein Mitarbeiter der Spurensicherung sprang hinzu. »Bitte nichts anfa… oh, Sie sind's, Frau Zinck.«

Özgü lenkte ihre Aufmerksamkeit auf einen mit einem Tuch abgedeckten Körper, der rechts neben dem Eingang auf dem Pflaster lag. Neben der Leiche ein umgekippter Kinderwagen und zwei Einkaufstaschen, deren Inhalt sich auf dem Bürgersteig verteilt hatte. Ein Sanitäter hielt ein weinendes Baby auf dem Arm. Auf Thea Zincks Kopfnicken hin hob Özgü das Tuch hoch: eine junge Frau mit einem sauberen Einschussloch in der Mitte der Stirn.

»Sie muss sofort tot gewesen sein«, sagte Özgü.

»Wissen wir, wer sie ist?«, fragte die Kommissarin.

»Ja, sie hatte Papiere bei sich. Ihr Mann weiß schon Bescheid. Er kommt her.«

»Ist das ihr Kind?« Sie deutete mit dem Kopf auf den Sanitäter mit dem Baby.

Özgü nickte.

»Unverletzt?«

»Gott sei Dank, ja.«

»Okay.« Thea Zinck wandte sich ab. »Ist die Spurensicherung durch?«

»Ja. Spuren von den Tätern gibt's da drin sowieso nicht. Laut Zeugenaussagen wurde aus einem vorbeifahrenden Auto geschossen. Es wurden etliche Kugeln sichergestellt«, er deutete auf Einschusslöcher im Mauerwerk neben der Eingangstür, »aber drin sind noch mehr.«

»Hülsen? Wie viele?«

»Neun Millimeter. Makarov-Pistole, älteres Modell, sagt der Ballistiker. Bis jetzt haben wir vierzehn Hülsen gefunden.«

»Hm«, machte Thea Zinck und ging nicht weiter darauf ein.

Vorsichtig stiegen sie über die Scherben und betraten das Geschäft. Özgü zeigte auf den gegenüberliegenden Tresen. »Dahinter liegt noch ein Toter, ein Angestellter ... aufpassen!« Er hatte nach ihrem Mantelärmel gegriffen, weil sie beinahe in eine große Blutlache getreten war.

»Zu wem gehört das Blut hier?«

»Zu einer jungen Frau, schwer verletzt, wahrscheinlich eine Türkin. Sie ist schon im Krankenhaus. Drei Treffer. Die Ärzte haben kaum Hoffnung, dass sie durchkommt.«

»Identifiziert?«

Özgü schüttelte den Kopf. »Bis jetzt nicht. Sie hatte aber ein Handy dabei. Wir kriegen über die Nummer schnell raus, wer sie ist.«

»Welches Krankenhaus?«

»Sankt Barbara. Wird gerade operiert. Die Ärzte halten uns auf dem Laufenden.«

Thea Zinck nickte. Ihr Kopf dröhnte. Sie musterte die Auslagen in den Kühltheken, deren Glasfronten zerschmettert waren. Die Scherben steckten im ausgelegten Fleisch und bedeckten den gefliesten Boden.

Sie ging hinter die Kühltheke, bückte sich und zog das Tuch von dem leblosen Körper. Ein dreieckiges, handtellergroßes Glasstück steckte im Hals eines dunkelhaarigen Mannes. Das Glas hatte seine Halsschlagader und seine Kehle durchtrennt, der Kopf lag in einer großen Blutlache. Neben der rechten Hand des Mannes lag noch immer das Hühnerfleisch für Stettners Abendessen.

Als sie sich wieder aufrichtete, blickte sie direkt in Özgüs Gesicht.

»Was wissen wir?«

Özgü straffte die Schultern. »Nicht viel – leider. Ein Auto kommt angerast, stoppt kurz, aus dem Beifahrerfenster wird auf die Metzgerei geschossen. Dann ist das Auto weitergefahren ...«

»Eine oder mehrere Waffen? Bei vierzehn Hülsen tippe ich auf mehrere. Zum Nachladen war wohl keine Zeit.«

Özgü nickte. »Die Ballistik wird uns das hoffentlich bald sagen können. Vielleicht waren es sogar drei Waffen?«

»Gut. Weiter?«

»Der Tote hier ist ein Angestellter, Seyfi Coskundeniz. Der Geschäftsinhaber, Ali Coskundeniz, ist nur leicht an der Hand verletzt. Er wird gerade draußen verarztet. Laut seiner Aussage war hier im Laden zu der Zeit nur ein Kunde. Er beschreibt ihn als circa 1,85 Meter groß, blond, vielleicht Mitte bis Ende zwanzig. Als die Schüsse fielen, hat sich der Besitzer hinterm Tresen versteckt. Er hat aber noch die junge Frau reinkommen sehen. Dass sie getroffen wurde, hat er erst bemerkt, als alles vorbei war und er sich wieder rausgetraut hat.«

Özgü zog ein kleines Notizbuch aus der Manteltasche und blätterte es durch. Dann fuhr er fort: »Er sagt, die junge Frau hätte einen kleinen Jungen auf dem Arm gehabt – der ist allerdings verschwunden, genau wie der blonde Mann. Wir wissen nicht, ob der Junge vielleicht auch verletzt ist. Der Geschäftsinhaber vermutet, dass der Mann zur Hintertür raus ist und den Jungen mitgenommen hat, kann das aber nicht beschwören. Er behauptet, die junge Frau hat irgendwas zu dem Mann gesagt, hat aber nicht verstanden, was.«

Thea Zinck nickte. »Und? Sonstige Zeugenaussagen? Vielleicht ausnahmsweise welche, mit denen wir was anfangen können?«

»Bisher nicht. Alle haben irgendwas gesehen, aber natürlich alle was anderes. Das Auto war dunkelgrün, grau oder schwarz; ein Audi, ein Mercedes, ein BMW, sogar ein Jaguar war dabei. Die Anzahl der Insassen variiert zwischen zwei und vier. Alle sind sich aber einig, dass nur Männer im Auto saßen. Aber wie die ausgesehen haben ... Fehlanzeige. Jemand sprach sogar von einer Stalinorgel, aus der angeblich gefeuert worden sein soll. Ein anderer Mann meinte, er hätte ein Maschinengewehr gesehen. Dafür liegen aber zu wenig Hülsen herum, außerdem hat der Experte ja schon gesagt, dass die zu einem Pistolenmodell Makarov gehören. Ob das aber zwei oder eine oder drei waren ... egal. Das dazu ...«

Thea Zinck seufzte. Alles wie immer. Je mehr Leute etwas gesehen hatten, desto verworrener wurde es. »Alle Zeugen ins Präsidium bestellen und dann noch mal ganz in Ruhe befragen«, beauftragte sie Özgü. »Sonst noch was, das ich wissen müsste?«

Er schüttelte langsam den Kopf, während er seine Notizen durchsah, hielt dann inne und sah sie an. »Ach doch, da ist doch noch was: Mehrere Zeugen wollen einen dunkelhaarigen jungen Mann in Motorradkleidung gesehen haben, der vor dem Laden stand, als hätte er auf etwas – oder jemanden – gewartet.«

»Ja, und?«

»Verschwunden.«

Ein Mann mittleren Alters kam schnellen Schrittes auf die Metzgerei zu. Dr. Manfred Abels hatte die Hände in den Manteltaschen vergraben und ignorierte die Rufe der Reporter, die ihn um eine Stellungnahme baten.

»Özgü – Chefvisite«, sagte Thea Zinck leise.

Abels blieb im Türrahmen stehen und sah sich um.

»Was für eine Schweinerei ist das denn hier?«

Özgü verzog das Gesicht.

»Guten Tag, Manni. Schick wie immer. Und pass auf, was du der Presse sagst, eine ›Schweinerei‹ in einer türkischen Metzgerei kommt vielleicht nicht so ganz hin.«

Abels' Augenbrauen wanderten aufwärts, während er sie von oben bis unten musterte. »Leider kann ich das Kompliment nicht zurückgeben, Thea. Übrigens – du solltest dich vielleicht mal duschen. Und du hast eine Fahne.« Er lächelte dünn. »Nachdem wir jetzt die Höflichkeiten hinter uns haben – Informationen, bitte. Die Presse wartet auf mich.«

Thea Zinck trat einen Schritt auf Abels zu und sagte: »Du wirst deinen großen Auftritt schon noch kriegen.« Sie zeigte auf Özgü. »Der kann dir alles sagen. Geduscht ist er auch.«

Özgü wich einen Schritt zur Seite und trat verlegen von einem Fuß auf den anderen. Sie wollte die Metzgerei gerade verlassen, als Abels sie aufhielt.

»Eine Sache noch: Ich vermisse unseren Frischling. Oder haben Sie Stettner schon gesehen, Özgü?«

»Nein.«

»Dann treiben Sie ihn verdammt noch mal auf!«

»Herrje, Manni, krieg dich wieder ein. Stettner hat Bereitschaft und ist wahrscheinlich bei seinem kranken

Vater. Was denkst du denn, wo er ist? Mit Handschellen an mein Bett gefesselt?« Sie wandte sich ab und ging Richtung Tür. »Wir sehen uns im Präsidium.«

Abels' Gesicht lief rot an, aber er sagte nichts.

Özgü grinste. Das mit den Handschellen war im Präsidium der neueste Kantinentratsch über das Gespann Zinck/Stettner. Natürlich wusste er, dass dieses Gerücht genauso wenig stimmte wie jedes andere, das die Kollegen über jeden Neuzugang, der seine erste Zeit im Büro der Kommissarin verbringen musste, verbreitete.

Thea Zinck ging hinaus auf die Straße. Sie kramte ihr Handy aus ihrer sackartigen Umhängetasche und wählte. Nach dem dritten Läuten hob Kai Stettner ab.

»Stand?«, fragte sie leise.

»Der Junge ist im Kinderheim. Ich bin jetzt zu Hause und einsatzbereit«, sagte er. Seine Stimme klang ruhig.

»Hauptsache, du siehst nicht mehr aus wie ein Schlachter. Schwing deinen Arsch in deine Angeberkarre und hol mich Ecke Brück und Hans-Böckler ab.«

Sie beendete das Gespräch und verließ den abgesperrten Bereich vor der Metzgerei, um die paar Schritte zum vereinbarten Treffpunkt zu laufen. Die Reporter stürzten von allen Seiten auf sie zu.

»Frau Kommissarin! Frau Zinck, bitte! Was ist hier passiert? Handelt es sich um einen Bandenkrieg?«, schrien die Journalisten durcheinander.

»Der Leiter der Mordkommission, Dr. Abels, wird gleich eine Erklärung abgeben«, knurrte sie, während sie das Objektiv der Kamera eines RTL-Teams, das sich ihr besonders aufdringlich ins Gesicht geschoben hatte, mit der Hand wegschlug.

»Die Bürger haben ein Recht auf Information!«, rief der RTL-Mann hinter ihr her.

Die Kommissarin drehte sich zu ihm um. Der Kameramann brachte sich in Position. Das rote Licht ging an. Der Reporter schien etwas sagen zu wollen, wich dann aber nach wenigen Sekunden ihrem Blick aus und ging in Richtung Absperrung zurück. Der Kameramann ließ die Kamera enttäuscht sinken und trottete hinter ihm her.

Die grelle Mittagssonne quälte ihre Augen und ließ es in ihrem Kopf noch stärker hämmern. Im Schatten einer Markise blieb Thea Zinck stehen, um in ihrer Tasche nach ihrer Sonnenbrille zu suchen. Alles, was sie fand, war ein leeres Brillenetui.

Ein paar Meter weiter sah sie im Eingangsbereich eines Tabakwarenladens einen Verkaufsständer mit Sonnenbrillen und trat darauf zu. Thea Zinck wählte ein schwarzes Modell für 2,49 Euro, riss das baumelnde Preisschild ab und setzte die Brille auf.

Sie ging in den Laden und warf der Kassiererin das Preisschild und einen 5-Euro-Schein auf den Verkaufstresen.

»Haben Sie mitgekriegt, was in der türkischen Metzgerei da vorne passiert ist?«, fragte die Verkäuferin an der Kasse aufgeregt. »Das war wie im Fernsehen, sag ich Ihnen. Da haben Gangster auf den Laden geschossen! Echte Gangster! Die Polizei war ja schon hier und hat meine Aussage aufgenommen«, schob sie hinterher, während sie umständlich das Preisschild scannte und dann das Wechselgeld Münze für Münze aus der Kasse heraussuchte. »Ich bin nämlich eine Zeugin! Der Wagen mit den Gangstern ist hier vorbeigefahren! Hier! Ich hab zwar gerade kassiert ... Mein Gott, wenn ich mir vorstelle, dass die auch hier reingeschossen hätten ... ich könnte tot sein!«

»Da Sie es offensichtlich nicht sind ... könnte ich bitte mein Wechselgeld endlich haben?«, sagte Thea Zinck und streckte ihre Hand aus.

Die Kassiererin verstummte und drückte ihr die Münzen in die Hand.

Die Kommissarin verließ grußlos den Laden und steuerte auf einen alten, weißen Jeep Cherokee zu, der mit laufendem Motor an der Straßenecke stand.

Sie öffnete die Beifahrertür, stützte sich mit einer Hand am Türholm ab und wartete, bis Kai Stettner eine volle Einkaufstasche auf den Rücksitz gestellt hatte. Aus dem Radio war die Stimme eines Moderators zu hören: »*Wir unterbrechen das Programm für eine wichtige Nachricht und schalten zu unserem Kollegen, der sich am Ort des Geschehens befindet.*« Man hörte ein Knacken und dann die Stimme des Reporters: »*Ja, ich stehe hier vor dem Rathaus. Eine gespenstische Ruhe liegt über der Szenerie. Vor weniger als einer Stunde ereignete sich hier ein regelrechtes Massaker. Aus einem vorbeifahrenden Auto wurde wahllos auf Passanten geschossen, auf unschuldige Mitbürger, die an diesem sonnigen Samstagvormittag ihre Einkäufe erledigten, nicht ahnend, dass sie in Lebensgefahr schwebten. Ziel des Angriffs war offenbar eine türkische Metzgerei. Noch versuchen die Einsatzkräfte, Ordnung in das blutige Chaos zu bringen. Man spricht von mehreren Toten und Verletzten. Muss die Polizei von einem Bandenkrieg ausgehen? Oder könnte die Tat einer rechtsradikalen Vereinigung zuzuschreiben sein, oder haben wir es hier mit einem Amoklauf zu tun? … Neben mir steht der Leiter der Ermittlungen, Dr. …*«

»Mach das aus!«

»*… Manfred Abels. Herr Dr. Abels, was können Sie …*«

»Mach-das-auf-der-Stelle-aus!«

Kai Stettner zuckte zusammen und gehorchte.

Thea Zinck schloss für einen Moment die Augen, dann kletterte sie ächzend in den Wagen.

Kai Stettner vermied es, seine Vorgesetzte direkt anzusehen. Seine Hände umklammerten das große Lenkrad, als wollte er sich daran festhalten. »Und, Chef?«, fragte er tonlos. »Wie ist der Stand … ich meine … der Dinge?« Als hätte sich seine gesamte Energie mit der Frage erschöpft, sackte sein Körper in sich zusammen.

»Was willst du jetzt von mir wissen, hm? Welche Geschichte ich mir für deine Abwesenheit ausgedacht habe oder wie der Stand der Ermittlungen ist?«

»Beides«, flüsterte er und warf ihr einen schnellen Blick zu.

Thea Zinck sagte betont sachlich: »Zu eins: Ich habe unserem Freund Abels erzählt, du wärst bei deinem Vater. Das reicht für den Moment. Zu zwei: Die junge Frau, die dir den Jungen übergeben hat, liegt schwer verletzt im Krankenhaus – die Ärzte glauben nicht, dass sie durchkommt. Die Zeugenaussagen sind nichts wert, jeder hat was anderes gesehen. Der Besitzer der Metzgerei hat ausgesagt, da wäre ein blonder Mann im Laden gewesen, der seiner Meinung nach wohl mit dem Kind durch die Hintertür geflüchtet sein muss …«

Kai Stettner spürte, wie ihm der Schweiß den Rücken herunterlief.

»Hörst du mir überhaupt zu? Ich sagte, der Metzgergeselle liegt mit aufgeschlitzter Kehle tot hinter dem Tresen. Und jetzt fahr endlich los.«

Er löste die Handbremse. Der Wagen setzte sich stotternd in Bewegung.

»Steht denn fest, dass der Kleine der Sohn von der Frau ist?«, fragte er. »Ist sie identifiziert?«

»Ist sie nicht. Aber wer soll der Bengel denn wohl sonst sein, wenn nicht ihr Sohn? Und jetzt gib endlich Gas. Abels hat mit Sicherheit eine Teamsitzung angesetzt. Wir sollten uns beeilen.«

Die Fahrt zum Präsidium dauerte nur ein paar Minuten. Kai Stettner parkte den Wagen direkt neben dem

Haupteingang. Sie betraten das Gebäude, nickten dem Pförtner zu und stiegen in den Aufzug, der sie in den dritten Stock zum Morddezernat brachte.

Telefone klingelten, erste Zeugen warteten im Gang darauf, ihre Aussagen zu Protokoll zu geben. In den meisten Büros waren die Rollos der Fenster zum Gang heruntergelassen. Aus einem der Büros brüllte Horst Schreiber ungeduldig nach einem Dolmetscher. Zwei Beamte in Uniform kamen ihnen auf dem Gang entgegen und nickten freundlich zur Begrüßung.

Eine Tür ging auf, und Lothar Özgü betrat den Gang in Begleitung eines älteren türkischen Mannes, dessen rechte Hand in einem dicken Verband steckte. Als der Blick des Mannes auf Kai Stettner fiel, deutete er mit der unverletzten Hand auf ihn und rief: »Das ist Mann! Das ist Mann aus meine Laden! Diese Mann hier wollte einkaufen! Dann plötzlich weg!«

Kai Stettner hörte auf zu atmen. Er starrte den Metzger an, unfähig, sich zu bewegen oder etwas zu sagen. Ein paar Kollegen, die auf dem Gang unterwegs waren, blieben stehen.

Thea Zinck zuckte zusammen, als sie neben sich Abels' Stimme hörte.

»Was ist hier los?« Abels starrte sie von der Seite an.

Der Türke rief: »Das ist blonde Mann, war in meine Laden, als Schüsse kommen! Sie haben gefunden. Jetzt Sie mir glauben.«

Abels' Lippen wurden schmal. Er wandte sich dem Mann zu und fragte: »Sind Sie sicher? Dieser Mann hier?« Er zeigte auf Kai Stettner, der zwei Schritte rückwärts taumelte.

Der Türke nickte bestimmt. »Ganz sicher. Kauft oft bei mir. Weiß nicht Namen, aber kenne Gesicht. Ganz sicher!«

Thea Zinck zählte innerlich bis zehn.

»Zinck. Stettner. In mein Büro – sofort. Und Sie, Özgü, nehmen die Aussage des Mannes auf.« Abels klopfte dem türkischen Metzger auf die Schulter. »Vielen Dank. Ich wünschte, wir hätten mehr aufmerksame Mitbürger wie Sie, das würde unsere Arbeit sehr erleichtern.«

Der Schmerz in Thea Zincks Kopf pulsierte. Ihr Notfall-Flachmann und die Kopfschmerztabletten in ihrem Büro rückten in unerreichbare Ferne.

»Manni ... ich muss kurz in mein Büro.«

Abels fuhr herum und zischte: »Was ist los, Thea, musst du Schnaps nachlegen, um deinen Pegel zu halten? Du kommst mit deinem Helferlein in mein Büro. Sofort.« Er drehte sich wieder um und steuerte sein Büro an.

Die Kommissarin folgte ihm widerwillig. Kai Stettner trottete neben ihr her wie eine Marionette.

Abels hielt die Bürotür auf und schloss sie hinter ihnen mit einem Knall, der in Thea Zincks Kopf wie eine Explosion widerhallte.

Kai Stettner fühlte, wie sich sein Magen verkrampfte, und schnappte, vom Schmerz überrascht, nach Luft.

Abels stellte sich hinter seinen Schreibtisch und sagte: »Setzt euch.«

Thea Zinck ließ sich auf einen Stuhl fallen. Kai Stettner nahm den Stuhl, der vor ihm stand, nur noch verschwommen wahr. Es kam ihm wie eine Ewigkeit vor, bis Abels ihn wieder aufforderte: »Kollege, Sie sollen sich hinsetzen.«

Er gehorchte und sank auf seinem Stuhl zusammen.

Abels verschränkte die Arme vor der Brust. »Was ist hier los, Thea? Du hast doch von Anfang an gewusst, dass er in der Metzgerei war.«

Die Kommissarin zuckte die Schultern. Kai Stettner wollte etwas sagen, wurde aber von Abels mit einer Handbewegung gestoppt.

Abels' Blick wurde eisig. »Frau Zinck, ich höre. Wieso

war Ihr Assistent vor Ort? Oder besser – warum war er nach dem Vorfall nicht mehr vor Ort?«

»Dr. Abels, ich kann das erklären ...«, stotterte Kai Stettner und verstummte wieder, als ihn Abels' Blick traf.

»Kollege Stettner war zum Tatzeitpunkt in der Metzgerei, um einzukaufen«, sagte Thea Zinck förmlich. »Als die junge Frau, die jetzt gerade im Krankenhaus operiert wird, vor den Schüssen in den Laden flüchtete, hat sie ihr Kind an ihn übergeben, damit er es in Sicherheit bringt. Also hat er mit dem Kind den Tatort durch den Lieferanteneingang verlassen und es so aus der Gefahrenzone gebracht.«

»Wie – er hat den Tatort verlassen? Und dann?«

»Hat er das Kind zu mir gebracht.«

»Stettner hat das Kind zu Ihnen gebracht? Soll das professionelles Verhalten sein? Ein Beamter meiner Abteilung flüchtet vom Tatort – das trifft es ja wohl besser! Und verkriecht sich dann feige bei Mama Thea, um sich da auszuheulen, oder wie?«

Stettner traten Tränen in die Augen. Leise sagte er: »Ich habe Panik gekriegt, als mir die Kugeln und das Glas um die Ohren geflogen sind, das gebe ich zu. Als die junge Frau vor meinen Augen zusammengeschossen wurde, wusste ich nicht mehr, was ich tun sollte. Sie hat mich angefleht, den Jungen zu retten. Das habe ich getan. Ich wusste nicht, wohin. Da bin ich zu Frau Zinck gefahren.«

»Wäre die Notaufnahme nicht naheliegender gewesen, Stettner?«, bellte Abels.

»Der Junge war nicht verletzt«, murmelte Kai Stettner und wagte es nicht, Abels anzuschauen.

»Das haben Sie in Ihrer Panik natürlich sofort gesehen!« Abels schnaubte. »Wo ist das Kind jetzt?«, setzte er nach.

»Im Kinderheim«, sagten Thea Zinck und Kai Stettner gleichzeitig.

»Wissen wir, wer das Kind ist?«, fragte Abels.

Thea Zinck sah Kai Stettner an, der den Kopf schüttelte. »Der Kleine hat nichts gesagt außer *aneh*, *aneh*.«

»Das ist das türkische Wort für *Mama*«, übersetzte die Kommissarin.

»Ist der Kleine der Sohn der verletzten Frau?«

»Wissen wir nicht«, schaltete Thea Zinck sich wieder ein. »Wir vermuten es. Meines Wissens ist die Frau noch nicht identifiziert.«

»Das ist mir bekannt«, schnauzte Abels, »schließlich war ich vor Ort. Und soweit ich mich erinnere, hast nicht du, Thea, mir die vorläufigen Ermittlungsergebnisse mitgeteilt, sondern dein offenbar wesentlich kompetenterer Kollege Özgü.« Abels ging ein paar Schritte hin und her. Dann blieb er abrupt hinter dem Schreibtisch stehen.

»Tatsache ist und bleibt, dass wir hier eine sehr unschöne Situation haben. Wenn die Presse Wind davon bekommt, dass einer meiner Männer am Tatort war und sich davongemacht hat, brennt hier die Steppe. Ich habe keine Lust, als Vollidiot dazustehen. Wir werden uns also jetzt darauf einigen, dass Kai Stettner sich ganz professionell die Priorität gesetzt hat, das Kind in Sicherheit zu bringen. Was allerdings die Kollegen dazu sagen werden – und die Geschichte dürfte mittlerweile rum sein –, das weiß ich nicht. Das ist dann Ihr Problem, Herr Stettner.«

Thea Zinck lehnte sich auf ihrem Stuhl zurück. »Das muss es nicht sein, und das weißt du genau, Manni. Es liegt ganz allein an dir, wie die Kollegen damit umgehen. Du könntest Stettner den Rücken stärken, indem du dich vor ihn stellst, statt ihn dem Rudel Brüllaffen zu überlassen, das du deine Abteilung nennst.«

Abels wedelte ungeduldig mit der Hand. »Der Kollege Stettner sollte erwachsen genug sein, um mit dieser Situation fertig zu werden. Und zur Not hat er ja dich ...«,

Abels machte eine kleine Pause, »... du kennst die Kollegen ja in-und auswendig.« Er schaffte es tatsächlich, dass es sich schmutzig anhörte.

Kai Stettner war dem Wortwechsel stumm gefolgt. Sein Gesicht glühte. Thea Zinck setzte zu einer Erwiderung an, aber Abels hob die Hand. »Wir sind hier fertig. Sie brauchen sich bei mir nicht zu bedanken, junger Mann. Das wird sich alles auf Ihre nächste Beurteilung auswirken ... Und jetzt raus. In ...«, er blickte auf seine Uhr, »... in fünf Minuten ist Teamsitzung. Ich erwarte pünktliches Erscheinen. Sie können gehen.«

Thea Zinck schloss die Tür lauter als nötig. Mit Kai Stettner im Schlepptau hastete sie in ihr Büro, knallte die Tür hinter sich zu und ließ die Jalousie zum Flur mit einem Ruck herunter. »Schmerztablette, schnell!«

Kai Stettner eilte zu ihrem Schreibtisch, um die Kopfschmerztabletten zu holen. Dann füllte er ein Glas mit Wasser. Thea Zinck hatte bereits ihren Flachmann auf den Schreibtisch gestellt.

»Herrgott! Gib mir zwei Tabletten oder drei, was soll ich denn mit der Scheißpackung?«

Er mühte sich mit bebenden Händen, die Tabletten aus der Verpackung zu drücken. Thea Zinck nahm zwei davon, würgte sie mit einem großen Schluck Wasser herunter und spülte mit dem Wodka aus dem Flachmann nach.

»*Sie brauchen sich nicht bei mir zu bedanken, junger Mann!*«, äffte sie Abels nach. »Was glaubt er eigentlich, wer er ist?«

»Frau Zinck, bitte ...«, flehte Kai Stettner leise, »... bitte, man kann Sie draußen hören.«

»Ich scheiß drauf.« Sie hatte ihre Hände zu Fäusten geballt und schlug auf den Schreibtisch ein.

»Chef, bitte ... die Besprechung. Wir sollten jetzt gehen.«

»Ist ja gut.« Sie schüttelte sich und zog eine Grimasse. »Wenn ich mit Abels zu tun hatte, möchte ich mich jedes Mal bis zum Filmriss besaufen.« Sie nahm noch einen großen Schluck aus dem Flachmann und stieß ihren Stuhl zurück. »Okay, lass uns gehen.«

Sie hatte die Türklinke schon in der Hand, als Kai Stettner sich wieder umdrehte, den Flachmann zuschraubte und in einer Schublade verschwinden ließ.

Kapitel 3

Als sie den Besprechungsraum betraten, brach das Gemurmel der versammelten Kollegen abrupt ab. Alle starrten sie an. Irgendjemand kicherte leise.

Während Kai Stettner sich schnell hinsetzte, blickte Thea Zinck herausfordernd in die Runde und fragte: »Irgendwas von Belang?«

Alle wandten ihre Augen ab. Wieder kicherte jemand. Sie fuhr herum.

»Ah, Horst Schreiber natürlich. Na, Kollege Fatty, möchtest du uns nicht erzählen, was du hier so komisch findest?«

Schreiber lief rot an. »Nenn mich nicht Fatty, du Schnapsdrossel! Du hast eine ganz schön große Klappe – und das bei dem Bock, den dein kleiner Assi heute geschossen hat ... da wäre ich an deiner Stelle so klein mit Hut!« Er hielt Daumen und Zeigefinger seiner rechten Hand zwei Zentimeter auseinander.

»So klein mit Hut ist höchstens dein Schwanz.«

Einige Kollegen lachten, verstummten aber sofort, als Abels den Raum betrat. Er nahm seinen Platz ein und sah in die Runde. »Ah, Frau Zinck. Schicke Brille.« Alle lachten, und Abels freute sich sichtlich über seinen gelungenen Scherz. »Warum sitzen Sie nicht, Kollegin? Möchten Sie die Gesprächsleitung übernehmen? Da bin ich mal gespannt, welche Neuigkeiten Sie für uns haben – Sie waren am Tatort ja geradezu überpräsent.«

Thea Zinck ließ sich auf ihren Stuhl fallen.

Kai Stettner senkte den Blick und rieb seine feuchten Hände an seiner Jeans ab.

»Fangen wir an«, sagte Abels. »Was haben wir? Kollege Özgü, bitte.« Er nickte ihm auffordernd zu.

Lothar Özgü schlug sein kleines Notizbuch auf. »Heute Vormittag um 11.24 Uhr wurden aus einem stadtauswärts fahrenden Auto mehrere Schüsse auf die türkische Metzgerei in der Hans-Böckler-Straße, gegenüber vom Rathaus, abgegeben. Wir haben zwei Tote und zwei Verletzte, einer davon, eine junge Frau, wird wahrscheinlich nicht durchkommen. Ein Todesopfer ist eine Passantin, eine Deutsche, die gerade an der Metzgerei vorbeilief, als die Schüsse fielen. Sie starb durch einen Schuss in den Kopf. Das andere Todesopfer ist ein Angestellter der Metzgerei, ein Türke. Er wurde von einem herumfliegenden Glassplitter getroffen.« Im Raum wurde Gemurmel laut. Özgü unterbrach seinen Bericht. Abels blickte sich streng um, bis das Gemurmel erstarb.

»Der Glassplitter hat die Halsschlagader durchtrennt. Der Mann verblutete am Tatort.«

»Geschächtet ...!«, rief Schreiber und feixte in die Runde. Die Umsitzenden nickten zustimmend.

Abels sah wieder von den Papieren auf, die er studiert hatte. »Herrschaften, Konzentration ... Özgü, fahren Sie fort, bitte. Sind die Toten identifiziert?«

»Ja, sind sie.« Özgü blätterte weiter. »Die tote Frau vor der Metzgerei heißt Barbara Winter, 28 Jahre, verheiratet. Der Mann sitzt draußen und wartet. Das Todesopfer in der Metzgerei heißt Seyfi Coskundeniz, 32 Jahre alt, Metzger. Er arbeitet seit sechs Jahren in der Metzgerei. Verheiratet, drei Kinder. Ansonsten ein völlig unbeschriebenes Blatt. Treusorgender Familienvater, guter, verlässlicher Mitarbeiter. Zu den Verletzten: Der Geschäftsinhaber – Ali Coskundeniz, 58 Jahre alt – wurde leicht an der Hand verletzt. Außerdem eine junge Frau, wahrscheinlich Türkin. Liegt schwer verletzt im Sankt Barbara. Sie ist noch im OP. Die Ärzte haben wenig Hoffnung. Wurde von drei Kugeln getroffen: in die Wirbelsäule, in die Lunge und ins rechte Bein.«

»Wissen wir mittlerweile, wer sie ist?«, fragte Thea Zinck.

Özgü schüttelte den Kopf. »Noch nicht. Keine Papiere. Sie hatte aber ein Handy bei sich – eine Kollegin checkt das gerade. Das ist nur eine Frage der Zeit …«

In diesem Moment kam eine junge Frau in den Raum und schwenkte einen Zettel. »Kollegen, wenn ich mal unterbrechen darf? Es geht um das schwer verletzte Opfer von heute Vormittag. Wir haben jetzt den Namen. Sie heißt Yasemin Cetin.«

»Ist die Familie informiert?«, fragte Abels.

»Ja, klar«, antwortete die junge Frau. »Die wollen jetzt erst mal zum Krankenhaus, sind aber hierher bestellt. Ich sag Bescheid, wenn die da sind.« Sie ließ das Blatt Papier, auf dem sie den Namen Yasemin Cetin und eine Adresse notiert hatte, auf dem Tisch liegen und verließ den Raum.

Abels sah sich um. »Also gut, wir wissen, wer die Opfer sind. Was wissen wir sonst noch? Was sagt der Inhaber der Metzgerei?«

»Nicht viel«, antwortete Özgü. »Der hat eigentlich nicht viel gesehen. Er war mit einer Bestellung beschäftigt, und dann hat es plötzlich geknallt. Er hat sich hinter seiner Theke auf den Boden geworfen, als ihm die Kugeln und die Glassplitter um die Ohren geflogen sind. Der hat weder das Auto noch die Täter gesehen …«

»Warum fragen wir nicht unseren Frischling? Oder hat ihn die Knallerei traumatisiert?«, grölte Schreiber. Er hatte die Arme vor seiner Brust verschränkt und starrte Kai Stettner herausfordernd an.

Das Gemurmel und Getuschel wurde lauter. Kai Stettner wurde rot.

»Halt die Klappe!«, fauchte Thea Zinck. »Er hat das einzig Vernünftige gemacht – er hat das Kind in Sicherheit gebracht.«

Schreiber zog eine Augenbraue hoch. »Ach so – das Kind in Sicherheit gebracht! So soll das jetzt also verkauft werden, verstehe. Vielleicht kriegt die Memme dafür sogar noch einen Orden? Was ist los, Kylie? Lässt du deine Mami für dich sprechen? Hat's dir die Sprache verschlagen?«

»Pass mal auf, du …«, schrie Thea Zinck, riss sich die Sonnenbrille von der Nase und warf sie in Richtung ihres Kollegen. Schreiber wich aus, und die Brille fiel klappernd auf den Fußboden.

Abels schlug mit der Faust auf den Tisch. »Jetzt reicht es mir aber! Wo bin ich denn hier? Frau Zinck, Herr Schreiber – kämpfen Sie Ihre pubertären Scharmützel gefälligst in Ihrer Freizeit aus, ja? Wir haben hier zwei Tote und eine junge Frau, die wahrscheinlich auch nicht überleben wird. Ich wünsche, dass schnellstens aufgeklärt wird, was heute Vormittag passiert ist. Das gilt für alle.« Er rückte sich die Krawatte zurecht und fuhr fort: »Ich bin es, der die Presse am Hals hat. Was soll ich denen bitte schön erzählen? Dass man neuerdings am helllichten Vormittag beim Einkaufsbummel in der Innenstadt damit rechnen muss, abgeknallt zu werden? Je weniger ich denen gebe, desto mehr erfinden die doch! Und ich habe keine Lust, euretwegen von denen abgeschlachtet zu werden. Haben das alle hier am Tisch verstanden?« Er lehnte sich zurück und sagte: »Also, Kollege Stettner, Ihre Version, bitte. Wieso waren Sie in der Metzgerei? Und was ist das für ein Kind?«

Kai Stettner rutschte unruhig auf seinem Stuhl hin und her und räusperte sich. »Ähm … ich war zum Einkaufen da. Ich kaufe dort öfter ein. Der Angestellte war gerade dabei, mein Fleisch einzupacken, und dann hat es geknallt, und plötzlich ist die Scheibe explodiert, und er hatte einen riesigen Splitter im Hals stecken. Ich hab mich umgedreht, und da war auf einmal diese Frau mit dem Kind auf dem Arm, einem kleinen Jungen. Sie ist mir praktisch entgegengefallen. Ich habe das Kind aufgefangen, bevor es unter ihr begraben werden konnte. Die Frau hat zu mir gesagt: ›Bring ihn weg‹ oder ›bring ihn raus hier‹ oder so was. Ich bin dann mit dem Jungen zur Hintertür raus.«

»Nichts gesehen? Das Auto? Die Täter?«, fragte Abels.

Kai Stettner schüttelte den Kopf. »Nein, leider. Ich hab mit dem Rücken zur Tür gestanden, als es knallte. Danach hab ich nur auf die Frau geachtet und auf das Kind. Das ... das ging alles sehr schnell. Ich weiß auch gar nicht, warum ich nichts abgekriegt habe. Ich habe nicht mal eine Schramme.«

»Na, da gratulier ich aber!«, höhnte Horst Schreiber. Einige Kollegen lachten laut, aber niemand wagte, Thea Zinck anzusehen. Selbst Abels verkniff sich ein Grinsen, bevor er fortfuhr: »Nun gut, das war also nicht so ergiebig als Zeugenaussage. Wo ist der Junge jetzt?«

»Kinderheim«, antwortete Thea Zinck mürrisch.

»Wissen wir, wer der Kleine ist? Das ist doch bestimmt der Sohn von dieser ... dieser ... Jasmin Irgendwas ...« Abels sah Özgü hilfesuchend an.

»Yasemin Cetin«, soufflierte Özgü.

»Genau. Also, was wissen wir? Frau Zinck? Herr Stettner war mit dem Kind doch zuerst bei Ihnen?«

Die Kollegen verstummten augenblicklich. Horst Schreiber gaffte Thea Zinck mit offenem Mund an.

»Ja, stimmt. Stettner hat das Kind zunächst zu mir gebracht. Der Kleine hat allerdings nichts von sich gegeben. Weder seinen Namen noch sonst irgendetwas Verständliches. Der Junge scheint nur Türkisch zu sprechen. Er hat immer nur ein Wort gesagt – *Aneh*.«

Schreiber ließ sich gegen die Stuhllehne fallen und setzte ein zufriedenes Grinsen auf.

»*Aneh* heißt übersetzt Mutter«, warf Özgü ein.

»Na also – da haben wir es doch!«, rief Abels. »Dann ist die verletzte Frau also doch seine Mutter!«

»Das ist nicht bestätigt«, warf Özgü ein.

»Ja, ja ...«, sagte Abels. »Weiter im Text. Was haben wir sonst noch?«

»Nicht sehr viel, fürchte ich. Jeder hat was anderes gesehen«, fuhr Özgü fort. »Wir haben siebenundzwanzig Zeugen befragt, die sich zum Zeitpunkt der Schüsse in der Nähe aufgehalten haben. Klar ist nur, dass aus einem vorbeifahrenden Auto geschossen wurde. Der Wagen raste an der Metzgerei vorbei. Es wurde aus dem Beifahrerfenster, aus dem hinteren rechten Fenster oder aus beiden geschossen. Über den Autotyp streiten sich die Geister. Wir haben alles dabei: Audi, BWM, Mercedes – ein Zeuge war sich sicher, einen Jaguar gesehen zu haben. Auf jeden Fall war das Auto dunkel. Dunkelblau, anthrazit, vielleicht auch dunkelgrün oder schwarz. Ein großer, viertüriger, dunkler Wagen. Es scheint festzustehen, dass nur Männer im Auto saßen, darüber zumindest sind sich die Zeugen einig. Zwischen zwei und vier Männern. Die meisten sagen, es waren drei. Südländische Typen, Türken, Albaner, Jugoslawen ... wir wissen es nicht.«

»Hat jemand Glatzen gesehen?«, warf ein Kollege ein.

Lothar Özgü schüttelte den Kopf. »Nein, keine Glatzen, keine Hakenkreuze, keine Springerstiefel.«

»Gott sei Dank«, murmelte Abels, »braune Kacke hätte mir grad noch gefehlt.«

Özgü klappte sein Notizbuch zu und blickte in die Runde. »Einen Zeugen suchen wir allerdings noch.«

»Suchen?«, fragte Abels. »Wieso suchen? Habt ihr den verloren oder was?«

»Nein, wir suchen einen jungen Mann in Motorradkleidung, der vor der Metzgerei gestanden haben soll, als es losging. Er ist von vielen Zeugen gesehen worden. Alle beschreiben ihn als Anfang bis Mitte zwanzig, dunkelhaarig. Er scheint auf irgendetwas gewartet zu haben, denn er hat wohl sehr aufmerksam die Straße beobachtet. Das ist einer Frau aufgefallen, die an der Bushaltestelle gewartet hat. Er müsste uns eigentlich was zum Auto sagen können. Er hat eine schwarze Lederkluft angehabt, in der Hand hielt er einen roten Motorradhelm. Die Frage nach dem Motorrad – Fehlanzeige.«

»Und die Tatwaffe – oder Tatwaffen?«, fragte einer der Kollegen.

»Die Ballistiker arbeiten dran. Die Hülsen, neun Millimeter, sind einer Pistole Modell Makarov zuzuordnen. Ob es eine oder mehrere Waffen waren, wissen wir noch nicht.«

Abels seufzte und sah sich um. »Gut. Oder auch nicht – wir wissen eigentlich gar nichts, stimmt's, Kollegen? Irgendeine Theorie, mit was wir es hier zu tun haben? Schutzgeld? Bandenkrieg? Wissen wir etwas über den Metzger, den Inhaber des beschossenen Ladens? Schüsse auf eine Metzgerei, am helllichten Tag ... äh ... wie heißt der Inhaber, Özgü?«

»Coskundeniz. Ali Coskundeniz. Er ist der Onkel des toten Angestellten.«

»Und weiter? Gab es da nicht mal vor zwei Jahren oder so irgendwas mit einem Cozu... Dingsbums?«

Özgü nickte. »Stimmt, da war was, auf dem Kiez. Da ging es um ein Bordell, das einem Mehmet Coskundeniz gehört, das ist wohl auch Verwandtschaft, auch ein Neffe. Die Albaner wollten den Laden übernehmen und haben das Etablissement überfallen. Es gab eine Schießerei, bei der ein Albaner getötet wurde. Seitdem ist aber Ruhe, soweit ich weiß.«

»Was heißt das schon!«, rief Schreiber. »Da wird Onkel Ali mal ein bisschen erschreckt – und dann rückt der Neffe die Bumsbude ganz schnell raus. Und dass die Albaner drauf scheißen, ob es Kollateralschäden gibt, das wissen wir doch. Kollegen – mischen wir den Eierberg auf.«

Thea Zinck runzelte die Stirn. »So ein schweres Wort wie Kollateralschaden kann dein Spatzenhirn sich merken, Horst? Ich bin beeindruckt. Aber ...«, sie guckte in die Runde, »... ich stimme Horst nicht zu. Wir sollten uns nicht zu früh auf eine Marschrichtung festlegen.«

Abels verdrehte die Augen. »Ach, ist ja interessant, Kollegin Zinck. Ihre Theorie, bitte? Ich bin gespannt.«

Alle Augen richteten sich auf sie.

»Wir haben keinen einzigen Beweis für einen Bandenkrieg. Wir wissen noch nichts über die Opfer. Und wir sollten keine Theorien verbreiten, die nicht durch Ermittlungsergebnisse gestützt werden.«

Abels zuckte die Schultern. »Alles spricht für eine Auseinandersetzung zwischen rivalisierenden Banden, finde ich. Vor allem die Makarov. Da ist auf jeden Fall der Ostblock im Spiel. Ich glaube, da können wir ansetzen.«

In der Runde erhob sich zustimmendes Gemurmel. Abels fuhr fort: »Thea und Stettner machen sich auf die Suche nach den Hintergrundinformationen. Du darfst sofort mit Stettner ins Sankt Barbara fahren und dich mit dieser Jasmin und ihrer Familie beschäftigen. Vorher sprecht ihr noch mit dem Witwer der toten Passantin – vielleicht ist sie ja der wahre Grund für die Schießerei ...«

Gelächter am Tisch.

»Und die Pressekonferenz?«, fragte Thea Zinck.

»Davon bist du entbunden. Das könnte ich in deinem Zustand nicht verantworten. Deine Informationen vom Tatort stammen ja wohl auch aus zweiter Hand.« Abels nickte Lothar Özgü zu. »Sie begleiten mich zur PK. Sie wissen sowieso am besten Bescheid. Und außerdem kommen Sie mit den türkischen Namen klar. Stellen Sie mir alle wichtigen Eckdaten zusammen, ja? In einer halben Stunde bei mir im Büro, Özgü – dann besprechen wir die PK. Alle anderen – wieder an die Arbeit.«

Abels stand auf und verließ den Raum. Die Versammlung löste sich auf. Kai Stettner steckte das Stück Papier mit Yasemin Cetins Namen und Adresse ein. Horst Schreiber ließ es sich nicht nehmen, beim Hinausgehen die Sonnenbrille zu zertreten, bevor Thea Zinck sich danach bücken konnte.

Kapitel 4

Die Befragung von Michael Winter, dem Witwer der getöteten Passantin, hatte, wie erwartet, nichts ergeben. Die beiden hatten ein beschauliches Leben geführt, er verdiente das Geld, sie war in der Babypause und versorgte zu Hause das Kind. Beide waren Lehrer. Michael Winter beschrieb die Ehe als glücklich. Es gab keinerlei Verbindungen zu polizeibekannten Albanern, Russen, Türken oder Personen jedweder ethnologischen Gruppierung, die dem Kiez zugeordnet werden konnten. Barbara Winter war noch nicht einmal Kundin der Metzgerei gewesen. Sie wollte an diesem Morgen im Bioladen einkaufen – das hatten die Waren in den Einkaufstüten bestätigt. Dann hatte sie noch ein Stück die Straße rauf zu H & M gehen wollen. Auf dem Weg dorthin war sie direkt in den Kugelhagel gelaufen. Kollateralschaden.

Als Thea Zinck und Kai Stettner auf die Intensivstation zugingen, hörten sie aufgeregte Stimmen, die durcheinander Türkisch und Deutsch sprachen.

Sie bogen um eine Ecke und sahen eine Gruppe Menschen, vier Männer und eine Frau. In ihrer Mitte ein Mann im weißen Kittel, der sich Hilfe suchend umschaute. Die Frau wehklagte laut auf Türkisch und zerrte am Kittel des Arztes. Der ältere Mann schüttelte seine erhobene Faust. Zwei junge Männer sprachen beruhigend auf die Frau ein und versuchten, sie von dem Arzt wegzuziehen. Die Kommissarin drängte sich zwischen die schreienden und gestikulierenden Menschen und hielt dem Arzt ihren Ausweis unter die Nase.

Der Mediziner nickte erleichtert. »Geht es um Frau Cetin?«

»Ja. Und wie heißen Sie?«

»Weber, Doktor Weber. Leiter der Intensivstation.«

»Kann ich Sie mal kurz sprechen? Vielleicht nicht gerade hier.«

»Gerne. Das sind übrigens die Angehörigen von Frau Cetin.«

Thea Zinck wandte sich an Kai Stettner. »Die Familie übernimmst du. Namen und Adressen notieren – und sag denen, dass wir mit ihnen sprechen müssen. Hoffentlich verstehen die dich. Die sollen nach Hause fahren und dort auf uns warten. Nicht ins Präsidium.«

»He!«, rief einer der jungen Männer.

»Und Sie sind ...?«, fragte Thea Zinck und musterte den Mann von Kopf bis Fuß. Sie registrierte einen teuren Anzug und tadellose Schuhe.

»Ich bin Tayfun Cetin. Yasemin ist meine Schwester. Reden Sie nicht so unverschämt über uns, ja? Diese Türken hier können Sie sehr gut verstehen.«

»Ist ja gut, junger Mann. Alles Weitere besprechen Sie bitte mit meinem Kollegen hier.«

Sie wandte sich ab und ging mit dem Arzt den Gang der Station entlang, bis er vor einem Fenster stoppte. Hinter der Scheibe, durch die man in ein Krankenzimmer sehen konnte, lag eine junge, dunkelhaarige, sehr blasse Frau. Yasemin Cetin, das schwer verletzte Opfer. Sie wurde künstlich beatmet. Mehrere Monitore überwachten ihre Körperfunktionen.

»Und, Doktor Weber? Wird sie es schaffen?«

Der Arzt schüttelte den Kopf. »Ich glaube nicht. Sie wurde im Rettungswagen mehrfach reanimiert. Der Blutverlust und die inneren Verletzungen ...«

»Hat sie noch irgendetwas gesagt?«

»Nein, wie gesagt ...«

»Scheiße.«

Der Arzt zuckte zusammen.

»Sie ist eine wichtige Zeugin ... wäre eine wichtige ...«, sagte Thea Zinck und kramte eine zerknitterte Visitenkarte aus ihrer Manteltasche. »Bitte rufen Sie sofort an, falls sie doch aufwachen sollte, ja? Auf dem Handy, nicht unter der Büronummer. Jederzeit.«

Dr. Weber nickte. »Mach ich. Aber rechnen Sie nicht damit. Es wäre ein Wunder. Und an Wunder glaube ich nicht mehr.«

»Ich weiß genau, wovon Sie sprechen«, sagte die Kommissarin, schüttelte dem Arzt die Hand und ging zurück zu ihrem Assistenten. Der saß mit einem der jungen Männer aus der Familie im Wartebereich vor der Intensivstation.

»Auf zur Familie Cetin. Wer ist das?«, fragte sie mit einer Kopfbewegung zu dem jungen Mann.

»Ich bin Bekir Cetin. Ich bin Yasemins Bruder.«

»Warum ist der hier? Ich hatte doch gesagt, die sollen nach Hause fahren und dort auf uns warten. Was soll das?«

Kai Stettner zuckte die Schultern.

»Das da drin ist meine Schwester! «, rief der junge Mann. Ihm traten Tränen in die Augen. »Bitte! Lassen Sie mich hier bleiben! Sie soll nicht alleine sterben!«

»Chef, bitte«, sagte Kai Stettner, »wir können ihn doch auch später befragen. Der Rest der Familie ist nach Hause gefahren und wartet dort auf uns – so wie Sie es wollten. Das ist ihnen sehr schwergefallen, und das kann ich gut verstehen.«

Thea Zinck drehte sich abrupt um und marschierte in Richtung Ausgang. Kai Stettner hatte Mühe, mit ihr Schritt zu halten.

Als sie im Auto saßen, kramte sie in ihrer Handtasche und zog einen verchromten Flachmann heraus. Sie drehte den Verschluss auf und nahm einen großen Schluck. Dann blickte sie starr nach vorne, die Lippen zusammengepresst. Plötzlich zischte sie: »Wage das nie wieder, Stettner.«

»Wie? Was haben Sie gesagt?«

»Wage nie wieder, meine Anweisungen zu ignorieren – und widersprich mir nie wieder vor anderen Leuten. Wenn ich sage, die gesamte Sippe soll sich gefälligst nach Hause verfügen und dort auf mich warten, dann will ich, dass das genau so passiert, verstanden?«

»Aber ... der kleine Bruder von Yasemin Cetin ... er hat mich angefleht ...«

»Das ist mir scheißegal. Wir können diesem Bengel jetzt von Pontius bis Pilatus hinterherrennen, bis wir eine Aussage haben, nur weil du Mitleid hattest. Das ist hier völlig fehl am Platz.«

»Ja, aber ... was soll der Junge denn mit der Schießerei zu tun haben, Chef? Haben Sie denn nicht gesehen ...«

Thea Zinck fuhr so heftig zu Kai Stettner herum, dass er vor Schreck das Steuer des Wagens verriss. »Was soll ich gesehen haben? Ich habe das gesehen, was ich sehen sollte, verstehst du?! Vergiss eines nicht – die allermeisten Morde finden im Familienkreis statt. Das gilt von der Arktis bis Zimbabwe! Und solange wir nicht sicher wissen, dass die Schüsse nicht Yasemin Cetin galten, halte ich alles für möglich! Hast du mich verstanden?«

»Ja, aber ...«

»Stettner, noch ein ›Ja, aber‹, und ich vergesse mich. Ich bin seit verdammten fünfundzwanzig Jahren bei den Bullen – und speziell mit unseren türkischen Mitbürgern habe ich schon alles erlebt. Die stehen vor dir und heulen und lügen das Blaue vom Himmel herunter – und haben zehn Minuten vorher ihre Frau abgestochen, weil der Prophet es so wollte.«

Kai Stettner konnte sich nur schwer auf den Straßenverkehr konzentrieren. »Ich ... ich verstehe nicht, Frau

Zinck. Sie können das doch nicht pauschalisieren und behaupten, dass alle Türken ...«

»Sag mal, hast du die Zeit vor deiner Bewerbung bei der Kripo mit Stricken verbracht?«

»Nein«, sagte Kai Stettner bestimmt. »Ich weiß, dass ...«

»Ach, halt die Klappe. Ich weiß, ich weiß, ich weiß ... Du hast heute schon genug Scheiße gebaut. Fährst du ins Ghetto?«

»Stahlhauser Straße.«

Thea Zinck schnaubte. »Sag ich doch – ins Ghetto.«

Kapitel 5

Er parkte den Wagen vor dem Haus der Familie Cetin. Die Kommissarin nahm noch einen Schluck aus ihrem Flachmann und öffnete die Wagentür. »Dann wollen wir mal.« Das Handy in ihrer Manteltasche vibrierte. »Herrgott, muss das denn ...« Sie nahm das Gespräch an. »Zinck ... Ah, Sie sind es.« Sie hörte einen Moment zu. »Hm ... Ich verstehe. Weiß die Familie schon ... Okay ... Ja, da bin ich sicher. Kann man nichts machen ... Wiederhören, Dr. Weber.«

»Ist sie tot?«, fragte Kai Stettner.

»Ja, Yasemin Cetin ist tot. Ruf im Präsidium an, die sollen sich kümmern und in der Rechtsmedizin Druck machen.«

Während Kai Stettner mit den Kollegen telefonierte, stieg Thea Zinck aus dem Wagen und wählte eine Nummer. Sie wartete einen Moment, bis das Gespräch angenommen wurde, und sagte dann: »Thea hier. Ich muss dich sprechen. Heute noch ... Okay. Ich weiß nicht genau, wie lange ich hier brauche ... Um neun? Vorher geht's nicht? ... Na gut. Ich warte auf dich ... Ja, egal wie lange. Bis später.« Sie lauschte, lachte dann und sagte: »Halt bloß dein großes Maul. Du weißt hoffentlich, dass ich Revanche fordere!«

Sie ging um das Auto herum und klopfte an das Fahrerfenster. »Komm. Und: Augen und Ohren auf, wenn ich bitten darf.«

Sofort nach ihrem Klingeln ertönte der Summer der Haustür. Kai Stettner drückte die Tür auf und ließ seiner Chefin den Vortritt. In der offenen Wohnungstür im Erdgeschoss stand Tayfun Cetin und sagte: »Bitte, würden Sie die Schuhe ausziehen? Das ist bei uns so üblich.« Aus der Wohnung drang das Wehklagen einer Frau.

Während Kai Stettner sich sofort bückte, um seine Schnürsenkel zu lösen, drängte sich Thea Zinck an Tayfun Cetin vorbei in die Wohnung. »Beim nächsten Mal vielleicht, Herr Cetin. Wo können wir uns unterhalten?«

Tayfun Cetins Kiefermuskeln arbeiteten, aber er sagte nur leise: »Gerade durch ins Wohnzimmer. Meine Mutter entschuldigen Sie bitte. Wir haben gerade erfahren, dass Yasemin ...« Er brach ab, als sich eine Zimmertür öffnete und ein junger Mann auf den Wohnungsflur trat. Die Kommissarin erinnerte sich daran, dass sie ihn im Krankenhaus bereits gesehen hatte.

Thea Zinck sah in den Raum, ein Schlafzimmer. Auf der Kante eines breiten Doppelbettes, das mit einer bunten Satindecke bedeckt war, saß die Mutter der Familie. Ihr Kopftuch lag neben ihr, und ihre langen grauen Haare waren zerzaust. Sie hatte die Hände vor das Gesicht geschlagen und wiegte sich laut schluchzend vor und zurück.

Der junge Mann schloss die Tür hinter sich und sprach leise auf Türkisch mit Tayfun Cetin. Dann ging er an Kai Stettner vorbei und verließ grußlos die Wohnung.

»He!«, rief Kai Stettner dem jungen Mann hinterher. »Wohin wollen Sie?«

»Wer war das?«, fragte Thea Zinck gleichzeitig.

»Das ist mein Bruder Hakan«, antwortete Tayfun Cetin. »Er holt Hilfe für meine Mutter. Ihr geht es nicht gut. Er ist gleich wieder da, keine Sorge.«

Er führte die beiden ins Wohnzimmer der Familie, wo der Vater, Abdul Cetin, in einem Sessel saß. Sein Gesicht zeigte keine Regung, als die Kommissarin auf ihn zuging.

»Guten Tag, Herr Cetin. Ich bin Thea Zinck, ich leite die Ermittlungen. Das ist mein Kollege, Kai Stettner. Es tut mir sehr leid, was mit Ihrer Tochter Yasemin ...«

Abdul Cetin wandte den Blick ab, und Tayfun Cetin sagte: »Schon gut, schon gut. Wir glauben Ihnen sowieso nicht, dass Ihnen irgendetwas leidtut. Also, was wollen Sie von uns? Wir müssen uns um die Beerdigung meiner Schwester kümmern. In unserer Religion müssen die Toten innerhalb von vierundzwanzig Stunden beigesetzt werden.«

»Nun ... die Leiche Ihrer Schwester ist schon auf dem Weg in die Rechtsmedizin. Wann sie freigegeben wird – keine Ahnung. Darauf habe ich keinen Einfluss.«

»Ach – und das tut Ihnen bestimmt auch unheimlich leid.«

Kai Stettner sagte schnell: »Bitte, Herr Cetin. Wir wissen, dass Sie einen großen Verlust erlitten haben. Das hier ist für uns auch nicht angenehm, aber wir müssen Ihnen einige Fragen stellen.«

Tayfun Cetin deutete auf ein großes, grün-golden gemustertes Sofa. »Bitte, setzen Sie sich. Ich würde Ihnen gern etwas anbieten, aber Sie haben ja gesehen – meiner Mutter geht es nicht gut.«

»Und Sie? Wissen nicht, wo die Küche ist?«, fragte Thea Zinck und setzte sich auf das Sofa.

Abdul Cetin sagte leise ein paar Worte auf Türkisch, und Tayfun verließ den Raum.

Die Kommissarin schaute sich um. Auf den dicken orientalischen Teppichen lag keine einzige Fluse und kein Bröckchen Straßendreck. Nirgends war das kleinste bisschen Unordnung zu sehen – keine Zeitschrift, kein benutzter Aschenbecher, kein Putzstreifen auf den blanken Fenstern.

Die Farben Grün und Gold bestimmten das gesamte Zimmer. Auf einem Sideboard aus dunklem Holz standen goldgerahmte Familienfotos. Darüber hing ein in Gold gestickter Koranvers in einem glänzenden Rahmen. Sie musterte die Bilder und erkannte auf ihnen sämtliche

Personen wieder, die vor der Intensivstation gewartet hatten: die Eltern Cetin auf ihrem vergilbten Hochzeitsfoto, auf einem anderen, aufgenommen in einem Park, die drei Brüder und eine junge, hübsche Frau, die fröhlich in die Kamera lacht. Das musste Yasemin Cetin sein. Auf einem weiteren Hochzeitsfoto neueren Datums ein ernst in die Kamera blickender Tayfun Cetin; die pausbäckige Braut, deren Hand er hielt, schätzte Thea Zinck auf allerhöchstens sechzehn Jahre.

Tayfun Cetin kam wieder in den Raum. Er legte eine weiße Serviette auf den Tisch und stellte ein Glas Wasser darauf.

Thea Zinck nahm einen Schluck. »Herr Cetin, das sind doch Sie auf dem Foto? Wo ist denn Ihre junge Frau?«

»Die ist bei ihren Eltern in der Türkei«, antwortete er mürrisch.

»Na gut. Versteht Ihr Vater uns, Herr Cetin?«

Tayfun Cetin schüttelte den Kopf. »Eher nicht. Ich werde für ihn übersetzen. Aber was soll er Ihnen auch sagen können?«

»Das werden wir sehen, Herr Cetin.«

Kai Stettner hatte sich neben Thea Zinck gesetzt und sein Notizbuch aufgeschlagen. Er wartete, den Stift in der Hand.

»Also gut. Herr Cetin, warum war Ihre Schwester Yasemin heute Morgen in der Metzgerei von Ali Coskundeniz?«

»Um einzukaufen, vielleicht? Was denken Sie denn, Frau Kommissarin? Warum gehen Sie denn in eine Metzgerei?«

»Bitte, Herr Cetin. Beantworten Sie einfach meine Frage.« Sie sah Tayfun Cetin direkt in die Augen und wartete, bis er ihrem Blick auswich, bevor sie freundlich sagte: »Was ich meine, ist Folgendes: warum ausgerechnet die Metzgerei am Rathaus? Hier im Viertel gibt es doch genug Möglichkeiten einzukaufen.«

»Wer weiß – vielleicht hatte sie noch etwas anderes in der Innenstadt zu tun? Außerdem ist Herr Coskundeniz ein Bekannter unserer Familie. Vielleicht hatte meine Mutter eine Bestellung aufgegeben. Ich kümmere mich um so was nicht.«

In der Wohnungstür war ein Schlüssel zu hören. Mehrere Personen betraten die Wohnung. Man hörte erregte Männerstimmen und das schrille Klagen mehrerer Frauen, das noch weiter anschwoll, als sie das Schlafzimmer betraten. Die beiden anderen Brüder, Bekir und Hakan, kamen ins Wohnzimmer gestürmt, kaum dass sich die Schlafzimmertür hinter den trauernden Frauen wieder geschlossen hatte.

Hakan Cetin schrie wütend: »Was soll das mit meiner Schwester? Wieso dürfen wir sie nicht beerdigen? Warum ist sie aus dem Krankenhaus einfach weggeschafft worden?«

Bekir Cetin, das Gesicht nass von Tränen, stand mit geballten Fäusten hinter seinem Bruder. »Wo haben Sie Yasemin hingebracht?«

»Ins rechtsmedizinische Institut. Das sind unsere Vorschriften. Ich kann daran nichts ändern«, sagte Thea Zinck. »Ihre Schwester ist durch Fremdverschulden zu Tode gekommen. Das muss untersucht werden. Aber gut, dass Sie da sind – ich muss Ihnen auch noch einige Fragen stellen. Setzen Sie sich.«

Bekir Cetin nahm zögernd in einem Sessel Platz, während sein Bruder Hakan die Arme vor der Brust verschränkte und herausfordernd sagte: »Ich bleibe lieber stehen.«

Thea Zinck zuckte die Achseln. »Von mir aus. Ganz wie Sie wollen. Also – wo waren Sie alle zur Tatzeit?«

»Und wann genau soll das gewesen sein? Wenn wir das wüssten, könnten wir Ihnen die Frage auch beantworten«, schnappte Hakan Cetin.

Thea Zinck stieß ihren Assistenten an. »Stettner? Genauer Tatzeitpunkt?«

Er schreckte auf. »Äh ... das war um 11.24 Uhr heute Vormittag.«

»Also, meine Herren? Wo waren Sie um 11.24 Uhr?«

»Da waren wir alle in unserem Boxclub«, antwortete Tayfun Cetin schnell.

»Verstehe, in Ihrem Boxclub. Alle. Ihr Vater und Ihre Mutter also auch. Das lässt sich sicherlich überprüfen, nehme ich an?«

Tayfun Cetin wurde rot. »Meine Eltern natürlich nicht, Frau ... Frau ...«

»Zinck. Also, wo waren Ihre Eltern?«

»Meine Eltern waren in unserem Reisebüro«, sagte Tayfun Cetin.

»Und woher wissen Sie das, wenn Sie doch mit Ihren Brüdern im Boxclub waren, so wie Sie behaupten?«

Tayfun Cetin wechselte mit seinem Vater ein paar Worte auf Türkisch. »Mein Vater und meine Mutter waren den ganzen Vormittag im Reisebüro. Dort haben sie sich aufgehalten – bis die Polizei anrief. Mein Vater hat mich im Boxclub auf dem Handy angerufen. Wir sind dann sofort ins Krankenhaus gefahren.«

»Ach – und da waren Sie gerade vom Sport gekommen? Hat man Ihnen überhaupt nicht angesehen. Keine verschwitzten Trainingsanzüge, nichts.«

»Wir waren bereits mit dem Training fertig und hatten schon geduscht, als mein Vater anrief.« Tayfun Cetins Stimme klang gepresst.

Kai Stettner schrieb eifrig mit.

»Na gut«, sagte Thea Zinck. »Ich bin mir sicher, dass Ihre Aussage von mindestens fünfzehn Zeugen bestätigt werden kann?«

Tayfun zischte: »Nein. Nur dreizehn.«

»Dann wäre das also zu aller Zufriedenheit geklärt.

Was machen Sie denn beruflich, meine Herren?«

Wieder antwortete Tayfun Cetin für alle: »Ich bin Geschäftsführer in einem großen Autohaus, mein Bruder Hakan leitet eine Diskothek, und Bekir beendet gerade seine Banklehre.«

»Das hätte ich für meinen Kollegen gleich gern noch ein bisschen präziser. Welches Autohaus, welche Diskothek und welche Bank? Vielleicht brauchen wir das noch. Und Ihre Eltern?«

»Hab ich doch gesagt. Wir haben ein Reisebüro. Meist arbeitet mein Vater dort. Yasemin hat dort auch gearbeitet – neben der Abendschule.«

Thea Zinck wartete, bis Kai Stettner alles notiert hatte. Dann sagte sie: »Hat Yasemin hier gewohnt?«

Tayfun nickte.

»Und Sie, wohnen Sie mit Ihrer Frau auch in dieser Wohnung?«

»Nein, wir wohnen eine Etage höher. Hakan wohnt auf der anderen Seite des Hausflurs, und Bekir wohnt noch hier mit meinen Eltern.«

»Hatte Ihre Schwester einen Freund? War sie verheiratet?«

Thea Zinck registrierte bei ihrer Frage zum ersten Mal eine Reaktion in Abdul Cetins Gesicht. Er hatte die Augen geschlossen und murmelte ein paar unverständliche Worte.

Tayfun schüttelte den Kopf und sagte: »Nein.«

Hakan Cetin brütete nach wie vor an den Türrahmen gelehnt vor sich hin und starrte auf den Teppich. Bekir hatte wieder zu weinen begonnen, als die Sprache auf seine Schwester kam.

»Wir haben Aussagen, dass Ihre Schwester ein Kind auf dem Arm hatte, als die Schüsse sie trafen – einen kleinen Jungen. War das Yasemins Sohn?«

»Natürlich nicht!«, rief Tayfun Cetin. »Ich habe doch gerade gesagt, dass sie nicht verheiratet war!«

»Herr Cetin, das ist Ihnen aber schon klar, dass man auch Kinder bekommen kann, wenn man nicht verheiratet ist? Das gilt auch für Ihre Schwester.«

Bekir Cetin sprang auf. »Wagen Sie es nicht, so über Yasemin zu sprechen! Sie ist muslimisch erzogen und lebt nach den Regeln des Korans. Sie wäre ... hätte niemals ...«

Kai Stettner hatte sich bei Bekir Cetins Ausbruch halb vom Sofa erhoben, aber Thea Zinck zog ihn wieder zurück. »Dann bleibt die Frage, wer der kleine Junge ist, den Ihre Schwester bei sich hatte. Haben Sie eine Idee?«

Die Brüder schüttelten die Köpfe. Dann fragte Bekir leise: »Ist diesem Jungen was passiert? Ist er verletzt?«

Jetzt schüttelte Thea Zinck den Kopf. »Nein, Gott sei Dank nicht.«

»Und wo ist der Junge jetzt?«, fragte Tayfun.

»Da Sie ihn sowieso nicht kennen, muss Sie das nicht weiter interessieren.« Thea Zinck erhob sich vom Sofa. »Ich möchte mir jetzt gern das Zimmer Ihrer Schwester ansehen. In der Zwischenzeit geben Sie meinem Kollegen bitte die genauen Adressen Ihrer Arbeitgeber. Und die von Ihrem Boxclub. Außerdem, wann Sie wo erreichbar sind. Wer zeigt mir den Weg?«

Bekir Cetin stand auf, führte Thea Zinck durch den Flur, öffnete eine Tür am Ende des Gangs und blieb unschlüssig im Türrahmen stehen.

»Sie können wieder ins Wohnzimmer gehen, Herr Cetin. Mein Kollege braucht noch Ihre Angaben.« Thea Zinck betrat das Zimmer, schloss die Tür hinter sich und blickte sich um. Ein schmales Bett mit geblümtem Überwurf in Orange und Gelb, passende Zierkissen, duftige gelbe Vorhänge. Ein weißer Kleiderschrank mit verspiegelten Türen, ein weißer Schreibtisch, auf dem ein Monitor und eine Tastatur standen. Die Kommissarin schaltete den Computer ein. Dann betrachtete sie die Pinnwand über dem Schreibtisch, die bis auf eine

Stelle mit bunten Zetteln, auf denen Telefonnummern und Termine notiert waren, übersät war. Thea Zinck trat näher heran und fragte sich, was dort vor kurzem noch gehangen haben mochte. Sie ging auf die Knie und inspizierte den Teppich unter dem Schreibtisch. An der Fußleiste fand sie eine Heftzwecke, an der noch ein Stück Papier hing – ein zerrissenes Automatenfoto. Yasemins Gesicht war deutlich zu erkennen und im Anschnitt – an der Risskante – der blonde Haarschopf, ein Auge und die halbe Nase einer jungen Frau.

Thea Zinck steckte das zerrissene Foto in ihre Manteltasche und kam ächzend wieder auf die Füße. Ihr Blick fiel auf ein weißes Bücherregal mit Schulbüchern und Ordnern: Englisch, Deutsch, Mathematik, Geographie, Biologie, Chemie. An der gegenüberliegenden Wand ein Spiegel mit einer kleinen Ablage, auf der ein paar Schminkutensilien lagen. Neben dem Spiegel große Kleiderhaken, an denen ein dunkelroter Morgenrock, lange Ketten aus farbigen Glasperlen und ein paar bunte Seidenschals hingen. Vor dem Bett lag ein weißer Flokati. Zwei Kommoden mit Schubladen enthielten Wäsche, Strümpfe und T-Shirts in gedeckten Farben.

Die Kommissarin zog Schubladen auf und schaute unter der Matratze nach. Kein Tagebuch, kein Fotoalbum, keine gesammelten Liebesbriefe, nichts. Dann guckte sie auf den Monitor, bewegte die Maus und suchte vergeblich auf der Festplatte nach dem E-Mail-Programm.

Etwas wenig Leben für dreiundzwanzig Jahre.

Die Kommissarin ging zurück ins Wohnzimmer. Kai Stettner klappte gerade sein Notizbuch zu. Der Vater der Familie saß nach wie vor starr im Sessel, die Brüder Cetin standen zusammen in der Mitte des Zimmers.

»Sind Sie endlich fertig?«, fragte Hakan Cetin.

Abdul Cetin sagte ein paar Worte auf Türkisch, und

Hakan übersetzte: »Mein Vater fragt nach der Beerdigung. In unserer Kultur …«

»Sagen Sie Ihrem Vater«, unterbrach ihn Thea Zinck, »dass in unserer Kultur ein Todesfall wie der Ihrer Schwester genau untersucht wird.« Sie winkte Kai Stettner zu sich. »Vielen Dank, dass Sie uns unsere Fragen beantwortet haben. Bemühen Sie sich nicht, wir finden selbst hinaus.«

Kapitel 6

»Was tun wir hier?«, fragte Kai Stettner und ließ seinen Jeep auf dem verlassenen Parkplatz eines großen Industriegländes ausrollen. Die Bogenlampen rings um den Platz tauchten das Areal in diffuses, orangefarbenes Licht.

»*Wir* machen hier überhaupt nichts«, antwortete Thea Zinck, während sie ihren Flachmann aus ihrer Tasche holte. »Ich bin hier später verabredet, und du wirst dich vorher verabschieden.«

»Hier? Mit wem?«

»Falsche Frage.« Sie drehte sich um und angelte nach der Einkaufstasche, die immer noch auf der Rückbank lag. »Ich hab Hunger.« Sie durchwühlte die Tasche und holte ein rundes Fladenbrot und ein Schälchen mit grünen Oliven hervor. »Na, das ist doch perfekt. Wer braucht einen Sternekoch, wenn es Brot, Oliven und Wodka gibt?« Sie riss ein Stück Brot ab, biss hinein und fragte dann mit vollem Mund: »Und? Was denkst du?«

»Worüber?«

»Worüber schon. Über deinen bisher aufregendsten Tag bei der Kripo, natürlich. Selbst wenn dich deine neuen Kollegen bisher nicht wahrgenommen haben sollten – in den nächsten Wochen werden sie dir den Arsch aufreißen.«

Stettner zuckte zusammen. »Meinen Sie?«

»Aber ganz sicher.« Sie nahm einen Schluck Wodka.

»Und was raten Sie mir?«

Thea Zinck lachte und hustete. Brotkrümel flogen durch den Wagen. »Raten? Bin ich die Sorgentante von der Zeitung?«

Kai Stettner streckte seine Hand nach dem Flachmann

aus, aber Thea Zinck gab ihm die Flasche nicht, stattdessen sagte sie: »Fang bloß nicht an zu flennen. Die beste Überlebenstaktik ist, die Täter zu finden. Herrgott, ein Blutbad wie bei den Mobsters in Chicago.«

Er sah, wie Oliven und Brot in Thea Zincks Mund verschwanden. Er schluckte. »Also denken Sie auch, dass es ein Bandenkrieg ist?«

Sie schüttelte den Kopf. »Mumpitz. Das hätte Abels wohl gern, dass es so einfach ist. Schnell auf dem Kiez ein paar böse Jungs verhaften, und dann ist alles wieder gut – oder wie? Glaub ich nie und nimmer.«

»Was glauben Sie denn, Chef?«

Thea Zinck legte das Brot aufs Armaturenbrett und stellte die Oliven daneben. Dann setzte sie sich sehr aufrecht hin, sah ihn ernst an und sagte: »Ich glaube, dass wir gerade nach Strich und Faden belogen worden sind. Diese drei smarten, türkischen Jungs, dritte Generation – denen traue ich definitiv nicht weiter, als ich dich werfen kann.«

Er rutschte auf seinem Sitz herum, wandte den Blick ab und schwieg.

Die Kommissarin lachte. »Jetzt fragst du dich, ob du gerade eine ganz neue Seite an mir kennenlernst. Thea Zinck, die Rassistin – noch sympathischer als Thea Zinck, die Säuferin, möchte ich wetten.«

»Nein ... Ja ... Warum gehen Sie so mit der türkischen Familie um? Ich fand Sie nicht sehr diplomatisch heute ...«

»Okay, Kai. Fangen wir mal andersrum an. Dein Eindruck von der Familie Cetin?«

Er knibbelte an seiner Unterlippe herum und sagte langsam: »Eine Familie in Trauer. Die Eltern scheinen sehr traditionell. Die drei Brüder fand ich europäisch ... ich meine ... modern ... Sie wissen schon.«

Thea Zinck grinste breit. »Warum? Weil sie keine

dicken schwarzen Schnäuzer haben, sondern Kevin-Kuranyi-Bärtchen und ’ne Frisur wie David Beckham? Weil sie keine muffigen, zu kleinen, braunen Anzüge aus dem Altkleidersack tragen, sondern Replay-Jeans, Hilfiger-Jäckchen und Anzüge, die keinesfalls von C&A sind?« Sie knuffte Kai Stettner gegen die Schulter. »Ja, da staunst du, dass ich beim Pöbeln noch Zeit gefunden habe, das alles zu registrieren. Merk dir das: Nichts ist so wichtig, wie in Ruhe hinzugucken. Und zu sehen, was sich hinter dem ganzen Lametta wirklich abspielt.« Sie knuffte ihn noch einmal. »Und weiter – wo wir den ersten Eindruck schon mal zum Thema haben – wir haben hier also die drei Brüder: normale, ziemlich gut situierte Jobs. Denn, wie wir jetzt wissen: seriöse Bank, seriöses Autohaus der gehobenen Klasse und sogar eine normale Diskothek und keine anrüchige Bumsbude auf dem Kiez. Hast du nach den Autos gefragt?«

Kai Stettner schüttelte den Kopf. »’tschuldigung, hab ich vergessen.«

»Nachhaken, sofort morgen früh.« Sie kicherte, trank einen Schluck aus dem Flachmann und wischte sich den Mund mit dem Handrücken ab. »Ich wette, mindestens einer von denen fährt einen 3er BMW mit fetten Pellen. Wollen wir wetten, Stettner?« Thea Zinck kurbelte das Seitenfenster herunter und spuckte einen Olivenkern auf den Platz. »Aber zurück zum Thema. Hast du dich im Wohnzimmer umgesehen?«

»Ziemlich heftig. Jede Menge goldene Troddeln. Nicht mein Geschmack.«

»Na, das will ich aber auch hoffen, mein junger, moderner Herr Kommissar. Die grüne Hölle von Stahlhausen – mit goldenen Akzenten. Aber ich meine etwas anderes: das Hochzeitsfoto vom Autoverkäufer, unserem Kronprinzen Tayfun.« Thea Zinck rülpste. »Ups, ’tschuldigung.«

Kai Stettner legte seine Stirn in Falten, kniff die Augen zusammen und zupfte wieder an seiner Lippe. »Na ja ...«, sagte er zögernd, »ein normales Hochzeitsfoto, oder? Braut und Bräutigam halt.«

»Normal?«

»Keine Ahnung, was Sie meinen, Chef.«

»Dacht' ich mir doch. Also gut: Wir haben hier unseren modernen, eloquenten Herrn Tayfun Cetin – und der hat auf seinem Hochzeitsfoto eine Frau an seiner Seite, die höchstens fünfzehn oder sechzehn Jahre alt ist. Liebesglück sieht anders aus, wenn du mich fragst. Und – du erinnerst dich – sie ist angeblich bei ihren Eltern in der Türkei. Was heißt das? Sie kommt aus der Türkei und hat vor ihrer Hochzeit nicht in Deutschland gelebt. Ein Familiendeal.«

»Was meinen Sie mit Deal?«

»Manche nennen es auch Zwangsheirat. Das Mädchen hat keinerlei Mitspracherecht, welchen Mann sie heiratet. Sie wird nach Deutschland verfrachtet, spricht kein Wort Deutsch, und den Rest ihres Lebens verbringt sie dann unter der Fuchtel ihrer Schwiegermutter in einem fremden Land auf dreißig Quadratmetern.«

»Ich bitte Sie, Chef! Und außerdem – der Mann ist doch dann auch zwangsverheiratet, oder?«

Die Kommissarin brach in schallendes Gelächter aus. »Ja klar!«, prustete sie. »Der arme Mann! Zwangsverheiratet! Das ist den Jungs doch scheißegal, Kai! Die haben ihr Vergnügen trotzdem, kapierst du das nicht? Die Frau sitzt zu Hause und wirft ein Blag nach dem nächsten – und der Ehemann macht, was er will! Ausgehen, Geliebte – egal!« Sie wischte sich die Lachtränen von den Wangen. »Du bist echt unbezahlbar. Aber mal im Ernst – ich sehe da bei dir ein erhebliches Informationsdefizit!«

Ihr Handy vibrierte. Nach einem Blick aufs Display nahm sie das Gespräch an.

»Ja. Ja, ich bin's ... wie besprochen ... Noch nicht,

aber gleich. Ich sitze in so 'ner Angeberkarre ... Was weiß ich? ... Quatsch, ist sowieso das einzige Auto weit und breit ... Mach hinne.«

Sie steckte das Handy wieder ein. »Alles klar, du hast Feierabend. Tu mir einen Gefallen und ruf dir ein Taxi. Morgen früh um zehn bei mir, dann kriegst du deinen Wagen wieder.«

Kai Stettner wollte protestieren, brachte aber kein Wort heraus.

»Zieh Leine – ich bin verabredet. Hab ich dir doch vorhin schon gesagt.«

»Ja, aber ... Sie wollen doch nicht selbst fahren, oder? Sie haben getrunken ... und ...«

»Stettner, sei ein braver Junge und tu, was ich dir gesagt habe.«

»Ja, aber ...«

»Ich verspreche dir, ich werde diesen Wagen nicht fahren.«

»Wer ...?«

»Kompetentes Fachpersonal. Und tschüss.«

Er stieg aus seinem Wagen und trottete über den großen Parkplatz in Richtung Straße, ohne sich noch einmal umzusehen. Die Scheinwerfer eines Autos, das ihm auf dem Weg entgegenkam, blendeten ihn und rissen ihn aus seinen Gedanken. Die viertürige Limousine rauschte an ihm vorbei in Richtung Parkplatz. Er wollte sich umdrehen, um sich das Nummernschild einzuprägen, als sein Handy klingelte. Er erkannte die Telefonnummer des Altenheimes, in dem sein Vater untergebracht war. Kai Stettner nahm das Gespräch an und sagte ergeben, ohne eine Begrüßung abzuwarten: »Ich bin schon auf dem Weg.«

Kapitel 7

Der dunkelgrüne Jaguar fuhr einen großen Bogen über den Platz und kam neben dem Jeep zum Stehen.

Vorne stiegen zwei breitschultrige Männer in dunklen Anzügen aus. Thea Zinck kurbelte ihr Fenster herunter.

»'n Abend, Sascha, 'n Abend, Grischa!«, begrüßte sie die beiden Muskelpakete, die höflich eine Verbeugung andeuteten und synchron »Guten Abend, Madame« sagten. Sie sprachen mit schwerem, russischem Akzent.

»Danke noch mal, ihr beiden, wegen gestern Nacht.«

Die beiden verbeugten sich wieder und sagten unisono: »Haben wir gern gemacht, Madame.« Es hörte sich an wie: »Ch-abben wirr gerrn gemoo-cht, Madjom.« Einer der Riesen öffnete die rechte hintere Tür des Jaguars.

Ein großer, schlanker Mann stieg aus, zupfte die Manschetten seines tadellos sitzenden Anzuges zurecht und ergriff erst dann Thea Zincks Rechte, die sie ihm durch das offene Fenster des Jeeps entgegenhielt. Er beugte sich herunter und hauchte im perfekten Abstand einen Kuss auf ihren Handrücken.

»Thea, meine Liebe. Ich hoffe, du bist gestern wohlbehalten bei dir zu Hause angekommen? Bin ich mit meinen Jungs zufrieden?«

»Absolut. Meine Waffe hing ordentlich geladen und gesichert an der Heizung, und mich haben die beiden ins Bett gepackt.«

Der Mann erstarrte und stieß ein hartes Grunzen aus. Sascha und Grischa zuckten zusammen.

»Nein, nein, Slawa, alles sehr schicklich«, versicherte Thea Zinck. »Als ich aufgewacht bin, trug ich noch alles Wesentliche am Leib. Deine Jungs sind Ehrenmänner.«

Slawa drehte sich langsam um, und Sascha und Grischa entspannten sich wieder.

»Ich brauch was zu trinken, Slawa. Komm, spring rein und bring mich irgendwohin, wo wir trinken und reden können. Ich muss dir ein paar Fragen stellen.«

Er ging um den Cherokee herum und setzte sich auf den Fahrersitz. Thea Zinck schnalzte mit der Zunge. »Wer hat eigentlich gestern gewonnen?«

»Du natürlich. Wer denn sonst?«

»Du lügst doch.«

»Thea, sieh mich an. Können diese Augen lügen? Habe ich dich jemals belogen? Ich bin Slawa. Mein Wort ist Gesetz.«

Die Kommissarin lachte. »Slawa, du bist ein gottverdammter russischer Kiezkönig, der sich eine Polizistin als Saufkumpanin hält, weil sonst niemand mehr mit ihm trinkt.«

»Jetzt bist du ein bisschen zu ehrlich, Dewotschka, aber dafür mag ich dich ja«, sagte er und gab so viel Gas, dass der alte Cherokee mit durchdrehenden Reifen über den Parkplatz schoss.

»Deine tiefgründige russische Seele geht mir am Arsch vorbei. Ich hab Durst.«

Kapitel 8

»Ah – das tut gut!« Thea Zinck seufzte zufrieden und stellte das eisumkrustete Glas auf den Tisch. »Das ist Perfektion, Slawa. Dafür mag ich dich übrigens. Dich und meinen Kumpel *Absolut*. Wenn mich einer fragen würde, was ich auf eine einsame Insel mitnehmen würde ...«

»Einen Kühlschrank und ein paar Kisten Wodka«, fiel Slawa ihr ins Wort. »Noch einen, Thea?«

Die Kommissarin nickte.

Slawa saß ihr gegenüber im Privatséparée seines Bordells. Thea Zinck betrachtete sein kantiges Profil in einem der barocken, goldgerahmten Spiegel. Dann wanderte ihr Blick nach oben, und sie sah ihr eigenes, verquollenes Gesicht im Deckenspiegel, umrahmt von rotem Samt.

Erst die grüne Hölle, jetzt die rote, dachte sie und hielt Slawa das leere Glas hin. »Einen nehme ich noch, dann muss Schluss sein.«

»Du gefällst mir heute gar nicht«, sagte Slawa ernst.

»Du kannst dir nicht vorstellen, wie beschissen mein Tag war.«

Slawa schnippte einmal kurz mit den Fingern, und das spärlich bekleidete Mädchen, das stumm hinter ihm auf seine Anweisungen gewartet hatte, stöckelte zur Tür hinaus.

Dann sagte er: »Ah, damit dürften wir beim eigentlichen Grund für unser kleines konspiratives Treffen sein.«

Das Mädchen kam wieder zurück und servierte die bestellten Getränke. Slawa küsste sie auf die Wange, schob sie dann an die Seite und sagte: »Wir wollen allein sein.«

Das Mädchen bedachte die Kommissarin mit einem wütenden Blick und warf die Tür hinter sich zu.

»Deine aktuelle Flamme?«

Der Russe lachte. »Wie findest du sie? Ganz frisch im Angebot.«

»Süß. Und diesmal sogar rothaarig. Aber wie die mich gerade angefunkelt hat …«

»Sie ist eifersüchtig auf dich, Thea.«

»Pah … Slawa! Versuchst du mir grad ein billiges Kompliment zu machen?«

Er grinste, hob sein Glas und prostete ihr zu. »Was willst du wissen?« »Als ob du das nicht genau wüsstest. Lass mich nicht betteln, mein Freund.«

»Also gut. Die Metzgerei heute.«

»Hat irgendwer, den du kennst, die Jagdsaison auf Türken eröffnet?«

Slawa schüttelte den Kopf. »Keiner vom Kiez – jedenfalls nicht vom Kiez in dieser Stadt.«

»Es ist aus einem Auto gefeuert worden. Und es gibt Zeugen, die einen dunklen Jaguar gesehen haben wollen. Du fährst einen dunklen Jaguar.«

»Ach, Thea, das ist jetzt nicht dein Ernst. Du kannst doch nicht glauben, dass ich mit meinem Privatwagen durch die Stadt fahre und Leute abknalle. Ich!«

»Tu ich auch nicht. Aber dein Wagen ist bei der Kripo bekannt. Du wirst ein Alibi brauchen. Für dich und für dein Auto. Hast du eins?«

»Ein Alibi? Natürlich. Meine Töchter sind gerade zu Besuch. Heute Vormittag waren wir in Düsseldorf einkaufen.«

»Und dein Jaguar?«

»War hier. Meine Töchter wollten unbedingt mit dem Porsche nach Düsseldorf.«

»Zeugen?«

»Wir waren auf der Kö in etlichen Läden – aber bei Chanel und Bulgari haben die Mädchen richtig zugeschlagen. Ich bin sicher, dort wird man sich an uns erinnern. An den grau melierten russischen Zaren mit seinen hübschen Töchtern. Und an meine Kreditkarten. Lass es überprüfen.«

»Werde ich. Wobei wir wieder am Anfang wären. Wer verkauft in der Stadt Makarov-Pistolen? Du ja wohl nicht.«

Slawa lachte. »Makarov. So was machen nur die Jugos oder die Polen.«

»Ich warne dich«, sagte Thea Zinck. »Manfred Abels verknüpft Indizien immer auf dem kürzesten Weg. Ich hoffe, dass Sascha und Grischa keine Nebengeschäfte hinter deinem Rücken machen.«

»Nein, Thea. Nein. Nicht die beiden.«

»Wie kannst du dir da so sicher sein?«

Slawa trank von seinem Wodka und sagte: »Bei solchen Schrottwaffen gibt's nur Reklamationen. Wenn die beiden was verkaufen würden, dann nur Qualität. Und selbst wenn sie hinter meinem Rücken Qualität verkaufen würden ... du weißt schon, was ich meine.«

»Na gut. Nächste Frage: Wer fährt durch die Stadt und knallt Leute ab? Albaner? Türken? Andere Russen, die ins Geschäft wollen? Al Quaida? Nazis? Am Ende niemand? Streit wegen Schutzgeld? Neues Gerangel um diesen Laden, dieses Bordell? Du weißt schon – die Sache vor zwei Jahren, als die Albaner ...«

Slawa winkte ab. »Schnee von gestern. Kein Mensch interessiert sich mehr für den Schuppen. Glaub mir, Thea, ich wüsste es, wenn es jemand von hier gewesen wäre.«

»Abels ist davon überzeugt, dass es um einen Laden auf dem Kiez oder um Schutzgeld geht. Das hat er auch der Presse gesagt.«

Der Russe schüttelte belustigt den Kopf. »Was für ein Vollidiot.« Er zündete sich eine Zigarre an, warf den Kopf in den Nacken und paffte die ersten Rauchwolken in Richtung Decke und sagte nach einigen Zügen: »Das waren keine Profis.«

»Aha?!«

»Bist du erst seit gestern bei den Bullen? Keiner, der was auf sich hält, ballert am helllichten Tag in der Innenstadt in der Gegend herum. Kein Profi geht das Risiko ein, Unbeteiligte zu erschießen. Da waren zu viele Passanten. Das macht nur der Abschaum. Soweit ich weiß, ist eine junge Mutter erschossen worden. Meine Männer machen so etwas nicht. Nicht mal der Bodensatz hier auf dem Kiez macht so was.«

»Wusstest du, dass der Metzger der Onkel von dem Coskundeniz ist? Der mit dem Laden, den die Albaner wollten?«

Er machte mit der Hand eine wegwerfende Bewegung. »Und wenn schon. Selbst wenn das der Grund wäre. Dann hätte man vielleicht abends nach Ladenschluss die Metzgerei sauber in die Luft gejagt. Glaub mir, Thea, das heute, das war eine Anfängersauerei. So macht man doch keine Geschäfte.«

»Na gut.« Thea Zinck griff nach ihrem Glas und leerte es in einem Zug. »Ich muss los.«

»He, was ist mit dir? Es ist noch vor Mitternacht!«

»Heute nicht, Slawa. Lass uns deiner Kleinen eine Freude machen. Ich muss morgen klar im Kopf sein.«

Er stand auf, ging zur Tür und rief nach Grischa.

»Madame Thea möchte nach Hause.«

Grischa deutete eine Verbeugung an und reichte der Kommissarin den Arm.

Eine Stunde später saß sie nach einer heißen Dusche im Bademantel an ihrem Küchentisch. Vor sich eine Tasse Kaffee. Wie üblich hatten Sascha und Grischa sie nach Hause chauffiert. Einer der beiden hatte Kai Stettners Cherokee gefahren, der andere war im Jaguar gefolgt. Im Gegensatz zur letzten Nacht hatte sie es allein in ihre Wohnung geschafft.

Sie nahm einen Schluck. Ihr Blick wanderte in Richtung Kühlschrank, wo Sascha eine 2-Liter-Flasche Wodka im Eisfach deponiert hatte. »Geht auf Haus«, hatte er zum Abschied gesagt.

Thea Zinck zwang ihre Gedanken weg vom Kühlschrank und zurück zu ihrem Fall.

Sie stellte die Tasse in die Spüle. In ihrem Kopf drehte sich plötzlich alles. Thea Zinck hielt sich am Griff der Kühlschranktür fest.

Es wäre so einfach, ihn aufzumachen und die Flasche herauszuholen. Sie schloss die Augen. Allein die Erinnerung daran, wie der eiskalte Wodka über ihre Zunge glitt, beruhigte sie auf der Stelle. Es wäre so einfach ...

Der Kühlschrank brummte laut. Thea Zinck öffnete die Augen. Sie lag zusammengekauert auf dem Küchenfußboden und hielt die halbvolle Wodkaflasche in ihren Armen. Mit einer Hand versuchte sie, sich an der Spüle hochzuziehen, aber ihre Beine gehorchten nicht. Nach dem zweiten Versuch gab sie auf.

Kapitel 9

Zweiter Tag: Sonntag

Kai Stettner ließ seinen Finger auf der Klingel. Endlich ging der Türsummer, und er stieg die zwei Etagen zu Thea Zincks Wohnung hinauf. Die Wohnungstür war offen.

»Chef?«

»In der Küche! Warum klingelst du? Du hast doch einen Schlüssel.«

Er gab keine Antwort, sondern blieb in der Tür stehen. Thea Zinck machte einen nüchternen Eindruck und stand fix und fertig angezogen an der Spüle und trocknete zwei Tassen ab.

»Kümmer' dich mal um Kaffee. Wir sollten ausnutzen, dass die Tassen sauber sind«, sagte sie.

Er rührte sich nicht vom Fleck.

»Was ist?«

»Sind Sie nüchtern, Chef?«

»Den Umständen entsprechend«, sagte sie. »Und du? Ausgeschlafen?« Sie drückte ihm ein Paket Kaffeepulver in die Hand.

»Kann ich nicht behaupten«, erwiderte er. »Ich hatte schreckliche Alpträume, um ehrlich zu sein.«

»Das geht vorbei.«

Stettner nickte, füllte das Pulver in den Kaffeefilter und startete die Kaffeemaschine.

»Es gibt Kollegen, die haben so was in dreißig Jahren Dienstzeit nicht erlebt. Da wird mal eine Leiche gefunden, und dann muss man einen Mord aufklären – oder auch nicht. Aber selbst mittendrin zu stehen – das ist nicht der Alltag, weiß Gott nicht.«

Er wusste nicht, was er von der Freundlichkeit, mit der seine Chefin ihn plötzlich behandelte, zu halten hatte und sagte: »Ich hatte eben Pech.«

»Und deshalb musst du auch nichts drauf geben, wenn Horst Schreiber sich über dich lustig macht. Der Typ hat in seinem Leben noch nichts Gefährlicheres erlebt als Zoff mit seiner bedauernswerten Ehefrau. Der schaukelt seine fette Wampe gemütlich Richtung Pensionierung und bewegt sich dabei nicht schneller als unbedingt nötig.«

Kai Stettner setzte sich an den Küchentisch. »Ich wollte mich noch bedanken, dass Sie mich gestern verteidigt haben, Chef.«

Thea Zinck winkte ab. »Keine Ursache. Und glaub ja nicht, dass der Spuk schon vorbei ist. Horst hat einen langen Atem.«

»Aber ...«

»Und wir haben eine Menge Arbeit «, sagte die Kommissarin und goss zwei Tassen mit Kaffee voll.

Er nickte. »Ja. Also ... Was denken Sie – wer ist der kleine Junge?«

»Wenn wir das wüssten, wären wir schon einen großen Schritt weiter. Ich kann einfach nicht glauben, dass diese Yasemin nichts mit dem Kind zu tun gehabt haben soll. Warum sollte sie mit einem wildfremden Kind auf dem Arm herumrennen? Und dass ihre Familie nichts darüber weiß, glaub ich auch nicht.« Sie musterte ihn prüfend. »Du siehst wirklich fertig aus.«

»Ich hatte gestern noch einen Anruf vom Altenheim. Mein Vater ...«

»Was?«

»Er hat ... Er isst nichts mehr. Er verweigert jede Nahrung. Und er verhält sich aggressiv.«

»Nicht ungewöhnlich bei Alzheimer.«

»Er hat eine Pflegerin angegriffen, als die ihn füttern

wollte. Ich war die halbe Nacht da, um ihm drei Löffel Brei einzuflößen.« Er seufzte. »Er hat mich nicht mal erkannt. Die Heimleiterin sagt, ich muss ihn woanders unterbringen. Die können sich da um solche Fälle nicht kümmern.«

»Wohin denn?«

»In ein richtiges Pflegeheim. Für Demenzkranke. Ich hab schon überlegt, ob ich ihn ...«

»Was?«, fiel Thea Zinck ihm ins Wort. »Ob du ihn zu dir nehmen sollst? Vergiss es, Kai.«

»Aber ... ich kann doch meinen Vater nicht ...«

»In gewisser Weise ist das nicht mehr dein Vater. Das ist ein sehr kranker Mann, der selbst nicht mehr weiß, wer er ist. Je eher du das begreifst, desto besser. Tu das Richtige für ihn und für dich.«

Thea Zinck guckte auf die Küchenuhr an der Wand.

Kai Stettner war froh, das Thema zu beenden. Er trank seinen Kaffee aus und sagte: »Wir müssen.«

Niemand auf den Fluren im Polizeipräsidium beachtete Thea Zinck und Kai Stettner auf dem Weg in ihr Büro. Alle waren vielmehr damit beschäftigt, ihnen aus dem Weg zu gehen, wie es schien. Gespräche verstummten, Türen wurden geschlossen, sobald sie an einem Büro vorbeikamen und Kai Stettner guten Morgen sagte.

Kaum waren die beiden in ihrem Büro angekommen, ließ Thea Zinck die Jalousien an den Fenstern zum Gang hinunter. »Schmeiß den Rechner an. Du schreibst den Bericht über die Angaben der Cetins. Ich guck mal, was ich über diese Familie herausfinden kann.«

Sie setzte sich an ihren Computer und schaltete ihn ein. »Ach so. Vorher klappere noch die Kollegen ab und frag nach, ob es was Neues über den Jungen gibt.«

»Okay. Soll ich noch mal mit der Jugendschutzstelle sprechen, ob die was aus ihm rausgekriegt haben?«

»Nicht nötig. Diese Fundgrube wird sich Özgü nicht entgehen lassen.«

Kai Stettner ging hinaus. Während der Rechner leise summend die Dateien hochfuhr, sortierte die Kommissarin ein paar Papiere auf ihrem Schreibtisch. Sie war überrascht, dass Kai Stettner bereits nach fünf Minuten mit hochrotem Kopf ins Büro zurückkam.

»Es gibt keine Neuigkeiten über den Jungen«, sagte er gepresst. »Er wird von niemandem vermisst, wie es scheint.«

Beim Klang seiner Stimme wurde Thea Zinck aufmerksam. »Was ist los mit dir?«

»Nichts.«

»Sag nicht *nichts*. Haben die Kollegen ...?«

»Ich möchte nicht darüber sprechen«, fiel er ihr ins Wort.

»Ich will auch keine Details wissen.«

»Schon gut. Ich mach mich jetzt an die Arbeit.«

Die Kommissarin hörte schon nicht mehr zu. Sie suchte in der internen Datenbank nach Informationen über die Opfer des gestrigen Tages. Unter dem Namen Coskundeniz war lediglich Mehmet erfasst. Seit dem Vorfall im Bordell vor zwei Jahren hatte es keine neuen Eintragungen gegeben. Die Kollegen von der Sitte hatten den Laden im Auge behalten. Über seinen Onkel Ali und seinen Cousin Seyfi gab es überhaupt nichts. Auch Mehmet Coskundeniz hatte damals einfach nur das Pech gehabt, einen Laden zu besitzen, der für die Albaner aus irgendwelchen Gründen interessant gewesen war. Und weil er sich nicht hatte einschüchtern lassen, hatte es diesen unseligen Überfall gegeben.

Thea Zinck stand auf, um sich noch einen Kaffee einzuschenken. Kai Stettner tippte auf seiner Tastatur herum.

Die Kommissarin setzte sich wieder an ihren Computer

und gab den Namen Cetin in die Suchmaske ein. Ein paar Sekunden später rief sie: »Na, also!«

Kai Stettner guckte hinter seinem Bildschirm hervor und wartete auf eine Erklärung.

»Ich wusste, dass ich die Cetins kenne!«

»Ach? Und woher?«

Thea Zinck rieb sich die Hände. »Eine ›türkische Entführung‹ vor sechs Jahren! Und da ging es auch um Yasemin. Ich habe zwar nicht direkt mit dem Fall zu tun gehabt, aber hier in der Abteilung gab es einen Massenauftrieb.«

»Eine ›türkische Entführung?‹«

»Da werden Töchter, die von zu Hause abgehauen sind, nicht ›vermisst‹ gemeldet, sondern ›entführt‹, damit die Polizei mit großem Aufgebot ausrückt, um die armen Dinger wieder nach Hause zu schleifen.«

»Ich hab' schon davon gehört. Auf einem Seminar – von einem Kollegen aus Berlin«, sagte Kai Stettner.

»Na, immerhin. Unsere interne Statistik sagt, dass über neunzig Prozent der angeblich unter dramatischen Umständen entführten türkischen Mädchen nur ausgebüxt sind. Zum Beispiel vor einer Heirat, die sie nicht wollen, oder aus sonstigen Gründen.«

»Der Kollege hat gesagt, es wäre der totale Terror ...«

»Womit er recht hat. Der komplette Clan ist hier angerückt, mit Klageweibern und allem Drum und Dran. Und dann wurde die große Show abgezogen. Angebliche Erpresser-Anrufe, angebliche Lösegeldforderungen, angebliche Beweise.«

»Ja, aber wie soll man unter den Umständen wissen, ob es nicht doch eine echte Entführung ist?«

»Anfangs sind wir ja auch noch darauf reingefallen und mit großem Aufgebot ausgerückt. Die Mädchen haben wir dann in Diskotheken, Kneipen oder bei ihrem Freund aufgegriffen – sie wollten einfach nur ein bisschen Freiheit. Und das wussten ihre Familien ganz genau. Bei den Cetins war es genauso.«

»Kann man die dann nicht regresspflichtig machen?«

»Wie willst du denen denn beweisen, dass sie es wussten? Besorgte Eltern befürchten schon mal das Schlimmste. Was mich persönlich am meisten daran nervt, ist die Tatsache, dass die ansonsten auf die deutsche Polizei scheißen. Recht und Gesetz stehen im Koran und nicht im BGB. Und für den Koran ist der Mullah zuständig. Der Mullah sagt, was im Koran geschrieben steht und wie man es zu interpretieren hat. Das heißt, wenn der Mullah sagt, jemand ist zu bestrafen, weil der Koran das so festlegt, dann gibt es auch bei den Tätern kein Bewusstsein dafür, dass es eine Straftat ist. Allah hat es so gewollt.«

»Ja, aber ...«

»Unsere Gesetze gelten in deren Köpfen nichts. Weil der Koran über allem steht, in jedem Land der Welt. Aus deren Sicht auch über den Rechten der Frauen und letztendlich auch über der freiheitlich demokratischen Grundordnung. Streng genommen kann ein gläubiger Muslim keine deutsche Staatsbürgerschaft haben, weil er aus Gewissensgründen eigentlich keinen Eid auf unsere Demokratie schwören kann. Demokratie war für den Propheten Mohammed kein Thema ...«

»Ja, aber ...«

»Unterbrich mich nicht. Um derlei Widrigkeiten zuvorzukommen, hat der Prophet ein Gesetz niedergeschrieben, das da heißt, dass eine Lüge dem Feind gegenüber nicht nur tolerabel, sondern das Gebot der Stunde ist, wenn die Lüge der Verbreitung des Glaubens und der muslimischen Weltsicht zugutekommt.«

»Ja, aber heutzutage ...«

»Stettner, bitte! Guck dich doch mal um. Integration? Wo denn? Da gibt es Gegenden, die hat schon jeder

Stadtverordnete zum orientalischen Paralleluniversum erklärt. Türkische Läden, türkische Ärzte, türkische Rechtsanwälte ... Ist dir noch nie aufgefallen, wie viele Frauen mit Kopftüchern es hier gibt? Hier gibt es Frauen, die seit dreißig und mehr Jahren in Deutschland sind und kein Wort Deutsch sprechen! Und das sollen sie auch nicht – da könnten sie sich ja plötzlich für Dinge interessieren, die sie – in den Augen der Männer – gar nichts angehen. Bildung zum Beispiel, ein Beruf oder Frauenrechte. Apropos – da fällt mir was ein ...« Sie griff zum Telefon und wählte eine Nummer.

Kai Stettner schüttelte über Thea Zincks Monolog den Kopf und war froh, dass er sich wieder seinem Bericht widmen konnte, und tippte weiter.

»Hier Zinck. Seid ihr gerade mit Yasemin Cetin beschäftigt? Ich hab eine Bitte: Ich muss wissen, ob sie je ein Kind geboren hat. Das ist wichtig. Wann ...?« Sie lauschte einen Moment. »Okay, sagt mir dann einfach Bescheid, ja?«

Sie legte den Hörer auf.

»Machen wir keinen DNA-Vergleich mit dem Jungen?«, fragte Kai Stettner.

»Doch, doch ... aber das dauert«, murmelte die Kommissarin. Im selben Augenblick klingelte das Telefon.

»Zinck ... Ah, Doktor Weber. Was kann ich für Sie tun?« Während sie zuhörte, klopfte sie sich mit dem Kugelschreiber gegen die Schneidezähne. Plötzlich hielt sie inne. »Wirklich? Wann war das?« Sie zog sich ihren Notizblock heran und schrieb etwas auf. »Und wie sah der Mann aus? ... Ach, tatsächlich? Hat er seinen Namen genannt? ... Aha, ein Freund, verstehe. Vielen Dank, Dr. Weber. Kann sein, dass uns das etwas weiterhilft ... Ja, Ihnen auch noch einen schönen Tag.«

Sie kritzelte ein paar Worte auf ihren Notizblock.

Kai Stettner guckte hoch. »Was ist?«

»Du erinnerst dich: Ein paar Zeugen hatten einen

jungen Mann in Motorradkleidung gesehen, der vor der Metzgerei gewartet hat?«

»Was ist mit dem?«

»Der war heute im Krankenhaus und wollte Yasemin Cetin besuchen.«

»Ach? Hat Weber ihn nach seinem Namen gefragt?«

»Ja, aber er hat ihm keine Antwort gegeben und war sofort weg, als Weber ihm gesagt hat, dass Yasemin tot ist. Aber er hat ihn beschrieben: dunkelhaariger junger Mann in Motorradkleidung, der einen roten Integralhelm in der Hand hielt. Und was sagt uns das? Wenn dieser Typ gestern vor der Metzgerei auf Yasemin Cetin gewartet hat – und ich denke, diese Spekulation können wir getrost wagen –, war er vielleicht nicht der Einzige, der wusste, dass sie dort auftauchen würde und warum.«

»Sie denken, die Schüsse galten Yasemin Cetin?«

»Warum nicht? Das erscheint mir momentan plausibler als Abels' medientaugliche Idee vom Bandenkrieg. Ich will nicht behaupten, dass wir es hier mit einem sogenannten Ehrenmord zu tun haben. Aber ausschließen dürfen wir das zurzeit nicht.«

»Ja, aber ... Chef. Das würde ja bedeuten, dass ihre Brüder ...«

»... oder ihr Vater oder ein Cousin. Ja, Kai, das würde es bedeuten.«

»Wessen Ehre soll denn da wiederhergestellt werden, um Himmels willen?!«

»Die der Familie.« Thea Zinck schnaubte: »Du hattest den Auftrag, dich zu informieren. Wie ich sehe, hast du das noch nicht gemacht, sonst würdest du nicht solche Fragen stellen.«

»Aber das ist doch Mord. Wie kann ...«

Thea Zinck war kurz davor, ihren Assistenten durchzuschütteln. »Hast du mir vorhin nicht zugehört?«

»Doch, Chef.«

»Und?«

»Nix, und. Ich ... ich ... weiß nur nicht, wie man auf die Idee kommen kann, sein eigenes Kind umzubringen. Ehre ist doch ...«

»Eher ein abstrakter Begriff, wolltest du sagen?«

»So ungefähr.«

»Für die meisten von uns ist unser lieber Gott mit seinen zehn Geboten auch schon lange tot. Das gilt für den muslimischen Kulturkreis und seinen Allah aber ganz und gar nicht.«

Es klopfte an der Bürotür, und Özgü kam herein. »Ich fahr' jetzt ins Kinderheim, wenn's recht ist«, sagte er. Thea Zinck dreht sich um und guckte Özgü an. »War das deine Idee?«

»Ja, sicher. Abels braucht mich grad' nicht.«

»Kai wird dich begleiten. Was ist mit der Kinderpsychologin?«

»Die treffen wir vor Ort.«

»Na dann. Viel Glück.«

Kai Stettner nahm seine Jacke und ging mit Özgü hinaus.

Kapitel 10

An der Wohnungstür wurde geklopft. Thorsten Gerlach zog den Reißverschluss seiner Motorrad-Kombi herunter und schlüpfte aus den Ärmeln. Er rief: »Einen Augenblick«, und fixierte die Türkette, bevor er die Klinke herunterdrückte. Im selben Moment krachte es, und die Verschraubung der Sicherheitskette flog heraus. Das Türschloss gab knirschend nach, und in der nächsten Sekunde taumelte er rückwärts in Richtung Küche. Der erste Schlag ließ ihn gegen den Türrahmen prallen, der zweite Treffer zwang ihn auf die Knie. Blut tropfte auf den Fußboden. Er wurde von hinten gepackt und brutal auf den Fußboden gedrückt. Dann hörte er das Knistern von Klebeband, seine Arme wurden nach hinten gerissen und seine Hände mit Klebeband fixiert. Die Tür wurde zugeschlagen. Er heulte vor Schmerz, als ihn ein Tritt mit dem Stiefel in die Seite traf. Sein Kopf wurde gepackt und zur Seite gerissen. Ein Mann schrie: »Wo ist meine Frau?«

Thorsten Gerlach spürte den schweren Stiefel auf seinem Hals. »Wo?!«, wurde er angebrüllt.

»Kenne ich nicht. Ich kenne deine Frau nicht«, würgte er hervor.

Sein Kopf wurde herumgerissen, und er sah zwei Männer mit Sturmhauben auf dem Kopf. Der größere holte aus und trat ihm in die Seite, dann zog der Mann ein Handy aus seiner Tasche. Thorsten Gerlach schloss die Augen. Der Mann hielt ihm das Handy ans Ohr.

Thorsten Gerlach erkannte seine eigene Stimme auf der Mailbox: »Yasemin? Ich bin's. Leyla geht es gut, sie ist in Sicherheit. Alles andere wie besprochen. Bis später, ja? Sei tapfer. Wir schaffen das.«

»Also«, schrie der größere der beiden. »Pass auf, was du sagst! Wo ist sie?«

»Ich weiß es nicht …«, wimmerte Thorsten Gerlach.

Der Mann trat ihm in Gesicht. Das Knacken brechender Knochen dröhnte in Thorsten Gerlachs Schädel. Sein Kopf fiel zur Seite, und er verschluckte sich an seinem Blut. Er hustete und rang nach Luft. Seine Blase entleerte sich, und das Leder seiner Hose klebte warm und feucht an seinen Oberschenkeln.

»Wo … ist … meine … Frau?!« Bei jedem Wort wurde Thorsten Gerlachs Kopf auf den Fußboden gerammt.

»Wenn du nicht redest … Tanja wird reden!«

Dann war es für einen Augenblick ruhig. Plötzlich spürte er den Atem des Angreifers ganz nah an seinem Ohr. »Tanja wird uns alles erzählen«, flüsterte die Stimme. »Und danach sieht sie genauso aus wie du.«

Der Angreifer nahm Thorsten Gerlachs Kopf mit beiden Händen, legte ihn vor seiner Stiefelspitze zurecht, wie einen Fußball am Elfmeterpunkt, und holte aus.

Lothar Özgü und Kai Stettner standen am Gartenzaun des Kinderheimes.

»Welcher ist es?«, fragte Özgü.

»Der Schmächtige da, mit dem roten Pullover.« Kai Stettner winkte dem Kind zu, das alleine auf einer Schaukel saß. Der Junge sah ihn, sprang von der Schaukel und rannte brüllend ins Haus.

»Ich glaub, er mag dich nicht«, sagte Özgü und grinste Kai Stettner an. Der zuckte mit den Schultern.

»War ein Witz, Kai«, sagte er. »Kinder in dem Alter kennen keine Dankbarkeit. Noch nicht.«

»Hast du Kinder?«

»Ja, zwei. Die sind schon neun und elf und immer noch nicht dankbar, ob du's glaubst oder nicht.«

Eine junge Frau kam aus dem Haus und ging auf die

beiden Kommissare zu. »Tach, Lothar«, sagte sie zu Özgü. »Guten Tag, Herr Stettner. Das war kein guter Anfang. Der Kleine hat Sie gesehen, und jetzt sitzt er im Spielzimmer und weint. Vielleicht bleiben Sie besser so lange draußen. Nehmen Sie es nicht persönlich.« Sie wartete seine Antwort nicht ab, sondern ging zurück zum Haus. Lothar Özgü folgte ihr.

Kai Stettner ging zum Auto, lehnte sich an die Beifahrertür und sah den Kindern beim Spielen zu.

Nach kaum einer halben Stunde kam Özgü kopfschüttelnd zurück.

»Du siehst nicht begeistert aus«, sagte Kai Stettner und kam ihm ein paar Schritte entgegen.

»Er hat nur geweint und nichts gesagt«, sagte Özgü. »Gar nix.«

»Der ist ja auch total doof«, sagte eine helle Stimme neben Kai Stettner. Lothar Özgü lachte und sagte: »Und wer bist du?«

»Wer sind Sie?«, sagte ein Mädchen und stemmte ihre Arme in die Hüften.

»Wir sind Polizisten«, sagte Kai Stettner. »Und wer bist du?«

»Das geht Sie gar nichts an.«

»Oh doch«, sagte er. »Weil ich Polizist bin. Wie alt bist du, und wie heißt du?« Er setzte eine ernste Miene auf und zog seinen Notizblock aus der Tasche.

»Ich bin elf und heiße Heike.«

Kai Stettner notierte etwas auf seinem Block.

»Ach so. Also, Heike, der kleine Junge ist also doof. Das wolltest du auf jeden Fall mal sagen, oder wie soll ich das verstehen?«, fragte Kai Stettner streng. Lothar Özgü drehte sich weg, um nicht laut loszulachen.

»Seit die Heulsuse da ist, kümmern sich alle nur noch um den«, maulte sie. »Und der muss auch keine fettige Wurst essen. Der kriegt Käse, weil er Türke ist, sagt die

Frau Sander. Wir wollen auch keine Wurst essen, aber wir müssen die essen.«

»Und wer ist Frau Sander?«

»Unsere Küchenfrau.«

»Verstehe. Und hast du schon mit dem Neuen gesprochen?«

»Nein«, sagte Heike gedehnt, »der flennt ja nur. Hab' ich doch schon gesagt.«

»Woher weißt du dann, dass der Junge ein Türke ist?« Kai Stettner guckte streng, und Heike verschränkte die Hände vor ihrer Brust.

»Menno ...« Sie scharrte mit dem rechten Fuß im Gras.

»Pass mal auf, Heike. Ich bin Kommissar. Es wäre besser für dich, mir die Wahrheit zu sagen.«

Das Mädchen verdrehte die Augen und sagte: »Muss ich gar nicht. Das weiß ich aus dem Fernsehen. Da kommt ein Anwalt. So!«

Lothar Özgü lachte laut. Dann guckte er wieder ernst und sagte: »Hat der Neue geredet, und wenn ja mit wem?«

»Mit Frau Sander, natürlich.«

»Danke, Heike. Du hast uns sehr geholfen«, sagte Kai Stettner und hielt ihr die Hand hin. Sie schlug nicht ein, sondern sagte: »Suchen Sie dem seine Eltern?«

»Hm, ja, das tun wir. Willst du uns dabei helfen? Ich meine, je eher er hier weg ist ... du weißt schon ...«

Heike verzog das Gesicht. Das Angebot schien ihr zu gefallen. »Und wie?«

Kai Stettner drückte ihr eine Visitenkarte in die Hand. »Da steht meine Handynummer drauf. Wenn dir noch was einfällt, oder wenn was passiert, dann rufst du mich an. Okay?«

Sie musterte das Stück Papier. »Okay, Kommissar Stettner.« Sie schloss ihre Hand fest um die Visitenkarte und sagte: »Übrigens, meine Eltern brauchen Sie nicht zu suchen, die sind tot.«

»Das tut mir sehr leid. Na, dann ... «, sagte Kai Stettner.

Heike streckte ihm die Zunge heraus und rief: »Stimmt ja gar nicht. Stimmt ja gar nicht ...«.

Lothar Özgü winkte ihr zum Abschied zu. Sie drehte sich um und lief ins Haus.

»Also redet er doch. Ich glaube, ich geh noch mal rein«, sagte Özgü.

»Nein, warte mal.« Kai Stettner wählte eine Nummer auf seinem Handy. »Frau Hengsdorf? Hier Stettner noch mal. Ist die Küchenhilfe Frau Sander noch da? ... Kann sie mal kurz vor die Tür kommen? ... Ja, wir warten draußen am Auto. Nur ein paar Fragen.«

Kapitel 11

Das Faxgerät piepte und begann, ratternd mehrere Seiten auszudrucken. Thea Zinck nahm die eng bedruckten Seiten und begann zu lesen. Kai Stettner betrat das Büro und blieb neben der Kommissarin stehen. Thea Zinck blickte auf. »Na, was erreicht?«

»Nicht viel. Der Kleine hat mich gesehen und hat angefangen zu brüllen. Özgü und die Kinderpsychologin haben versucht, mit ihm zu sprechen. Kein Erfolg. Der Kleine war nicht zu beruhigen. Er wollte nichts malen und nicht sprechen. Jedenfalls nicht mit uns! Aber er hat mit der Küchenhilfe des Kinderheimes gesprochen.«

»Ja, und was hat die gesagt?«

»Nicht viel. Nur, dass der Kleine ihr mitgeteilt hat, dass er die Wurst nicht essen darf.«

»Ach? Und sonst?«

»Nichts. Die Frau hat erzählt, dass er in die Küche kam, sich vor ihr aufgebaut hat, ihr gesagt hat, dass er kein Schweinefleisch isst, weil er Moslem ist. Sie hat ihn nach seinem Namen gefragt und wo er herkommt, aber der Kleine hat sich umgedreht, hat wieder geweint, und das war's.«

»Müssen wir den Jungen umquartieren? Bestehen Bedenken?«

»Nein, die Küchenfrau ist keine Türkin. Sie spricht Türkisch. Weil sie jahrelang Chefanimateurin in einem Clubhotel in der Nähe von Side war. Sie hat keinen Kontakt zur türkischen Gemeinde.«

»Sicher?«

»Sicher. Ich hab ihr gesagt, sie soll ihn im Auge behalten und mit niemandem über ihn sprechen.«

»Hm.«

»Was für ein seltsames Kind. Das muss alles so schrecklich für ihn sein …«, sagte Kai Stettner.

»Ja, ja … nicht schrecklicher als für andere Kinder auch. Er sagt einfach nur, was ihm grad wichtig ist. Und wie man sieht, ist das im Augenblick nicht seine Familie, sondern Allah. Wundert euch nicht, wenn er demnächst nach einem Gebetsteppich verlangt und wissen will, in welche Richtung Mekka liegt«, sagte Thea Zinck und fuhr fort: »Dafür ist der Obduktionsbericht umso ausführlicher. Yasemin ist tatsächlich nicht die Mutter.« Die Kommissarin klang enttäuscht. »Keine Hinweise auf eine Schwangerschaft oder Geburt. Sogar ihr Jungfernhäutchen ist noch intakt – obwohl das nichts heißen muss.«

Kai Stettner guckte seine Chefin fragend an.

»Ja, was?«, sagte Thea Zinck. »In muslimischen Ländern wird die OP zur Wiederherstellung der Jungfräulichkeit häufiger verlangt als eine Nasenkorrektur.« Sie las weiter. »Scheiße …«

»Was?«, sagte Stettner und setzte sich an seinen Schreibtisch.

»Hier steht: … *Verletzungen der Haut des Afters zur Schleimhaut des Enddarms könnten im Rahmen eines Analverkehrs entstanden sein* … Und so weiter … *so dass eine äußere Gewalteinwirkung im vorliegenden Fall aber letztlich nicht nachzuweisen ist.* Na ja … Kai, hörst du mir überhaupt zu?«

»Ja. Ich meine, nein. Also, ich meine das da draußen, Chef«, sagte Kai Stettner.

Eine Gruppe Männer lief schimpfend und gestikulierend an der Glasfront zum Flur vorbei. Kai Stettner erkannte die männlichen Mitglieder der Familie Cetin, die von einem Mann in traditioneller Kleidung und mit einer weißen *Takke* auf dem Kopf begleitet wurden.

»Wurde aber auch Zeit«, murmelte Thea Zinck, »das Gesetz ist im Anmarsch.«

Hakan Cetin guckte im selben Moment zur Seite und entdeckte Thea Zinck und Kai Stettner in ihrem Büro. Er sagte etwas zu den Männern, worauf die Gruppe kehrtmachte. Im nächsten Moment ging die Tür auf. Die Männer kamen herein und bauten sich vor Thea Zincks Schreibtisch auf.

»Guten Tag, meine Herren. Worum geht's?«

»Wir verlangen die sofortige Herausgabe von Yasemins Leiche. Wir haben einer Obduktion nicht zugestimmt«, sagte Tayfun Cetin.

»Wir sie beerdigen – sofort«, stammelte sein Vater.

»Herr Cetin«, antwortete Thea Zinck ruhig, »das haben wir doch gestern in aller Ausführlichkeit besprochen. Es wird noch ein bis zwei Tage dauern. Ich werde Ihre Familie sofort unterrichten, wenn der Leichnam freigegeben ist.«

Der Mullah meldete sich zu Wort. »Koran verlangt Beerdigung in vierundzwanzig Stunden, Frau. Das Verstoß gegen Religionsfreiheit. Ich will mit Chef sprechen. Ich spreche darüber nicht mit ...«

»Ob Ihnen das nun passt oder nicht, Sie müssen mit mir vorliebnehmen. Mein Chef ist gerade unabkömmlich. Wer sind Sie, und was haben Sie überhaupt mit der Sache zu tun?«

»Osman Cetin. Ich Onkel von Yasemin. Ich bin Familie.«

»Und Sie sind der Mullah«, fügte die Kommissarin hinzu.

Der Mann nickte.

»Nun, meine Herren ... ich habe einen vorläufigen Obduktionsbericht erhalten, in ein paar Tagen ...«

»Und was sagt der?«, blaffte Tayfun Cetin.

»Yasemin war tatsächlich noch Jungfrau.« Thea Zinck guckte herausfordernd in die Runde. Kai Stettner hielt die Luft an.

»Das haben wir Ihnen doch gesagt!«, schrie Hakan Cetin.

»Schneiden Sie meine tote Schwester auf, um das festzustellen?«

»Nein, nein ...«, versuchte Kai Stettner beschwichtigend einzugreifen. »Wir müssen eben alles ...«

»Was sie gesagt?«, schluchzte Abdul Cetin. »Was?«

Hakan Cetin sagte ein paar Worte auf Türkisch. Yasemins Vater erbleichte und taumelte rückwärts. Bekir nahm den Arm seines Vaters, und Hakan packte ihn bei den Schultern, um zu verhindern, dass er zu Boden stürzte.

Tayfun beugte sich über Thea Zincks Schreibtisch, aber bevor er etwas sagen konnte, fuhr sie dazwischen. »Alle Mann raus – bis auf Mullah Osman«, sagte die Kommissarin und stand hinter ihrem Schreibtisch auf. Tayfun wich zurück. Bekir und Hakan waren mit ihrem Vater schon halb aus der Tür, als Tayfun sich an den Mullah wandte und auf Türkisch auf ihn einredete. Der hob nur die Hand, und Tayfun verstummte. Dann folgte er den anderen hinaus auf den Flur.

Kai Stettner schloss die Jalousien und setzte sich hinter seinen Schreibtisch.

Die Kommissarin verschränkte die Arme vor der Brust und baute sich vor dem Mullah auf. »Herr Cetin, ich habe das Theater nicht vergessen, das wir vor ein paar Jahren wegen Yasemin mit Ihrer Familie hatten. Damals haben Sie die Polizei vor Ihren Karren gespannt – das wird nicht noch einmal passieren, verstehen Sie? Yasemin ist tot. Sie wurde erschossen. Und wir werden alles tun, um den oder die Mörder zu finden. Sie werden Yasemins Leiche dann beisetzen, wenn wir der Ansicht sind, dass wir mit den Ermittlungen so weit sind. Haben Sie verstanden, was ich gesagt habe? Falls nicht, lasse ich gerne einen Dolmetscher kommen.«

»Aber Koran sagt, dass …«

»Im Koran steht alles Mögliche und Unmögliche. Ich habe meine Hausaufgaben gemacht, Herr Cetin. Ich weiß, was drinsteht. Da steht auch, dass ihr eure Frauen ehren sollt. Davon ist manchmal nicht viel zu merken.«

Der Mullah sagte nichts. Er fixierte einen Punkt in einer Ecke des Raumes.

»Ihrem Schweigen entnehme ich, dass Sie die Suren auch kennen«, sagte Thea Zinck.

»Wer Vorgesetzte von Ihnen!«, donnerte er plötzlich.

Kai Stettner sprang auf.

Thea Zinck lächelte und sagte: »Übrigens, bei der Obduktion wurde festgestellt, dass Yasemin durchaus sexuell aktiv war. Es wurden Anzeichen für Analverkehr gefunden. Hatte sie einen Freund?«

Der Mullah wich kopfschüttelnd zwei Schritte zurück.

»Sie haben verstanden, was ich gerade sagte?«, fuhr die Kommissarin fort.

»Sie … Sie … reden von Yasemin wie von Hund! Kein Freund. Nie! Familie immer aufgepasst.«

»Offensichtlich nicht gut genug, wie mir scheint. Oder haben sich vielleicht die Männer der Familie an ihr bedient? Wenn sie doch keinen Freund hatte …?«

Der Mullah schnappte nach Luft und schrie: »Was erlaubst du, Frau? So was nicht in muslimische Familie! So wie Schweine! Wie wagst du …du …du …«

»Hure?«, soufflierte die Kommissarin und drehte sich zu Kai Stettner um. »Gib mir mal das Foto von dem Jungen.«

Kai Stettner blätterte in seinem Notizbuch und zog einen Fotoausdruck heraus. Thea Zinck nahm das Bild und hielt es dem Mullah hin. »Kennen Sie den Jungen?«

Osman Cetin betrachtete das Bild mit unbewegtem Gesicht. Dann schüttelte er den Kopf, wandte sich abrupt ab und verließ das Büro.

»Soll ich …?«, sagte Kai Stettner.

»Nein, lass ihn gehen. Je eher die hier raus sind, umso besser.« Thea Zinck fuhr sich mit den Händen durch die Haare. »Selbst auf dem Basar in Istanbul habe ich nicht so viele Lügen gehört wie in den letzten zehn Minuten.«

»Sie waren in Istanbul?«, fragte Stettner.

Die Kommissarin ging nicht auf seine Frage ein, sondern sagte: »Besorg mir mal die Sachen von Yasemin Cetin.«

»Die sind nicht mehr da. Das wollte ich heute Morgen schon machen.«

»Was meinst du mit ›sind nicht mehr da‹? Wir brauchen das Handy! Wer hat die Sachen abgeholt? Und wann?«

»Soweit ich das nachvollziehen konnte, war Bekir Cetin gestern hier, nachdem er aus dem Krankenhaus gekommen ist – und bevor er nach Hause kam, wo wir waren, um die Familie zu befragen.«

»Was?!«, schrie Thea Zinck. »Welches Arschloch hat die Sachen rausgegeben?! Recherchier das, Stettner!«

»Ja, Chef.«

Die Bürotür flog auf. Abels kam hereinmarschiert, eine *Bild am Sonntag* schwenkend, die er vor Thea Zinck auf den Schreibtisch knallte. »Hast du das gesehen, Thea?«

»So einen Dreck lese ich nicht, Manni.«

»Solltest du aber. Zuerst Seite 14.«

Widerwillig blätterte die Kommissarin bis zur angegebenen Seite. Die Schlagzeile sprang ihr direkt ins Auge: *Blutiger Bandenkrieg in der City?* – quer über eine Doppelseite. Dazu Fotos von der zerschossenen Metzgerei, von Manfred Abels, von der Spurensicherung in ihren weißen Overalls und ein großes Foto von dem umgekippten Kinderwagen, und daneben, im Anschnitt, eine blutige Frauenhand.

Thea Zinck zuckte mit den Achseln und sah zu Abels hoch. »Und? Das Übliche halt. Worüber regst du dich auf? Immerhin steht ein Fragezeichen hinter der Überschrift.«

»Das Sahnehäubchen ist auf der nächsten Seite.«

Sie blätterte um. Das Aristokratengesicht von Slawa blickte ihr entgegen.

»Und? Was sagst du jetzt? Los, lies, was dieser russische Kiez-Oligarch der deutschen Presse zu sagen hat. Der macht sich über uns lustig!«

Thea Zinck kam nicht dazu, das Interview zu lesen, denn Abels wütete mit hochrotem Kopf weiter: »Die Polizei besteht nur aus Trotteln, sagt er! Die sogenannte Unterwelt hätte nichts mit den Schüssen zu tun, sagt er! Das sei – ich zitiere! – *keine Arbeit von Profis*. Das muss man sich mal auf der Zunge zergehen lassen – keine Arbeit von Profis! Ich spreng dem seine Scheißläden in die Luft! Da kann er mal ...«

»Wofür? Weil er mit diesem Schmierblatt gesprochen hat? Das ist leider nicht verboten, Manni. Du redest ja auch mit denen. Aber mal was anderes: Welcher Trottel – und da muss ich Slawa recht geben – hat Bekir Cetin gestern die Sachen seiner toten Schwester übergeben? Das kann ja wohl nicht wahr sein. Das könnten wichtige Beweisstücke sein – vor allem das Handy!«

Abels starrte sie an. »Wie ... was ... Beweisstücke? Beweise wofür?«

»Was ist los mit dir? Ist der Fall für dich schon abgeschlossen? Hast du die Mörder schon – und ich weiß bloß nichts davon? Glaubst du immer noch an einen Bandenkrieg?«

»Solange ich keine Hinweise auf andere Täter habe? Der Besitzer der Metzgerei ist der Onkel ...«

»Geschenkt, Manni. Ich verfolge eine andere Spur.«

»Ach ja? Und welche? Aufgrund welcher Indizien, Hinweise, Beweise?«

»Kommt es dir nicht komisch vor, dass niemand das Kind, das Yasemin Cetin auf dem Arm hatte, vermisst? Kommt es dir nicht komisch vor, dass die Familie Cetin abstreitet, den Jungen zu kennen? Verdammt, das stinkt guten Draht zur Presse beklagst, werden wichtige Beweismittel an potentielle Verdächtige herausgegeben!«

Ehe Abels darauf antworten konnte, klingelte Kai Stettners Handy. Abels nutzte den Moment, um der Kommissarin nicht antworten zu müssen, und verließ das Büro. Thea Zinck drehte sich wütend zu Kai Stettner um, der leise in sein Handy sprach: »So schlimm? … Ich komme, so schnell es geht. Danke für Ihren Anruf.«

»Dein Vater?«, fragte Thea Zinck.

Kai Stettner nickte. »Tut mir leid …«

»Was ist?«

»Die Heimleiterin sagt, ich soll dringend vorbeikommen.«

»Dann fahr hin. Das meiste können wir sowieso erst morgen machen, wenn die Ämter wieder geöffnet haben. Wir sehen uns morgen früh. Hol mich um acht ab. Und jetzt hau ab.«

»Danke, Chef. Bis morgen.«

Als er die Bürotür öffnete, kam ihm Horst Schreiber entgegen, der ihn mit »Na, Kylie?« begrüßte. Stettner drängte sich an ihm vorbei, ohne ihn eines Blickes zu würdigen.

Schreiber hielt die Türklinke in der Hand und guckte ihm hinterher.

»Horst, rein oder raus?!«, blaffte Thea Zinck.

»Du sollst zu Abels kommen. Schwing die Hufe«, sagte Schreiber und steckte den Kopf zur Tür herein.

»Ja. Ich komm gleich.«

»He, was ist los mit dir, Thea? Restalkohol? Abels sagt …«

»Na, was sagt er denn?«

»Sofort!«

»Dass du deine Wampe deswegen hier rüberschiebst? Bist du scharf auf ein Fleißkärtchen, Horst? Du hättest mich auch anrufen können.«

Horst Schreiber schnaubte.

»Hey, Horst, hast du diesem Bekir Cetin das Handy von seiner Schwester gegeben?«

»Weiß ich nicht mehr, aber Abels hat gesagt, das ist okay«, sagte er und grinste. »Zufrieden?«

»Nein, Horst. Ich bin nicht zufrieden.«

Als Thea Zinck aufstand und auf ihn zukam, suchte er das Weite. Die Kommissarin sah noch, wie er eilig in der Herrentoilette verschwand, während sie Kurs auf Abels' Büro nahm.

Thea Zinck betrat das Büro ihres Vorgesetzten, ohne anzuklopfen.

»Setz dich, wir müssen uns unterhalten«, sagte Abels, ohne den Blick von seinen Unterlagen auf dem Schreibtisch zu heben.

»Ich bleib lieber stehen.«

»Setz dich hin, Thea, verdammt. Ich krieg sonst Nackenstarre.«

Widerwillig nahm sie auf dem Stuhl vor seinem Schreibtisch Platz.

»Kaffee?«

»Komm zur Sache. Ich hab' keine Zeit.«

»Also gut. Welche Spur verfolgst du wegen der Schießerei gestern? Wir sind da vorhin unterbrochen worden«, fragte Abels.

»Das war keine Schießerei! Zu einer Schießerei gehört ein Schusswechsel, kapier das doch mal. Ein Schusswechsel zwischen zwei Parteien! Den gab es aber nicht.«

»Wie auch immer. Erbsenzählerei. Welche Spur?«

»Die Familie von Yasemin Cetin«, sagte Thea Zinck.

»Hast du Beweise?«

»Noch nicht. Ich wäre vielleicht schon weiter, wenn ich das Handy des Mädchens hätte. Jetzt ist es weg –

dank irgendjemandem hier! Schreiber sagt, du hast das Okay gegeben.«

»Und wenn schon?«

»Vergiss nicht: Das Mädchen hat schon einmal versucht, aus der Familie abzuhauen. Erinnerst du dich nicht?«

Abels nickte. »Doch, allerdings. Mir ist alles wieder eingefallen, als die Männer der Familie vorhin mein Büro gestürmt haben.« Thea Zinck sah die Zornesfalte in Abels' Stirn immer tiefer werden, aber er sagte ruhig: »In erster Linie ging es um die Freigabe des Leichnams von dieser Yasemin. Und dann habe ich mir ausführlich anhören müssen, wie respektlos und rassistisch du bist. Gestern, als du mit Stettner bei der Familie warst, sollst du dich ziemlich schlimm aufgeführt haben. Du hast die Schuhe nicht ...«

»Hör mir bloß auf mit den Scheißschuhen. Immer, wenn denen was gegen den Strich geht, ziehen die die Rassismuskarte. Wenn du darauf eingehst, hast du verloren. Solange ich nicht sicher bin, dass die nichts mit dem Tod von drei Menschen zu tun haben, betrachte ich sie als potentiell verdächtig.«

»Na gut, aber ein bisschen sensibler, wenn ich bitten darf.« Abels nestelte eine Zigarette aus der Schachtel und zündete sie an. Er inhalierte tief und ließ beim Ausatmen ein paar perfekte Rauchkringel an die Decke schweben.

»War's das, Manni? Kann ich gehen?«

Abels räusperte sich. »Thea, wir haben ein Problem.«

»Erzähl mir was Neues.«

Abels drückte entschlossen seine Zigarette aus und sagte: »*Du* hast ein Problem, um genau zu sein. Und ich als Chef der Abteilung kann darüber nicht hinwegsehen. Wir müssen uns über dein Alkoholproblem unterhalten.«

»Was soll das jetzt werden?« Sie erhob sich von ihrem Stuhl und ging zur Tür.

Abels schoss hoch und donnerte: »Setzen Sie sich sofort wieder hin, Frau Zinck! Ich entscheide, wann wir hier fertig sind! Ich bin nicht länger bereit, mir Ihre Unverschämtheiten gefallen zu lassen, haben Sie mich verstanden? Hinsetzen!«

»Ich höre.« Die Kommissarin ging zum Schreitisch zurück und setzte sich wieder auf den Stuhl.

»Sie waren noch immer nicht beim psychologischen Dienst, Frau Zinck. Sie wurden bereits mehrmals aufgefordert, zu Frau Schulze-Hieber zu gehen. Und am Samstag sind Sie mit einer Fahne am Tatort aufgetaucht – obwohl Sie Bereitschaft hatten. Das ist inakzeptabel. Sie marschieren mit Riesenschritten auf Ihre Suspendierung zu. Ich weiß nicht, ob Ihnen das klar ist.«

»Du bist der Chef. Tu, was du nicht lassen kannst, aber hör auf, mich zu siezen.« Die Kommissarin nahm Abels' Kaffeetasse und trank daraus einen Schluck. »Der ist ja ekelhaft.«

Abels nahm ihr die Tasse aus der Hand und sagte: »Lenk nicht ab. Niemand streitet ab, dass du hier die beste Quote hast. Aber ich kann über deine Ausfälle nicht hinwegsehen. Du benimmst dich daneben, du beleidigst Leute, du pflegst Kontakte zu dubiosen Subjekten ...«

»Was bist du plötzlich so versöhnlich? Das kannst du dir schenken. Das Subjekt heißt Slawa. Sprich es ruhig aus.«

»Allerdings tue ich das«, schnappte Abels zurück.

»Mein Privatleben geht niemanden etwas an. Da ist nichts, was ich mit meinem Gewissen oder meiner Loyalität nicht vereinbaren könnte. Und Slawa hat uns schon jede Menge Hinweise geliefert ...«

»Ja, vor allem dir. Wo die nächste Wodkaflasche steht, zum Beispiel«, blaffte Abels. Thea Zinck atmete tief durch und sagte: »Im Gegensatz zu dir, Manni, kennt er seine Grenzen genau. Er ist für uns kontrollierbar – der

Kiez ist kontrollierbar. Erinnere dich an die guten alten Zeiten, als die Albaner die Geschäfte übernommen hatten. Das wünschst du dir doch im Traum nicht wieder.« Sie stand auf und ging zur Tür.

»Denk über das nach, was ich dir gesagt habe, Thea. Und geh zur Schulze-Hieber.«

»Ja, ja. Wiedersehen«, sagte die Kommissarin und verließ türenknallend das Büro.

»Ja, ja heißt: Leck mich am Arsch«, murmelte Abels und schlug it der flachen Hand auf seinen Schreibtisch.

Kapitel 12

Kai Stettner stieß die Eingangstür des Seniorenheimes auf. Vom anderen Ende des Flures kam ihm die Leiterin, Frau Meissner, schon entgegengelaufen. »Herr Stettner!«, rief sie. »Gut, dass Sie endlich da sind. So kann das nicht weitergehen! Ihr Vater hat …«

»Bitte, Frau Meissner, es tut mir leid …«, sagte er und gab ihr die Hand. Sie ergriff sie mit beiden Händen. »Wir müssen uns ernsthaft unterhalten. Ihr Vater ist ein reizender Mann, aber unsere Einrichtung ist auf Menschen mit Alzheimer im fortgeschrittenen Stadium nicht eingerichtet. Denken Sie nur an gestern Nacht! Es war nur eine einzige Mitarbeiterin im Haus, für Notfälle! Sie konnte gegen Ihren Vater nichts ausrichten. Sie hat sich zu Tode gefürchtet … und ein paar blaue Flecke hat sie auch, da will ich ganz offen mit Ihnen sein. Ich konnte sie nur mühsam davon abhalten zu kündigen.«

»Frau Meissner, das tut mir alles sehr leid, aber …«

»Ob leid oder nicht leid, Sie müssen einen Heimplatz für Ihren Vater finden, wo er seiner Krankheit gemäß versorgt werden kann.« Sie legte die Hand auf seinen Arm. »Für Fälle wie Ihren Vater gibt es Einrichtungen mit kompetentem Personal. Er wäre dort wirklich besser aufgehoben. Sie können nicht wollen, dass er verhungert oder am Ende noch sich selbst oder andere ernsthaft verletzt.«

Kai Stettner entzog ihr seine Hand und sagte: »Ich weiß. Wenn ich in den nächsten Tagen ein bisschen Zeit … Wissen Sie, wir haben diesen schweren Fall …«

»Ich habe davon in der Zeitung gelesen. Und ich verspreche, ich helfe Ihnen gern bei der Suche nach einer adäquaten Einrichtung.«

Er straffte die Schultern. »Das wäre sehr nett von Ihnen. Eine große Hilfe. Dann gehe ich jetzt zu meinem Vater.«

»Er ist in seinem Zimmer. Er hat sich wieder beruhigt. Aber gegessen hat er immer noch nichts. Sein Essen steht auf dem Tisch. Kümmern Sie sich drum.«

»Danke, Frau Meissner«, sagte er und ging zu seinem Vater. Vor der Tür blieb er einen Moment stehen. Er holte tief Luft, setzte ein Lächeln auf und trat ein.

Das Radio lief so leise, dass Kai Stettner es kaum hören konnte. Sein Vater saß in seinem Lesesessel am Fenster und starrte hinaus.

Kai Stettner sagte laut: »Hallo, Papa«, und wartete auf eine Reaktion. Der grauhaarige Mann bewegte sich nicht.

»Paps?«, rief er noch einmal. Als er noch immer keine Antwort bekam, ging er wieder hinaus. Vor der Tür wartete er ein paar Sekunden ab, bevor er wieder klopfte, diesmal etwas lauter, und dann eintrat.

»Hallo, Papa.«

Endlich drehte sich sein Vater zu ihm um. Seine weißen Haare standen wirr vom Kopf ab, seine Strickweste war schief zugeknöpft, aber er strahlte über das ganze Gesicht. Ein gutes Zeichen.

Kai Stettner umarmte seinen Vater, ordnete den Hemdkragen und die Knopfleiste.

»So, Papa. Jetzt sieht das wieder ordentlich aus.«

»Kai, mein Junge!«, sagte der alte Mann mit brüchiger Stimme. »Schon da?«

Seine Freude darüber, dass sein Vater ihn erkannte, trübte sich augenblicklich, als der alte Mann fortfuhr: »Ist die Schule schon aus?«

Kai Stettner nahm das Tablett mit dem kalten Mittagessen vom Tisch und setzte sich in den gegenüberliegenden Sessel. »Ja, Paps, die Schule ist schon vorbei. Was gibt's zum Essen?«

Die Frage schien seinen Vater zu irritieren. Sein Blick huschte kurz zur Tür und dann wieder zurück zu seinem Sohn. Er lächelte und sagte: »Ich weiß nicht, Mama hat nichts gekocht. Aber – gab es nicht heute Zeugnisse?«

»Nein, nicht heute. Demnächst.« Kai Stettner hob den Warmhaltedeckel vom Tablett. Ein muffiger Geruch schlug ihm entgegen. Die typische Mischung aus Dampfgarung und Großküche machte sich im Zimmer breit. Er stocherte im Möhrengemüse herum und musste seinem Vater recht geben. Das würde niemand essen wollen. Er stellte den Teller auf den flachen Couchtisch und führte den ersten Bissen zum Mund seines Vaters.

»Papa, guck mal, es gibt Möhrengemüse.«

Sein Vater sah mit glasigen Augen durch ihn hindurch.

»Wie damals auf Helgoland. Am ersten Tag gab es in der Pension auch Möhrengemüse. Erinnerst du dich?«, sagte Kai Stettner.

»Ja.«

»Ich bin fast beim Übersetzen ins Wasser gefallen. Wenn du mich nicht aufgefangen hättest ... ui, ui, ui. Ganz schöner Seegang, damals«, fuhr er fort und bemühte sich um einen heiteren Tonfall.

Der alte Mann öffnete automatisch den Mund und schluckte. »Wollen wir wieder hinfahren, Kai?«, fragte sein Vater, und plötzlich leuchteten seine Augen.

Kai Stettner schob ihm den nächsten Happen in den Mund. »Ja, warum nicht?«

»Du hast doch keine Angst, oder?«, sagte sein Vater, bevor die nächste Portion in seinem Mund verschwand.

»Nein, natürlich nicht. Aber das ist bestimmt teuer«, sagte Kai Stettner ernsthaft. »Aber auch toll. Weißt du noch, wie das Ruderboot gekommen ist? Und alle Passagiere standen ganz ängstlich vor der Luke, und ein paar Frauen haben gequiekt vor Angst?«

»Ja«, lachte sein Vater. »Und du wolltest gleich als

Erster, hast gerufen: ›He, Matrose, ich gehe zuerst‹.«

»Aber dann bist du zuerst gegangen.«

Sein Vater nickte. »Um dich aufzufangen, mein Junge.«

Kai Stettner kratzte die Reste auf dem Teller zusammen und gab seinem Vater den letzten Bissen. »Gott sei Dank, Papa. Wenn du nicht gewesen wärst ...« Und das Boot und die tanzenden Wellen. Möwen und Strand ... und jeden Tag ein Eis ... Vanille und Erdbeer. Kai Stettner konnte es beinahe auf der Zunge schmecken – Salz, Vanille und Erdbeere ...

»Junge, ich hab dich was gefragt«, hörte er plötzlich seinen Vater sagen.

»Was, Papa? Entschuldige, ich ...«

»Helgoland«, sagte sein Vater.

»Ja, ja. Natürlich. Helgoland.« Kai Stettner stellte das Essgeschirr beiseite.

»Geld spielt keine Rolle, Kai«, rief der alte Mann. »Ich habe doch genug Geld! Warte, ich zeige es dir!« Bevor Kai Stettner ihm seine Hilfe anbieten konnte, war der alte Mann aufgestanden und ging mit unsicheren Schritten auf die Kommode zu. Er hatte Mühe, eine kleine Schublade aufzuziehen, aber schließlich schaffte er es doch und zog ein abgegriffenes, zerknicktes Sparbuch heraus, das, wie Kai Stettner wusste, schon vor Jahren mit einem Locher entwertet worden war. Sein Vater blätterte es bis zum letzten Eintrag auf und hielt es seinem Sohn unter die Nase: »Da! Siehst du? 5600 Mark! Damit können wir nach Helgoland fahren!«

»Na gut, wenn wir so viel Geld haben, können wir in den Sommerferien fahren. Willst du noch deinen Pudding?«

Sein Vater guckte ihn unverwandt an und fuhr sich durch die Haare. Das Sparbuch fiel ihm aus der Hand, und Kai Stettner wollte sich danach bücken, aber sein Vater schlug nach ihm. Kai Stettner duckte sich weg und packte die Arme seines Vaters. Schritt für Schritt zwang er den alten Mann, zurückzugehen und sich wieder in den Sessel zu setzen. Nach ein paar Minuten ließ der Widerstand nach, und er weinte wie ein Kind. Kai Stettner hielt die Hände seines Vaters, bis er sich wieder ganz beruhigt hatte.

»Ach, Kai. Du bist es. Ist die Schule schon aus?«, sagte sein Vater nach ein paar Minuten, als wäre nichts geschehen.

Kai Stettner wandte sich ab, guckte aus dem Fenster in den Park und sagte: »Ja, Papa. Die Schule ist schon vorbei.«

»Und – gab es nicht heute Zeugnisse?«

»Nein, nicht heute. Demnächst, Papa. Demnächst.«

Eine halbe Stunde später verließ er das Zimmer auf Zehenspitzen. Er hatte das Sparbuch in die Schublade zurückgelegt, und der alte Mann war ruhig eingeschlafen. Auf dem Weg hinaus brachte Kai Stettner das Geschirr in die Teeküche und schaute noch mal im Büro nach, um auf Wiedersehen zu sagen, aber Frau Meissner war nirgends zu finden.

Er ging hinaus auf den Parkplatz. Die Heimleiterin stand auf der Beifahrerseite seines Jeeps und schüttelte den Kopf.

»Ach, Frau Meissner, ich wollte grad auf Wiedersehen … Was ist? Hab' ich falsch geparkt?«

»Nein. Aber kommen Sie mal gucken.«

Er ging um den Wagen herum und brauchte ein paar Sekunden, bis er begriff, was er sah. Quer über die gesamte Länge des Wagens hatte jemand mit rosa Farbe das Wort *Feigling* gesprüht.

»Da hat aber jemand keine gute Meinung von Ihnen, was?«, sagte Frau Meissner. »Ich hab schon mit dem Finger gerubbelt, aber das ist Lack.«

»Scheiße«, entfuhr es Kai Stettner. Er fragte sich, wie

lange er schon damit herumfuhr. Am Morgen war Thea Zinck dort eingestiegen – die hätte es mit Sicherheit gesehen, zumal sie ausgeschlafen und nicht verkatert gewesen war. Also musste es heute im Laufe des Tages passiert sein – und zwar nicht vor dem Seniorenheim. Blieb nur der Parkplatz am Präsidium.

»Sie glauben doch nicht, dass das hier passiert ist?«

»Nein, Frau Meissner. Das glaube ich nicht.«

»Ich muss wieder rein. Ihr Vater hat gegessen?«

»Ja, hat er. Er schläft jetzt.«

»Schön. Ich ruf Sie an, sobald ich was über einen Heimplatz weiß.«

»Ja, ja«, sagte er geistesabwesend mit Blick auf seinen Wagen.

Kapitel 13

Dritter Tag: Montag

Kai Stettner hielt vor Thea Zincks Wohnhaus und hupte kurz zweimal hintereinander. Keine Minute später kam sie aus dem Haus und ging zur Beifahrerseite, öffnete, ohne einen Kommentar abzugeben, die Tür und stieg in den Wagen.

»Morgen, Stettner.«

Er startete den Motor und fädelte sich in den Verkehr ein.

Nach einer ganzen Weile sagte die Kommissarin: »Rosa ist doch gar nicht deine Farbe.«

»Hm.«

»Eine Ahnung, wer das war?«

»Nee.«

»Seit wann steht das da?«

»Ich hab es gestern Nachmittag entdeckt, als ich von meinem Vater kam. Wenn ich das Arschloch …«

Die Kommissarin lachte. »Heb's dir auf. Für irgendwann. Rache schmeckt kalt am besten.«

Auf Kai Stettners Schreibtisch lag ein Schnuller, bei Thea Zinck stapelten sich Pampers-Pakete, daneben standen Baby-Öl, Puder und eine große Dose Penaten Creme. Thea Zinck fegte die Gegenstände von ihrem Schreibtisch. Kai Stettner zuckte zusammen und bückte sich, um die Sachen wieder aufzuheben.

»Fantasielos!«, schimpfte sie und gab der Pampers-Packung einen Tritt.

Kai Stettner nahm den Schnuller in die Hand. Er betrachtete ihn konzentriert und sagte dann: »Sie haben mich doch auch einen Feigling genannt, Chef. Vielleicht stimmt das ja auch. Je mehr ich drüber nachdenke ...« Er holte seinen Schlüsselbund aus der Jackentasche und zog den Schnuller auf den Schlüsselring.

»Was um Himmels willen tust du da?«, fragte die Kommissarin.

»Sehen Sie doch.« Er steckte den Schlüsselbund wieder ein und setzte sich auf seinen Stuhl. »So vergesse ich nicht, was meine Kollegen von mir halten. Und es wird mich motivieren.« Während er sprach, vermied er es, die Kommissarin anzuschauen. »Sie glauben, ich hab's nicht drauf, weil ich die letzten drei Monate nach meiner Ausbildung auf einer kleinen ruhigen Polizeiinspektion im Essener Süden verbracht habe und nicht im ›Großstadtdschungel‹. Vielleicht haben sie wirklich recht und die Mordkommission ist nix für mich. Sie fragen mich ja auch andauernd, was man mir da beigebracht hat ... Wir hatten da eben keine Schießereien und keine Probleme mit Migranten ...«

Thea Zinck schüttelte den Kopf. »Du liebe Güte, Stettner, plapperst du Dialoge aus amerikanischen Filmen nach? Fehlt ja nur noch patriotische Marschmusik im Hintergrund.«

Er sagte nichts und starrte auf seine Schreibtischunterlage.

Die Kommissarin stand auf. »Okay, du vergisst jetzt mal die Idylle am Baldeneysee mit ihren Villenbewohnern und ihren entlaufenen Rassekötern – und dann mal weiter im Text. Geh zu Özgü. Ich will ihn in zehn Minuten hier sehen. Ich bin gleich wieder da.« Sie wartete seine Antwort nicht ab, sondern stürmte über den Flur zu Abels' Büro. Der saß an seinem Schreibtisch und studierte die Tagespresse, als Thea Zinck die Tür hinter sich ins Schloss fallen ließ.

Abels sah von den aktuellen Schlagzeilen hoch. Seine Stirn war gefurcht. »Was soll …?«

Weiter kam er nicht. »So, Manni. Jetzt haben wir beide ein Problem«, sagte Thea Zinck.

Abels zog die Augenbrauen hoch. »Wovon redest du?«

»Ich rede von den Kollegen – deiner Abteilung, deinen Männern. Die sprühen mal wieder vor Witz und Kreativität, und zwar im wahrsten Sinne des Wortes: Stettners Wagen wurde mit einer Beleidigung beschmiert! Von den Pampers und ähnlichen Utensilien für Babypflege auf meinem Schreibtisch will ich mal gar nicht reden!«

Abels verzog sein Gesicht zu einem breiten Grinsen. »Wie ich sehe, fehlt dir der Humor, um über so einen Unsinn zu lachen«, sagte er.

»Ach … ich lach' mich gleich tot. Hört sich ja so an, als hättest du selbst was für den Einkauf gespendet, damit hier mal richtig Witz verbreitet wird.« Sie ging schnell auf seinen Schreibtisch zu, stützte sich mit den Händen auf der Tischplatte ab und beugte sich zu Abels hinunter. »Du solltest dich wirklich schämen, Manni. Das ist selbst unter deinem Niveau. Als Vorgesetzter ist es deine Aufgabe, deine Männerdarsteller in Schach zu halten. Sachbeschädigung geht zu weit. An Stettners Karre ist eine neue Lackierung fällig. Gibst du dafür auch eine kleine Spende?!«

»Deine Aufregung ist schwer übertrieben. Unser Frischling hat sich am Samstag wie eine Schwuchtel verhalten – und das ist die Folge davon. Wenn er jetzt schon flennt, ist er hier vielleicht fehl am Platze. Augen auf bei der Berufswahl.« Er wandte sich wieder der Zeitung zu und blätterte um. »Du kannst gehen, Thea – am besten direkt zu Frau Schulze-Hieber. Ihr habt eine Menge zu besprechen.«

Sie zog Abels die Zeitung mit einem Ruck unter seinen aufgestützten Ellbogen weg. Abels prallte mit dem Kinn auf die Schreibtischplatte.

»Raus aus meinem Büro ... Raus!«

Die Kommissarin hatte die Zeitung zusammengerollt und legte sie ordentlich auf den Schreibtisch zurück. »Manni, du hast da was am Kinn«, sagte sie und verließ das Büro.

»Nein, in meiner Familie war das nicht so«, sagte Özgü zu Kai Stettner und stellte seine Kaffeetasse ab, als die Kommissarin das Büro betrat. »Guten Morgen, Frau Zinck.«

»Morgen, Özgü«, sagte sie, goss sich einen Kaffee ein und setzte sich auf ihren Stuhl. »Konnten Sie heute Morgen schon was rausfinden?«

Lothar Özgü schlug sein Notizbuch auf. »Ich hab' mich gestern sofort drangesetzt. Ich habe Teilergebnisse und bekomme die Unterlagen noch gefaxt. Die wichtigsten Sachen habe ich notiert.« Er guckte von Thea Zinck zu Kai Stettner und wieder zurück. Die Kommissarin nickte und fragte: »Aber zuerst – gibt's was Neues von dem Jungen?«

»Nein. Ich hab's heute Morgen noch mal versucht. Mit Spielzeug, mit Eis, mit Bonbons ... Stumm wie eine Auster.«

»Na, gut. Dann soll die Kinderpsychologin ihr Glück weiter versuchen. Oder die Küchenhilfe, meinetwegen.«

»Also: Tayfun Cetin ist seit sechs Jahren verheiratet mit einer Leyla. Zum Zeitpunkt der Hochzeit war sie fünfzehn Jahre alt. Eheschließung fand in der Türkei statt; die Ehe wurde drei Wochen später hier im Bürgerbüro eingetragen.«

»So jung? Ich dachte, ehefähig ist man erst ab achtzehn?«, fragte Kai Stettner.

Thea Zinck runzelte die Stirn und antwortete: »In der Türkei ab siebzehn. Aber Sondergenehmigungen kriegst du gegen Bakschisch auf dem Basar, und eine in der

Türkei geschlossene Ehe wird hier nicht infrage gestellt. Mit einer internationalen Heiratsurkunde bekommst du im Rathaus anstandslos deinen Stempel.«

Kai Stettner guckte fragend seinen Kollegen an. Özgü wich seinem Blick aus und murrte: »Kann ich jetzt weitermachen?«

Thea Zinck nickte.

»Ein knappes Jahr später haben die beiden einen Sohn bekommen; Leyla Cetin hat im Augusta Krankenhaus entbunden. Der Junge ist also jetzt fünfeinhalb Jahre alt. Er heißt Atila.«

»Das Alter passt. Chef ... Der Junge ... warten Sie mal ...«, warf Kai Stettner ein.

»Özgü – bitte kriegen Sie raus, ob Leyla Cetin das Land verlassen hat und in die Türkei gereist ist. Falls ja, will ich ihren Aufenthaltsort. Und was ist mit den Autos der drei Brüder?«, fragte Thea Zinck, ohne auf Kai Stettner zu achten.

»Tayfun Cetin fährt ein BMW 3er Coupé, ziemlich aktuelles Modell. Neu kostet der um die 25.000,–.«

»Welche Farbe?«, fragte Kai Stettner.

»Mitternachtsblau ... also fast schwarz. Hakan Cetin hat einen New Beetle – in Hellgrün-Metallic. Auf den Türen prangt in Knallblau der Schriftzug seiner Disco: *DeliDolu*.«

»Na, wenn das am Samstag der Wagen vor der Metzgerei gewesen wäre, wüssten wir das bestimmt«, sagte die Kommissarin.

Özgü zog die Augenbrauen hoch. »Wieso? Verdächtigt ihr etwa die Familie Cetin?«

»Fändest du das so abwegig?«, fragte Thea Zinck zurück.

»Kaum vorstellbar«, sagte er.

»Wie vorstellbar das ist, müsstest du doch am besten wissen.«

»Frau Zinck«, sagte Özgü, »nur weil ich Türke bin,

macht mich das bestimmt nicht zum Experten für Ehrenmord. Das ist es doch, worauf Sie hinauswollen, oder?«

»Ich dachte, die Scharia wäre Pflichtfach in der Koranschule – Wiederherstellung der Familienehre und so weiter und so fort.«

Özgü stand von seinem Stuhl auf und ging zur Tür. Er drehte sich noch einmal um und sagte steif: »Ich weiß nicht, woher Sie Ihre Informationen haben oder was Sie über Türken zu wissen glauben. Außerdem scheinen Sie mir gerade die türkische Lebensweise mit der von fanatischen Islamisten zu verwechseln. Ich finde Ihre Behauptungen unzutreffend und beleidigend. Sie entschuldigen mich.«

Kai Stettner starrte seinem Kollegen hinterher.

»Mach den Mund zu. Der beruhigt sich schon wieder«, sagte die Kommissarin. »Der Özgü steckt das weg. Er macht den Job schon zwölf Jahre.«

Kai Stettner ging nicht weiter darauf ein und sagte: »Ich hatte mich vorhin mit ihm darüber unterhalten. Über den Koran und die Gesetze, meine ich. Ich versuche ja auch zu verstehen, wie die leben und welche Moralvorstellungen es da gibt. «

»Da gibt es nichts zu verstehen – das ist es ja gerade. Da passieren Sachen, hier vor unserer Nase, als wären wir eine Provinz von Hinteranatolien – und am Ende des Tages kommt irgend so ein Integrationsfuzzi-Anwalt aus der Gutmenschenfraktion und faselt was von kulturellen Missverständnissen ...« Sie stand auf und sah aus dem Fenster. »Stettner, frag doch mal rum, ob einer der Kollegen wenigstens eine Abschrift von den Nachrichten auf Yasemins Handy und eine Liste der Telefonnummern gemacht hat. Ich will den Mist vom Tisch haben. Und ich gebe dir recht – das Alter des Jungen könnte stimmen. So viele Zufälle kann es gar nicht geben. Es sollte mich sehr wundern, wenn der Kleine nicht Tayfuns Sohn ist.«

»Der schießt auf seinen eigenen Sohn?«, fragte Kai Stettner und ging hinaus.

Ein paar Minuten später kam er mit einem Stapel zusammengehefteter Seiten wieder zurück.

»Fleißarbeit«, sagte er. »Anruflisten, etliche SMS – Eingänge und Ausgänge ... das muss ich erst einmal sortieren und die Nummern zuordnen, die sie nicht im Speicher hatte.«

Das interne Rufsignal an Thea Zincks Telefon schrillte. Sie nahm den Hörer ab. »Ja ... Muss das jetzt? ... Na gut.«

Sie knallte den Hörer auf, stieß ihren Stuhl beim Aufstehen durch das halbe Büro und stürmte aus der Tür, bevor Kai Stettner irgendetwas fragen konnte.

Kapitel 14

Die Kommissarin blieb im Türrahmen stehen und sagte: »Ach – so ist das, Manni. Das hattest du am Telefon wohl vergessen zu erwähnen, dass du nicht allein bist. Ich will nicht stören.«

»Setz dich, Thea«, sagte Abels ruhig. Auf seinem Kinn klebte ein Pflaster. »Frau Schulze-Hieber kennst du ja.«

Sie setzte sich auf den zweiten Stuhl vor Abels' Schreibtisch, ohne die Frau auf dem anderen Stuhl zu grüßen.

Die Psychologin setzte ein Lächeln auf und sagte: »Guten Tag, Frau Zinck. Schön, dass wir uns endlich unterhalten können. Ich hörte, Sie haben ein Problem.«

»Nicht, dass ich wüsste, Frau Schulze-Hieber. Tut mir leid, dass Sie sich umsonst hierher bemüht haben.«

»Das sehe ich anders, Frau Zinck.«

»Sie wollten sagen, Manfred Abels sieht das anders.«

Die Psychologin ignorierte den Einwand und fuhr fort: »In Ihrer Personalakte stapeln sich Beschwerden über Ihr Verhalten. Sie sind mehrmals während der Dienstzeiten deutlich angetrunken und mit einer Fahne angetroffen worden.«

»Niemand kann mir vorwerfen, dass ich meine Arbeit nicht mache«, sagte Thea Zinck. »Am Ende des Tages zählt ja wohl noch immer das Resultat, oder?«

Die Psychologin blätterte in einem Schnellhefter und ließ sich Zeit, bis sie endlich sagte: »Ahm. Sie haben wegen Trunkenheit am Steuer den Führerschein verloren.«

»Bei einer Privatfahrt«, sagte die Kommissarin.

»... und verweigern sich seit Monaten der medizinisch-psychologischen Untersuchung«, fuhr die Psychologin fort.

Als die Kommissarin ihr darauf nichts entgegnete, sagte

sie: »Soll ich mit der Aufzählung weitermachen? Auch das hier ...«, sie klopfte mit dem Zeigefinger auf den Schnellhefter, »... könnte man ein Resultat nennen. Kein positives, wenn ich mir die Bemerkung erlauben darf.«

»Dürfen Sie. Es ist schließlich Ihr Job.«

»Dein Sarkasmus ist völlig fehl am Platze, Thea«, mischte Abels sich ein.

»Mindestens so fehl am Platze wie dein analfixierter Humor, Manni«, zischte Thea Zinck, ohne die Schulze-Hieber dabei aus den Augen zu lassen. »Oder was soll man sich dabei denken, wenn einem von einem erwachsenen Mann Pampers und Popocreme auf den Tisch gelegt werden? Hatte Freud dazu eine Antwort?«

»Dass es Ihnen an Respekt Autoritätspersonen gegenüber mangelt, haben Sie ja heute schon einmal bewiesen, als Sie Dr. Abels tätlich angegriffen haben, Frau Zinck. Von Ihrer Bemerkung gerade ganz zu schweigen.«

»Ich hab' ihn tätlich angegriffen?« Thea Zinck machte eine Kopfbewegung in Richtung Abels. »Hat er das gesagt?«

»Er hat sich nicht über Sie beschwert, falls Sie das meinen«, antwortete die Psychologin. »Ich habe ihn nach der Platzwunde an seinem Kinn gefragt, und er hat mir erzählt, wie es dazu gekommen ist. Frau Zinck, Sie müssen sich mit Ihren Problemen auseinandersetzen, und zwar schnellstmöglich. Um es deutlich auszudrücken: Es stellt sich die Frage, ob Sie für die Mordkommission so noch länger tragbar sind.«

Thea Zinck sah Abels an. »Jetzt verstehe ich, woher hier der Wind weht. Du hast dir Hilfe geholt, um mich loszuwerden. Ziemlich clever. Hätte ich dir gar nicht zugetraut.«

Die Psychologin legte ihre Hand auf Thea Zincks Arm. »Hören Sie, es liegt in meinem Ermessen, Ihre Suspendierung aus gesundheitlichen Gründen zu empfehlen.

Sie sollten die Möglichkeit nutzen, mit mir zu sprechen und mich vom Gegenteil zu überzeugen.«

»Verstehe – drei Promille sind also im Augenblick wichtiger als drei Tote. Sehe ich doch richtig, oder?«

»Werd jetzt mal nicht spitzfindig«, blaffte Abels.

»Morgen um 17 Uhr, Frau Zinck«, sagte die Psychologin. »In meinem Büro. Ich freue mich.«

»Ich nicht«, sagte die Kommissarin.

Abels nickte Thea Zinck zu und konnte sich ein Grinsen nicht verkneifen.

Beim Hinausgehen sah die Kommissarin, wie sich das Pflaster an seinem Kinn rot verfärbte.

Sie ging langsam zu ihrem Büro zurück. Vom Flur aus sah sie Kai Stettner tief über seinen Schreibtisch gebeugt. Er schaute von seinen Akten auf, als sie hereinkam. »Chef, ich habe hier ein paar interessante Dinge gefunden.«

Sie setzte sich auf ihren Bürostuhl, drehte ihn so, dass sie die Füße auf der Fensterbank ablegen konnte, und schwieg.

Kai Stettner stellte ihr eine frische Tasse Kaffee und ein Glas kaltes Wasser auf den Schreibtisch. »Alles klar, Chef? Kann ich irgendwas tun?«

Sie schüttelte den Kopf und trank einen Schluck Wasser. Dann stand sie auf und ließ sämtliche Jalousien an den Fenstern zum Gang herunter, ging zurück zum Schreibtisch und kramte in ihrer Umhängetasche. Sie zog ihren Flachmann heraus und goss eine ordentliche Menge Wodka in ihren schwarzen Kaffee. »Weißt du, wie wir das früher immer genannt haben?«, fragte sie und nahm einen Schluck. »Kaffee Gromek. Sehr effektiv. Und jetzt zu dir. Was hast du?«

»Eine Nachricht auf der Mailbox ist besonders interessant. Ich habe hier eine Abschrift. Ein Mann sagt: *Yasemin? Ich bin's. Leyla geht es gut, sie ist in Sicherheit.*

Alles andere wie besprochen. Bis später, ja? Sei tapfer. Wir schaffen das. Ende der Nachricht.« Kai Stettner guckte die Kommissarin erwartungsvoll an.

Sie nickte anerkennend. »Wissen wir, wem die Stimme gehört? Einem der Brüder Cetin doch wohl nicht.«

Er suchte in den Unterlagen. »Ich konnte die Nummer einem Namen im Handyspeicher zuordnen: Thorsten Gerlach.«

»Thorsten Gerlach? Wer ist das?«

»Es gibt nicht viel über ihn im Computer – bis auf eine Sache: ein Foto aus einer Radarkontrolle, als er vor drei Monaten mal mit seinem Motorrad zu schnell war.«

»Der Motorradfahrer vor der Metzgerei ... wäre möglich«, sagte Thea Zinck.

»Ja, wäre möglich«, antwortete Kai Stettner. »Man kann auf dem Radarfoto zwar nicht sehen, welche Farbe der Helm hat, aber ... Wie auch immer. Diese Nachricht ist von Samstagmorgen, kurz nach neun.«

»Und diese Leyla – die Frau von Tayfun Cetin heißt doch Leyla, oder? In Sicherheit? Vor wem?«

»Thorsten Gerlach taucht mehrfach in der Anrufliste auf, außerdem noch eine andere Nummer, die von einer gewissen Tanja Weber.«

»Pack dein Notizbuch ein, Stettner. Wir besuchen die Brüder Cetin.«

»Aber die arbeiten doch alle.«

»Umso besser. Dann habe ich sie wenigstens einzeln. Du kümmerst dich um den Motorradfahrer. Wo wohnt der?«

»Nicht weit vom *DeliDolu*. Können wir auf dem Weg erledigen.«

Auf der Fahrt durch die Innenstadt erregte der Schriftzug auf Kai Stettners Jeep einiges Aufsehen. Passanten schüttelten die Köpfe, und ein paar Schulkinder winkten und riefen: »He, kleiner Feigling. Feigling, Feigling ...«

»Das sind die fünfzehn Minuten Ruhm, die dein Leben für dich bereithält«, bemerkte die Kommissarin.

»Sagt wer?«

»Andy Warhol. Der musste es ja wissen.«

»Ha, ha, sehr witzig. Wissen Sie, was das kostet, diesen Mist überlackieren zu lassen? Das ist Vandalismus! Das zahlt mir keine Versicherung. Den Urlaub mit meinem Vater kann ich vergessen.«

»Du wolltest mit deinem Vater in den Urlaub? Wie willst du das bewerkstelligen?«

»Es gibt ein Angebot für Urlaub mit demenzkranken Angehörigen. Auf Helgoland. Zwei Wochen kosten 3000 Euro, inklusive Betreuung. Das wollte ich mir bis zum Herbst zusammensparen, das hätte ich auch geschafft. Aber jetzt muss ich das Geld, was ich schon habe, für die neue Lackierung nehmen. Das ist echt Scheiße.«

»Weißt du, Stettner, was ich gerade Scheiße finde?«, sagte Thea Zinck und ließ ihrem Assistenten keine Zeit für eine Antwort. »Dass du diese Scheißlackierung an deinem Scheißauto wichtiger findest als den Urlaub mit deinem Vater!«

Kai Stettner öffnete den Mund, aber Thea Zinck kam ihm zuvor. »Es ist besser, du hältst die Klappe, oder ich schreib dir noch was auf die andere Seite von deiner Scheißkarre!«

Kapitel 15

Kai Stettner parkte seinen Wagen direkt vor dem Autohaus. Sie sahen Tayfun Cetin im Verkaufsraum auf einen Mann zugehen, der neben einem Cabrio stand. Die beiden Männer gaben sich die Hand, und Tayfun Cetin überreichte dem Kunden einen Autoschlüssel.

»Guck mal, Stettner. Noch nicht mal Montagmittag, und der Glückspilz hat schon die erste fette Provision im Sack«, feixte die Kommissarin und stieg aus dem Jeep.

Tayfun Cetins Lächeln verschwand augenblicklich, als er Thea Zinck und Kai Stettner hereinkommen sah.

»Guten Morgen, Herr Cetin«, sagte die Kommissarin freundlich. »Sie haben sicher ein paar Minuten Zeit für uns?«

»Ich habe gerade einen Kunden, wie Sie sehen. Wenn Sie sich ein wenig gedulden wollen. Der Herr wartet auf seinen Kaufvertrag.«

Thea Zinck lächelte. »Das kann doch sicher ein Kollege von Ihnen übernehmen.«

Tayfun Cetin zögerte einen Moment, sagte dann aber beherrscht: »Einen Augenblick.« Er führte seinen Kunden in ein verglastes Büro, in dem ein Kollege saß. Nach einem kurzen Gespräch und einem weiteren Händedruck für den Käufer kam er wieder heraus.

»Kommen Sie.« Er ging ihnen voran in ein weiteres, ebenfalls verglastes Büro. An der Tür stand: *Tayfun Cetin, Filialleiter.*

Er bedeutete ihnen, in den Ledersesseln Platz zu nehmen. Thea Zinck nahm das Angebot an, Kai Stettner blieb hinter ihr stehen.

Tayfun Cetin warf sich in seinen Chefsessel und

verschränkte die Arme vor der Brust. »Haben Sie den Mörder meiner Schwester gefunden?«

»Noch nicht. Herr Cetin, wir haben noch ein paar Fragen an Sie. Sie fahren ein Auto der Marke Ihres Arbeitgebers? Bekommen Sie das dann günstiger?«, fragte Thea Zinck liebenswürdig.

»Dient das der Aufklärung des Mordes an Yasemin? Ja, ich fahre einen BMW. Mitternachtsblau.«

»Und Sie bleiben dabei, dass Sie zum Zeitpunkt der Schüsse mit Ihren Brüdern im Boxclub waren? Oder möchten Sie vielleicht etwas an Ihrer Aussage ändern – nachdem Sie zwei Tage Zeit zum Nachdenken hatten?«

»Nein, möchte ich nicht.«

»Vor der Metzgerei wurde ein BMW gesehen.«

»Davon gibt es ja wohl jede Menge.«

»Ein dunkelblauer BMW – oder wie Sie es nennen, mitternachtsblau.«

»Und das soll meiner gewesen sein? Zweifelsfrei identifiziert? Das glaube ich nicht.«

»Wie dem auch sei. Stettner? Zeig Herrn Cetin bitte mal das Foto.«

Kai Stettner legte das Foto des Jungen auf den Schreibtisch.

Tayfun Cetin betrachtete das Bild ein paar Sekunden lang. Dann schob er es weg und fragte: »Wer soll das sein?«

»Das, Herr Cetin«, sagte Kai Stettner, »ist das Kind, das Ihre Schwester auf dem Arm trug, als auf sie geschossen wurde. Und der Junge ist Ihnen unbekannt?«

»Habe ich doch gesagt, dass ich ihn nicht kenne. Sonst noch was? Ich habe zu tun.«

»Und Ihre Frau ist bei ihren Eltern in der Türkei? Mit Ihrem Sohn? Sie müssen froh sein, dass die beiden diese schrecklichen Ereignisse gerade nicht mitbekommen.«

Tayfun Cetin nickte.
»Noch eine Frage zum Sexleben Ihrer Schwester Yasemin«, sagte Thea Zinck.
»Meine Schwester hatte kein Sexleben!«, schnappte er.
»Wieso sind Sie so sicher?«
»Weil wir auf sie aufgepasst haben.«
»Bis auf das eine Mal, als sie von zu Hause ausgerissen ist, meinen Sie.«
»Das ist lange her. Seitdem war sie gehorsam.«
»Umso erstaunlicher ist es dann, dass die Obduktion Anzeichen sexueller Aktivitäten nachgewiesen hat.«
»Sie lügen!«, fauchte Tayfun Cetin und warf nervöse Blicke in den Verkaufsraum. Aber dort kümmerte sich niemand darum, was in seinem Büro vor sich ging.
»Ich lüge keineswegs. Sie war zwar noch Jungfrau im medizinischen Sinne, aber rein technisch nicht mehr.«
»Was soll das denn heißen?«
»Sie hatte Analverkehr.«
Tayfun Cetin schlug mit der flachen Hand auf den Schreibtisch und sprang auf.
»Also, Herr Cetin. Hatte Ihre Schwester einen Freund? Oder wurde sie missbraucht? Soll ja in den besten Familien vorkommen.«
»Verschwinden Sie hier! Auf der Stelle! Sie sind eine alte, gemeine Frau mit einer schmutzigen Fantasie!«
»Mag sein. Aber selbst meine schmutzigste Fantasie reicht nicht aus, um mir euer ›Janna‹ mit siebzig jungfräulichen Huris vorzustellen, die dort auf eure Helden warten.« Sie erhob sich aus dem Sessel. »Wir gehen dann mal, Herr Cetin. Vielen Dank für das aufschlussreiche Gespräch. Grüßen Sie Ihre Gattin.«
Tayfun Cetin antwortete nicht. Er hatte ihnen den Rücken zugedreht und starrte in den Verkaufsraum.
»Und jetzt Hakan Cetin«, sagte Thea Zinck, als sie wieder im Auto saßen. »Du hast die Adresse?«

»Ja. Was war das mit dem Janna und den Jungfrauen?«
»Frag Özgü. Ich muss mich konzentrieren.«
Kai Stettner legte den ersten Gang ein. Das Getriebe krachte, und er würgte den Motor ab.
»Sauer?«, fragte Thea Zinck. Kai Stettner gab ihr keine Antwort, sondern startete den Wagen erneut und fuhr los.
Wenige Minuten später standen sie vor der Diskothek *DeliDolu*.
»Stettner, du gehst zu diesem Gerlach, und nimm das Bild von dem Jungen mit. Ich rede mit Hakan. Wir treffen uns später vor dem Reisebüro der Cetins. Auf dem Weg gehst du in jeden türkischen Laden und zeigst das Bild rum«, sagte Thea Zinck.Kai Stettner antwortete ihr nicht. Er stieg aus und lief bis zur nächsten Kreuzung. Sie wartete, bis er um die Ecke in einer Seitenstraße verschwunden war, und betrat die Diskothek durch die offen stehende Eingangstür.
Die leere Halle war schmutzig und roch nach kaltem Schweiß und Rauch. Hinter dem größten der drei Tresen stand ein junger Mann mit einem Klemmbrett im Arm. Er zählte die Schnapsflaschen und machte sich Notizen.
Sie wollte gerade den Mann nach Hakan Cetin fragen, als eine Putzfrau vorbeigeschlurft kam. Sie stellte ihren Wassereimer auf dem Boden ab, richtete ihr Kopftuch und fragte: »Sie wollen bitte? Discothek zu.«
»Ich möchte zu Herrn Cetin. Ist er da?«
»Büro«, sagte die Frau und zeigte auf eine Tür, deren Aufschrift Nur für Personal im Halbdunkel kaum zu erkennen war.
»Danke«, sagte die Kommissarin und drehte sich um. Aber die Frau war nirgends mehr zu sehen. Thea Zinck klopfte einmal und betrat, ohne eine Antwort abzuwarten, einen kleinen Raum, dessen nikotingelbe Wände mit Konzertplakaten von türkischen Popstars tapeziert

waren. Gläserkartons und Schnapskisten stapelten sich an drei Wänden bis zur Decke. Der Schreibtisch, an dem Hakan Cetin vor einer offenen Geldkassette saß und telefonierte, war mit Kellnerportemonnaies, Quittungen und Lohnzetteln übersät. An der Kante des Schreibtisches waren Kleingeldrollen zu einem schiefen Turm aufgestapelt.

»Biz bunu sonra halladeriz«, sagte er und versuchte, seine bis zum Filter gerauchte Zigarette im überquellenden Aschenbecher auszudrücken.

»Guten Tag«, sagte Thea Zinck.

»Ben sizi sonra ararim«, sagte er, legte auf und knallte gleichzeitig den Deckel der Geldkassette zu.

»Herr Cetin ... ich störe hoffentlich nicht?« Die Kommissarin egte einen Stapel Kataloge vom einzigen Besucherstuhl auf den Schreibtisch und setzte sich. Der Kleingeldturm schwankte.

»Das war ein Kunde am Telefon«, sagte Hakan Cetin und stopfte die Kleingeldrollen in ein Jutesäckchen, das das Logo der Sparkasse trug.

»Wollte ich gar nicht wissen«, sagte Thea Zinck. »Aber jetzt, wo Sie es sagen ... Ich hatte eher den Eindruck, Sie sprechen mit Ihrem Bruder Tayfun. Trotzdem danke für die interessante Information.« Sie nestelte das Bild des Jungen aus der Manteltasche und legte es auf den Schreibtisch. »Kennen Sie den Jungen, Herr Cetin? Der hat am Samstag in der Metzgerei großes Glück gehabt, dass er nicht auch erschossen worden ist – so wie Ihre Schwester.«

Hakan Cetin streifte das Bild mit einem flüchtigen Blick und sagte: »Kenn' ich nicht.«

»Sie haben doch gar nicht richtig hingeguckt. Wollen Sie sich das Foto nicht noch einmal genau ansehen?«

Widerwillig lenkte er seinen Blick wieder auf das Bild. »Sag ich doch, kenn' ich nicht.«

»Interessiert Sie nicht, wer dieser kleine Junge ist?« Thea Zinck stupste das Bild mit dem Zeigefinger an und schob es weiter in seine Richtung.

»Nein, warum sollte es? Kinder interessieren mich nicht.«

»Ach, gilt das auch für Ihren Neffen Atila – so heißt der Sohn Ihres Bruders doch? Atila?«

Hakan Cetin steckte sich eine Zigarette an und zuckte die Schultern.

»Aber Atila ist ja gerade mit seiner Aneh in der Türkei bei seiner Nene und seinem Dede, richtig? Stimmt doch, Herr Cetin?«

»Ja«, murmelte er und blies den Rauch an die Decke.

»Sie haben nicht zufällig ein Foto von der kleinen glücklichen Familie dabei? Oder ein Foto von Leyla und Atila?«

Er schüttelte mürrisch den Kopf.

»Sagen Sie, stimmt es, dass Ihre Schwägerin erst fünfzehn Jahre alt war, als sie Ihren Bruder geheiratet hat?«

»Was hat das denn mit dem Tod meiner Schwester zu tun?«

»Hat Leyla Ihren Bruder freiwillig geheiratet?«

»Allerdings, das hat sie.«

»Warum sind Sie da so sicher?«

»Weil sie gefragt wurde.«

»Ach? Und was hat die Auserwählte geantwortet?«

»Das Schweigen«, sagte Hakan Cetin, »ist die richtige Antwort einer Jungfrau.« Er zog heftig an seiner Zigarette.

»So, so, das Schweigen ... verstehe. Oder auch nicht.« Thea Zinck stand auf und steckte das Foto zurück in die Manteltasche. »Auf Wiedersehen, Herr Cetin ... Ach, wann heiraten Sie eigentlich?«

»Das geht Sie gar nichts an.«

»Ich wollte nur höflich sein.«

Ein paar Sekunden später stand sie wieder im Veranstaltungsraum der Diskothek. Der Wassereimer stand immer noch mitten auf der Tanzfläche. Der junge Mann, der vor ein paar Minuten hinter der Theke gearbeitet hatte, war nirgends zu sehen. Im Halbdunkel des Arbeitslichtes betrachtete Thea Zinck die in Zweierreihen aufgestellten Wodkaflaschen hinter der Theke.

»Ich dachte, Sie finden selber raus.« Hakan Cetin stand plötzlich neben ihr und verschränkte die Arme vor der Brust. Die Kommissarin gab ihm keine Antwort. Sie drehte sich um und ging.

Kapitel 16

Tanja Weber betrat die Hauptstelle der Sparkasse und sah sich um. Dann ging sie zielstrebig auf einen der Kundentresen zu.

»Guten Tag, Bekir«, sagte sie zu dem jungen Mann hinter dem Schalter.

»Was willst du hier? Ich hab' keine Zeit.« Er drehte sich demonstrativ um und nahm ein paar Blätter Papier von seinem Schreibtisch.

»Ich will dir mein Beileid aussprechen.«

»Was soll das? Was willst du von mir? Ich habe zu arbeiten«, sagte Bekir Cetin und guckte sich in der Schalterhalle um. Kein Kunde wartete darauf, von ihm bedient zu werden.

»Sag mir doch wenigstens, wann die Beerdigung von Yasemin ist.«

»Das geht dich nichts an. Das geht nur die Familie an.«

Tanja Weber beugte sich über den Tresen. »Ich möchte zur Beerdigung kommen, verstehst du? Das ist das Mindeste, was ich für Yasemin tun kann. Und die anderen Leute aus der Schule auch. Sie war unsere Freundin!«

»Mir egal. Wehe, du kommst dahin. Nur Männer gehen zu Beerdigungen. Die Frauen bleiben zu Hause«, sagte Bekir Cetin eindringlich.

»Dann gehe ich eben zu euch nach Hause.«

»Da will dich keiner haben, du … du …«

»Was? Was? Sprich's ruhig aus. Du redest schon genauso wie dein Bruder Tayfun. Für den sind alle deutschen Frauen Huren!«

»Lass mich doch in Ruhe. Und was Tayfun denkt, ist mir egal.«

»Huren muss man bezahlen, Bekir. Ich war mit Tayfun

zusammen. Wir waren ein Paar – ganz offiziell. Ich kann nichts dafür, dass dein Bruder seine Frau betrogen hat. Er hat mich nach Strich und Faden belogen … er wäre Single … und eure Eltern hätten was gegen mich, weil ich eine Deutsche bin …!« Sie begann zu weinen.

»Geh endlich … Wenn die Schule nicht gewesen wäre … wenn du nicht gewesen wärst …«, zischte Bekir Cetin.

»Was dann?!«

Er beugte sich vor und flüsterte: »Du solltest gehen, Tanja. Und du solltest vorsichtig sein.«

Sie wich zwei Schritte vor ihm zurück und sagte: »Ich dachte wirklich, du bist anders als deine Brüder. Ich kann doch nichts dafür, dass Yasemin tot ist. In der Zeitung steht, es war ein Bandenkrieg oder so was. Ein schreckliches Unglück!«

»Geh, Tanja. Geh endlich.«

Sie drehte sich um und lief in Richtung Ausgang.

Er sah ihr hinterher, bis sie die große Drehtür erreicht hatte. Dann griff er zum Telefon.

Vor dem Reisebüro der Familie Cetin stand Thea Zinck neben einer offenen Mülltonne. Sie hatte ihr Handy zwischen Schulter und Ohr eingeklemmt und klaubte mit den Fingern Zwiebelringe aus einem Döner, die sie einen nach dem anderen in die Mülltonne warf.

»Seid ihr sicher? Keine Gewaltanwendung? Kein genetisches Material? Mist.«

Sie beendete das Gespräch und starrte angeekelt auf den Döner. »Mist«, sagte sie noch einmal und warf die Reste ihres Mittagessens in die Tonne.

Abdul Cetin war an die Tür gekommen und beobachtete sie durch die Glasscheibe.

Die Kommissarin kramte in ihren Manteltaschen und zog zwei kleine Flaschen Raki heraus. Eine davon öffnete sie und stürzte den Inhalt in einem Schluck herunter. Die leere

Flasche flog in die Mülltonne. Mit der zweiten prostete sie Abdul Cetin zu, der sich mit angewiderter Miene abwandte.

Thea Zinck schob die Tür zum Reisebüro auf und steuerte direkt auf den Schreibtisch von Abdul Cetin zu.

Zu dem türkischen Ehepaar, das davorsaß und in Reisekatalogen blätterte, sagte sie: »Sie entschuldigen Herrn Cetin kurz?«

Abdul Cetin sagte etwas auf Türkisch zu ihnen. Sie packten die Reisekataloge zusammen und verließen eilig den Laden. Abdul Cetin verschränkte die Arme vor der Brust. »Was Sie erlauben, Frau?«

»Mein lieber Herr Cetin – mein Name ist Zinck. Z wie Zabita memuru, I wie Islam, N wie Nasreddin Hodscha, C wie Cetin und K wie Koran. Haben Sie verstanden? Hauptkommissarin Zinck! Nicht Frau, nicht Weib, nicht irgendwas.« Sie setzte sich auf einen der frei gewordenen Stühle vor dem Schreibtisch und stellte die kleine Raki-Flasche vor sich. »Und jetzt nehmen Sie bitte Platz, Herr Cetin.«

Der Mann runzelte die Stirn, aber er setzte sich endlich hin. »Was wollen?«

»Vielleicht einen Urlaub in der Türkei buchen? Kann denn eine deutsche Ungläubige wie ich ohne männlichen Anhang gefahrlos in der Türkei Urlaub machen? Vielleicht könnte ich auch Ihre Schwiegertochter Leyla dort besuchen. Das wäre bestimmt interessant. Aber zuerst wollen wir über Ihre Tochter sprechen.«

»Yasemin tot. Was noch? Sie Lügen verbreiten über Yasemin.«

»Ach, tatsächlich?«

»Sie gesprochen mit Mullah – mein Bruder. Haben gesagt schmutzige Dinge über Yasemin und Familie. Haben gesagt, Yasemin gemacht mit Mann wie Hund.«

»Ich habe Mullah Osman nur die Tatsachen mitgeteilt. Ob Ihnen die Wahrheit nun passt oder nicht.«

»Pah! Was ist deutsche Wahrheit? Scheiße, deutsche Wahrheit.« Abdul Cetin schlug seine Hände vors Gesicht und heulte auf: »Geh, du …«

»Können wir mal einen Augenblick mit der Show aufhören?«

Er nahm die Hände vom Gesicht.

»Yasemin ist zur Schule gegangen? Stimmt das?«, fuhr die Kommissarin ungerührt fort.

»Ja, Abendschule. War kurz vor Abitur. Sollte studieren Touristik, für Reisebüro«, antwortete Abdul Cetin gefasst.

»Touristik, aha. Ist das euer Wort für Ein-und Ausfuhr von jungfräulichen Bräuten?«

Abdul Cetin zuckte mit den Schultern und fixierte das Raki-Fläschchen auf seinem Schreibtisch.

»Welchen von ihren Cousins dritten Grades sollte Yasemin denn heiraten? Oder hätte sie ihren Freund heiraten dürfen?«

»Kein Freund. Yasemin gutes Mädchen.«

»Ja, ein gutes Mädchen, das Sex hatte. Freiwillig, wie unsere Untersuchungen festgestellt haben. Musste sie deshalb sterben?«

Thea Zinck beobachtete Abdul Cetin mit zusammengekniffenen Augen. Er fuhr sich mit der Rechten über das Gesicht und murmelte: »Ich verstehe nicht, was sagen. Ich nix gut Deutsch.«

»Das glaube ich Ihnen nicht. Ich glaube, Sie verstehen sehr gut, was ich sage.«

Sie beugte sich über den Schreibtisch, bis ihre Nase nur noch wenige Zentimeter von der ihres Gegenübers entfernt war. Dann sagte sie: »Musste Yasemin sterben, weil sie einen Freund hatte? Musste sie sterben, weil sie sich ihren Mann selbst aussuchen wollte?«

»Sie stinken von Alkohol«, sagte Abdul Cetin und zeigte mit ausgestreckter Hand auf die Ladentür. »Gehen Sie – sofort.«

Thea Zinck drehte sich um und guckte in die Richtung, in die seine Hand zeigte, und sagte: »Nein, jetzt noch nicht«, zog das Foto des Jungen hervor und hielt es Abdul Cetin unter die Nase. »Kennen Sie das Kind?«

»Nein. Nix kennen. Nix gesehen.«

»Sieht doch aus wie Atila.«

»Nix Atila. Atila in Türkei mit Schwiegertochter.«

»Ich dachte nur. Kann ich die Flugbuchung mal sehen?«

»Nein. Ich nix Ihnen zeige. Muss nix zeige. Ich rufe Anwalt ...«

Thea Zinck steckte das Foto ein, nahm die Raki-Flasche vom Schreibtisch und ging zur Tür. Hinter ihrem Rücken murmelte Abdul Cetin etwas auf Türkisch. Die Kommissarin drehte sich um und sagte lächelnd: »Allah wird Ihnen die versoffene Hündin leider nicht vom Hals schaffen, Herr Cetin. Enttäuschend, nicht wahr?« Sie ließ die Tür hinter sich sanft ins Schloss fallen.

Von der anderen Straßenseite kam Kai Stettner auf sie zu.

»Und?«, rief sie ihm entgegen. »Konntest du was erreichen?«

»Nee, Thorsten Gerlach war nicht da. Da fahre ich später noch mal hin. Und angeblich kennt niemand dieses Kind. So ganz allmählich weiß ich nicht mehr, wem ich was glauben kann. Aber alle waren unheimlich freundlich.«

»Kann ich mir vorstellen«, sagte Thea Zinck. »Das gehört alles zur großen Wir-sind-ganz-harmlos-und-kooperieren-mit-der-deutschenPolizei-Show. Wie viel Tassen Tee musstest du trinken?«

Kai Stettner verdrehte die Augen. »Keine Ahnung – zehn? In jedem Laden musste ich mich hinsetzen. Keiner wollte mich wieder rauslassen, bevor ich nicht einen Tee getrunken hatte.«

»Und überall nur Männer.«

»Ja. Ich konnte keiner einzigen Frau das Bild zeigen.«

»Vom ersten Laden aus ist bestimmt sofort einer losgerannt, um alle zu warnen, dass du unterwegs bist. Aber um die Gemeinde mal ein bisschen aufzuscheuchen, war das jetzt genau richtig.«

»Aufscheuchen?«

»Du kannst sicher sein, dass Yasemins Tod hier diskutiert wird. Und wenn es wirklich ein Ehrenmord gewesen sein sollte, dann mögen die Hardliner in der Gemeinde das zwar für legitim halten; aber recht ist es ihnen trotzdem nicht, damit in der Öffentlichkeit Aufsehen zu erregen. Man gibt sich nach außen hin gern integriert. Modern. Europäisch.« Sie nahm den letzten Schluck aus der Raki-Flasche, warf sie in die Mülltonne und knallte den Deckel zu. Dann steuerte sie leicht schwankend auf den Jeep zu.

Kai Stettner hatte das Gefühl, beobachtet zu werden, und drehte sich um. Abdul Cetin stand vor der Tür seines Reisebüros und spuckte auf den Bürgersteig.

»Lass uns ins Büro fahren. Ich hatte für heute genug Märchen aus dem Morgenland.«

»Wollten wir nicht noch zu Bekir Cetin?«, fragte Kai Stettner. Thea Zinck gab ihm keine Antwort, und er folgte ihr schnellen Schrittes. Als er sich noch einmal umdrehte, war Abdul Cetin verschwunden.

Tanja Weber schob die Wohnungstür ihres Apartments auf. Ihr Blick fiel als Erstes in den großen Wohn-/Schlafraum, in dem nichts mehr stand, lag oder hing, wo es zuletzt gestanden, gelegen oder gehangen hatte. Sämtliche Kommoden, Schränke und Bücherregale lagen in Einzelteile zerschlagen kreuz und quer im Raum verteilt. Polster und Kissen waren aufgeschlitzt, und Bettfedern und Füllmaterial hatten sich über ihre herumliegenden

Bücher verteilt. Der Inhalt sämtlicher Schubladen war über den Boden verstreut.

In der Kochnische, rechts vom Eingang, türmten sich Scherben und ausgeschüttete Lebensmittelvorräte auf der kleinen Arbeitsfläche. Der Kühlschrank stand offen, und Öl, Essig und Ketchup bedeckten den Fußboden.

Tanja Weber lauschte. Nichts rührte sich. Sie schob die Wohnungstür ganz auf und betrat ihre Wohnung. Scherben knirschten unter ihren Schuhen. Unter zerfetzten Mänteln und Jacken, die in dem kleinen Eingangsbereich auf einem Haufen lagen, fand sie ihr Telefon. Das Kabel war durchgeschnitten. Tanja Weber holte ihr Handy aus der Tasche. Wie in Trance betrat sie den Wohn-/Schlafraum und sah sich um. Über eine Wand hatte jemand mit roter Farbe ein Wort in Großbuchstaben geschmiert: *HURE*.

Mit bebenden Händen klappte sie das Handy auf und wählte. Eine Mailbox sprang an. Tanja Weber wartete das Signal ab und flüsterte: »Thorsten – ich bin's, Tanja. Jemand hat ... hat ... ist ... war in meiner Wohnung! Bitte, bitte, bitte, ruf mich sofort an, wenn du das hier abgehört hast. Bitte, ruf an ...« Sie sank schluchzend auf die Knie. Glassplitter bohrten sich durch den Stoff ihrer Jeans in die Haut. Der Schmerz ließ sie hochfahren. Sie taumelte rückwärts und stieß gegen den Türrahmen. Das Handy rutschte ihr aus der Hand und landete krachend auf dem Boden. Ihre Beine gaben nach, und Tanja Weber fiel wieder auf die Knie. Mit zitternden Händen klaubte sie das Handy auf und wählte eine Nummer. »Geh ran ... geh ran ...«, murmelte sie beschwörend. Als am anderen Ende der Leitung endlich abgehoben wurde, schrie sie beinahe. »Hier ist Tanja Weber. Ich muss Frau Koch sprechen – dringend! ... Ja. Ja, ich warte. – Bitte, bitte, bitte ...«, flüsterte sie. Endlich meldete sich eine Stimme, und sie wartete die Begrüßung gar nicht erst ab, sondern stammelte: »Frau Koch? Geht es Leyla gut?! ... Jemand hat meine Wohnung ... alles ist kaputt ... Nein, noch nicht. Ich wollte erst mit Ihnen sprechen, bevor ich zur Polizei ... Nein, ich weiß nicht, wo Atila ist. Thorsten auch nicht ... Danke, danke. Ja, ich komme sofort bei Ihnen vorbei. Danke ...«

Kapitel 17

Thea Zinck saß in ihrem Büro und trommelte mit den Fingern auf dem Telefonhörer herum, der auf ihrem Schreibtisch lag. Aus dem Hörer kam das Tut-Tut-Tut des internen Freizeichens. Nach einem Knacken meldete sich eine weibliche Stimme: »Presseabteilung, was ...«

Thea Zinck riss den Hörer ans Ohr und sagte: »Hier Zinck. Ich möchte im Metzgerei-Fall ein Foto veröffentlichen lassen, mit einem Aufruf. Deutsch und türkisch. Kümmert ihr euch darum? ... Ja, in Ordnung. Ich bereite alles vor, ich schicke euch Özgü runter.« Sie unterbrach das Gespräch und wählte sofort die Nummer von Özgüs Anschluss.

»Ja, Frau Zinck?«

»Komm mal rüber.« Die Kommissarin wartete seine Antwort gar nicht erst ab und legte auf. Ein paar Sekunden später klopfte es an der Bürotür.

»Komm rein.«

Ohne große Begeisterung betrat Özgü das Büro und schloss die Tür hinter sich. »Worum geht's?«

»Ich möchte das Bild des Jungen veröffentlichen lassen. Mit einem Aufruf, ob jemand das Kind kennt. Schreib bitte einen kurzen türkischen Text dazu.«

»Mach ich. Wo soll der Aufruf erscheinen?«

»Sprich das mit der Presseabteilung ab. *WAZ*, *Ruhr Nachrichten*, *Bild*, *Hürriyet* – die werden das schon wissen. Hier ist die CD mit dem Foto.«

»Okay. Kein Problem«, sagte Özgü und nahm die CD entgegen.

»Sieh zu, dass du einen Beamten zum Kinderheim schickst. Er soll auf den Bengel aufpassen. Wenn das Foto erst mal veröffentlicht ist ... wer weiß? Ich gehe fest davon aus, dass sich jemand auf den Weg machen wird. Und informier die Heimleiter von allen anderen Einrichtungen auch, für den Fall, dass jemand sich dort meldet ... oder vorm Gartenzaun rumschleicht, du weißt schon.«

»Gut. Wird erledigt.« Lothar Özgü hatte die Türklinke schon in der Hand, als Thea Zinck sagte: »Lothar, warte mal. Mach die Tür wieder zu.«

»Was noch? Ich hab auch noch ein paar andere Sachen zu tun.«

»Bist du an den Aktionen gegen Stettner beteiligt?«

»Nein. Sie sollten mich mittlerweile kennen.«

»Sag mir nicht, du bist gefragt worden und hast dann gesagt: Find ich albern, Kollegen, da mach ich nicht mit.«

»Wenn ich was nicht will, bin ich einfach nicht da.«

»Die alte Masche, ich verstehe. Aber du weißt, wer den Wagen beschmiert hat.«

Özgü zuckte die Schultern.

»Das war 'ne echte Scheißaktion. Oder bist du etwa anderer Meinung?«

»Ich weiß nicht, wer das war. Ich halte mich da raus, Frau Zinck.«

»Du bist ein Feigling, Lothar Hassan Özgü. Übrigens – ich hab Lust auf eine Hausdurchsuchung bei den Cetins.«

Özgü runzelte die Stirn. »Viel Spaß dabei. Fragt sich nur, wer einer Hausdurchsuchung zustimmen sollte. Abels etwa? Die Staatsanwaltschaft? Aufgrund welchen Verdachts? Warum trampeln Sie die ganze Zeit auf dieser Familie herum?«

»Der Junge, Özgü. Diese Yasemin läuft doch nicht einfach mit einem Jungen, den niemand kennt, durch die Stadt und wird erschossen! Das sieht doch aus, als wäre sie auf der Flucht gewesen! Hast du den Obduktionsbericht gelesen?«

Özgü nickte.

»Und – ist dir nichts aufgefallen? Sie hatte keinen Freund und war nicht verheiratet. Sie hatte ein intaktes Jungfernhäutchen, aber es gab Anzeichen für nicht gewaltsamen Analverkehr. Wie passt das zusammen?«

Özgü machte die Bürotür auf und spähte den Gang rauf und runter. Dann schloss er die Tür wieder und setzte sich auf Kai Stettners Platz.

»Dafür gibt es eine Erklärung«, sagte er leise.

»Ich bin ganz Ohr, Lollo.«

Er verdrehte die Augen und sagte: »Lassen Sie das. Sie wollen doch was von mir wissen.«

»Lothar Hassan Özgü, ich höre«, feixte Thea Zinck.

»Muslimische Mädchen müssen als Jungfrau in die Ehe gehen.«

»Erzähl mir was Neues.«

»Wenn die unverheirateten Mädchen trotzdem Sex haben wollen, dann eben so ... Sie wissen schon«, sagte er verlegen. Er räusperte sich. »Sie können alles machen, nur nichts, was das Jungfernhäutchen zerstört, verstehen Sie?«

»Ja, die Billigversion – für Mädels, die sich eine OP nicht leisten können. Immerhin ein Ausweg aus dem erotischen Jammertal. Denkst du, dass einer ihrer Brüder ...?«

Er schüttelte den Kopf. »Das glaube ich nicht. Keine Anzeichen für Gewalt.«

»Aber sie hatte doch angeblich keinen Freund.«

Özgü verzog das Gesicht. »Frau Zinck – wenn Yasemin das verbergen wollte, dann wusste es auch niemand. Muslimische Mädchen lernen schnell, bestimmte Dinge zu verheimlichen, und zwar gründlich.«

»Woher weißt du das alles?«

»Ob Sie's glauben oder nicht – ich war auch mal jung.« Er sah aus dem Fenster. »War das alles? Wenn das Foto noch in die Zeitung soll, muss ich mich beeilen. Übrigens, morgen Vormittag wird der Angestellte der Metzgerei beerdigt.«

»Danke für den Hinweis. Vielleicht sollte man da mal vorbeischauen.«

Er drehte sich in der Bürotür noch einmal um. »Davon möchte ich Ihnen abraten, Frau Zinck. Muslimische Beerdigungen sind reine Männersache. Ich kann mit Stettner da hingehen, wenn Sie wollen.«

»Das entscheide ich morgen. Danke für deine Hilfe.«

Er nickte noch einmal und ging den Gang hinunter.

Die Kommissarin holte ihren Flachmann aus der Schreibtischschublade. Er war leer. Sie warf ihn zurück ins Fach und knallte die Schublade zu. Auf Kai Stettners Schreibtisch sah sie die Autoschlüssel für den Jeep liegen. Also war er noch im Haus. Thea Zinck rief über den Flur nach ihm, bekam aber keine Antwort. Sie zog ihren Mantel an, nahm ihre Tasche und hoffte, ihn auf dem Weg nach draußen oder in der Sporthalle anzutreffen.

Sie nahm den Fahrstuhl zum Souterrain des Präsidiums. Dort gab es eine Sporthalle und einen großen Kraftraum. In der dunklen Trainingshalle war niemand, und Thea Zinck ging durch die Halle direkt in Richtung Umkleidekabine. Als sie die Tür aufschob, schlug ihr der strenge Geruch von Männerschweiß und billigem Deo entgegen. Auf einer der Bänke sah sie Kai Stettners Sporttasche stehen. Aus der Dusche nebenan hörte sie das Wasser rauschen, in das sich ein Schmerzensschrei mischte, der von mehreren Männerstimmen übertönt wurde.

»Los, du Feigling, wehr dich!« Es folgte ein klatschendes Geräusch »Ey, du Lusche, nich' einschlafen!«

Es klatschte wieder. Jemand brüllte vor Lachen und meckerte: »Na, wo ist deine Mami jetzt?«

»Aua, aua, aua ... Ja, Kleiner, das tut weh. Du bist eine Schande für die ganze Abteilung, wenn du so ein Weichei bist!«

Dann verloren sich die Stimmen in einem Handgemenge. Etwas prallte dumpf auf den Fliesenboden.

Die Kommissarin ging auf Zehenspitzen zur Tür, zog

sie einen Spaltbreit auf und spähte in den Duschraum.

Kai Stettner war nackt. Er lag zusammengekrümmt auf den Kacheln und hielt schützend seine Arme über den Kopf. Aus seiner Nase lief Blut. Wasser strömte aus dem Duschkopf über ihm. Horst Schreiber und zwei weitere Kollegen tanzten um ihn herum und schlugen mit nassen, verknoteten Handtüchern auf ihn ein.

»Mach doch zur Abwechslung mal kochend heißes Wasser«, schrie Schreiber. »Dann wird er wenigstens rot, wie'n gekochter Krebs!«

»Ach komm, Horst, der hat genug. Guck mal, er heult schon«, sagte einer der Kollegen.

»Zeit für die Taufe, Männer! Ich hoffe, ihr habt ordentlich Limo getankt«, grölte Horst Schreiber, stellte sich breitbeinig in Positur und zielte mit seinem Schwanz auf Kai Stettners Kopf.

Die Kommissarin ging leise aus dem Umkleideraum. Die Tür warf sie mit einem lauten Knall hinter sich ins Schloss und nahm die Abkürzung durch den Geräteraum. Als sie nach draußen trat, ging in der Turnhalle das Licht an, und sie hörte Horst Schreiber rufen: »Ist da jemand? Hallo!«

Thea Zinck ging über den dunklen Parkplatz, holte ihr Handy aus der Tasche und bestellte ein Taxi.

Hakan und Bekir Cetin standen sich im Boxring gegenüber. Beide trugen einen ledernen Kopfschutz und Boxhandschuhe. Tayfun Cetin stand ebenfalls im Ring, ein verschwitztes Handtuch um den Hals. Auf Tayfuns Zeichen hin fingen die beiden Brüder an, umeinander herumzutänzeln. Hakan deutete ein paar Schläge an, denen Bekir nur mühsam ausweichen konnte. Er bekam nicht einmal den Hauch einer Chance, einen Treffer zu landen.

»Ey, Bekir, was ist los? Kämpfe gefälligst«, schrie Tayfun. »Los, los, Hakan!«

»Moment …«, setzte Bekir Cetin an, als Hakans Schlag ihn mitten ins Gesicht traf. Bekir Cetin stürzte zu Boden. Hakan lachte und half ihm wieder auf. »Ey, pass auf! Hier wird nicht gequatscht. Bist du blöde?«

Bekir hielt sich an den Ringseilen fest und keuchte: »Halt mal.«

»Was is' denn, kleiner Bruder? Was is' los, hm? Hm? Hm?«, feixte Hakan und tänzelte vor und zurück und schlug bei jedem ›Hm‹ nach dem Kopf seines jüngeren Bruders.

Bekir schlug Hakans Faust weg. »Lass das jetzt mal! Wir müssen reden.«

»Reden! Hör sich das einer an«, sagte Tayfun.

»Ja! Reden. Findet ihr nicht, dass wir allmählich in der Klemme sitzen?«

»Du meinst dieses versoffene Dreckstück? Diese Polizistin?«, höhnte Tayfun Cetin. »Die weiß gar nichts.«

»Und wenn wir den Mund halten, wird sie auch nie was wissen«, stimmte Hakan Tayfun zu und trat wie ein Kickboxer ein paar Löcher in die Luft, haarscharf an Bekirs Kopf vorbei.

»Und was ist mit diesem Thorsten? Was habt ihr gemacht, als ihr bei ihm wart?«

»Das haben wir dir doch schon erklärt. Wir haben das Arschloch aufgemischt.«

»Du hattest Blut auf den Schuhen, Tayfun. Und du an deiner Jacke, Hakan. Viel Blut. Vielleicht habt ihr ihn umgebracht.«

Tayfun Cetin packte Bekirs Kinn mit einer Hand und zog ihn nahe zu sich heran. »Und wenn schon? Es ist kein Verlust, der uns was angeht.«

»Was quatscht du da überhaupt, Bekir?«, mischte sich Hakan ein. »Der hat was auf's Maul gekriegt, und fertig.« Hakan tänzelte wieder um seine Brüder herum.

Bekir ließ sich auf die Trainingsmatte fallen und

schluchzte: »Aber Yasemin ist tot. Ich kann nicht mehr. Ihr müsst der Polizei …«

»Bist du total verrückt geworden?!«, schrie Hakan, und Tayfun packte Bekirs Arm und riss ihn brutal auf die Füße.

»Was interessiert mich die deutsche Polizei? Seit wann?! Hakan und ich, wir werden Atila finden und in die Türkei bringen. Und da bleiben wir erst mal, bis hier Gras über die Sache gewachsen ist. Irgendwann wird der Fall zu den Akten gelegt. Die werden nichts rauskriegen! Hast du verstanden?! Wir beobachten weiter alle Kinderheime so lange, bis wir Atila gefunden haben. Das machen wir!« Tayfun schlug Bekir auf die Brust.

»Und du, kleiner Bruder, findest Leyla. Die Familie wird erst wieder ruhig schlafen, wenn die Schande mit ihrem Blut abgewaschen wurde. Das ist der richtige Weg«, sagte Hakan und hob die Fäuste.

»Seid ihr völlig verrückt geworden?« Bekir schubste seinen Bruder weg. »Ich … ich … kann das nicht!«

Tayfun holte aus und versetzte seinem Bruder einen harten Schlag in die Nieren. Bekir brach ächzend in die Knie. Ein Tritt von Hakan warf ihn auf den Rücken, wo er stöhnend liegen blieb. Hakan setzte seinen Fuß auf Bekirs Kehle und drückte ihn auf den Boden.

»Du hast zu tun, was die Familie von dir verlangt.«

»Ich kann nicht«, keuchte Bekir. »Ihr könnt mich nicht zwingen.«

»Die Familie hat es beschlossen! Wer soll es denn tun – unser alter Vater etwa?«, schrie Tayfun. »Tu es – und alle werden dich als Held feiern! Du wirst nicht lange ins Gefängnis müssen. Falls sie dich überhaupt erwischen. Also hör auf, hier rumzuwinseln, du Feigling. Leyla ist nicht mehr wert als ein räudiger Köter. Wovor hast du Angst?«

Bekir schlug Hakans Fuß weg und sprang auf.

Hakan setzte ihm nach und flüsterte beschwörend: »Bekir! Mach keinen Fehler.«

»Slawa – ich verstehe dieses Volk einfach nicht!« Thea Zinck saß schwankend auf einem Barhocker in Slawas Bar und beobachtete die männlichen Gäste mit ihren Mädchen. Auf der Tanzfläche wand sich eine Stripteasetänzerin zu den Klängen von *Hey, Big Spender*. Slawa stand hinter dem Tresen und füllte Thea Zincks leeres Glas.

Sie prostete ihm zu und leerte es dann in einem Schluck. Dann winkte sie ihn zu sich heran. »Wie behandeln die ihre Frauen? Das werde ich nie verstehen, dass die Frauen sich das so gefallen lassen. Behandelst du deine Frauen auch so mies?«

»Wovon redest du?«

»Du weißt, wovon ich rede. Vom Paralleluniversum im Ghetto. Von unseren muslimischen Mitbürgern, verflucht noch mal. Die da«, sie zeigte mit schwankendem Finger auf die Männer im Raum, »die da sind einfach nur geile Böcke … wenigstens müssen sie Geld auf den Tisch legen für das, was sie wollen.«

Slawa lachte und schüttelte den Kopf. »Du kennst mich doch, Thea. Ich liebe die Frauen. Und vor allem liebe ich meine Frau.«

»Aber du betrügst sie, Slawa. Obwohl du Angst vor ihr hast. Vor russischen Weibern muss man Angst haben …« Sie zeigte auf Mandy, die gerade an einem der Tische neuen Champagner servierte. »Was sagt deine Irina dazu, dass du gerade die da fickst?«

»Russische Frauen sind vor allem eins – hart wie russischer Stahl und eiskalt wie Sibirien. Dagegen sind alle Mandys dieser Welt lauwarmer Kaffee. Das weiß Irina genau.«

Die Kommissarin warf den Kopf in den Nacken und lachte.

Mandy, die hinter den Tresen gekommen war und die letzten Worte gehört hatte, starrte Slawa wütend an. Er zog sie zu sich heran und sagte: »He, guck nicht so böse. Unsere Gäste mögen das nicht.«

Mandy verzog das Gesicht und nahm sich eine Zigarette. Sie guckte Slawa auffordernd an, aber der gab ihr kein Feuer, sondern widmete sich wieder der Kommissarin. Mandy nahm sich Slawas goldenes Feuerzeug vom Tisch und zündete sich die Zigarette selbst an. Dann steuerte sie auf einen der Tische zu, an dem ein älterer Herr alleine vor einem Glas Bier saß. Bevor sie sich auf seinen Schoß setzte, ließ sie das Feuerzeug in ihren Ausschnitt gleiten.

Thea Zinck beobachtete die Szene und sagte: »Oh, oh ... Das wird noch Ärger geben. Bist du sicher, dass sie keine russische Wölfin im Schafspelz ist?«

Salwa hob die Augenbrauen. »Ich zwinge sie zu nichts. Und Eifersucht ist fehl am Platze.«

»Sie mag dich ... «

»Sie mag mein Geld, Thea.«

»... und du nutzt das aus.«

Slawa lachte. »Aber mit Respekt.«

Thea Zinck knallte ihr leeres Glas auf die Theke, und er goss Wodka nach. »Wir reden aneinander vorbei, mein Freund. Dein Frauenbild ist zum Kotzen, grundsätzlich. Wenn das einer mit deinen Töchtern machen würde ...?«

»Wäre er morgen tot.« Er deutete mit dem Kopf auf Grischa und Sascha, die am anderen Ende des Tresens saßen. »Hm ... nein, am selben Tag, fürchte ich.«

Die Kommissarin kippte ihren Wodka herunter. »Und was würdest du mit deinen Töchtern machen?«

»Ich nehme ihnen die Kreditkarten weg.« Er hob sein Glas. »Prost, Thea. Auf die Frauen.«

Die beiden stießen miteinander an und leerten ihre Gläser.

»Sag mal, Slawa, kennst du diese türkische Disco im Ghetto? Wie heißt die noch ... *Deliroso* oder so ähnlich«, nuschelte sie.

Er lachte dröhnend. »*DeliDolu* meinst du. Ja, kenn ich. Warum fragst du?«

»Kennst du den Geschä... schäftsführer?« Thea Zinck gab sich keine Mühe mehr, deutlich zu sprechen.

»Hakan? Der Angeber«, sagte Slawa. »Ein Würstchen. Denkt, er wäre der Größte.«

»Ich hab gehört, du bist scharf auf den Laden.«

»Ich? Auf den armseligen Schuppen? Das wüsste ich aber. Das kleine Ölauge kommt alle paar Tage angerannt und macht die Welle. Er hat große Pläne, weißt du. Er will sich hier breitmachen, mit ... ach, was weiß ich ...?«

»Und? Was hassu ... hassu gesacht?«

»Ich hab' den Bengel rausgeworfen, wie immer. Mit Kindern von der falschen Straßenseite mach ich keine Geschäfte.«

»Und was hatter gesacht?«

»Hat ein bisschen rumgepöbelt. Ich würde schon sehen, was ich davon hätte und so. Du kannst dir vorstellen, dass ich seitdem vor Angst keine ruhige Nacht mehr hab'«, sagte Slawa und schlug vor Begeisterung mit der flachen Hand auf die Theke.

Thea Zinck lachte mit und schwenkte ihr Glas in der Luft herum: »Kruzitürken! Noch ein', Schlawa.« Sie verlor das Gleichgewicht und fiel rückwärts vom Hocker. Grischa und Sascha sprangen sofort auf, um sie wieder aufzuheben. Sie trugen die Kommissarin ins Séparée und legten sie dort auf das Sofa. Slawa breitete ihren Mantel über sie.

»Iwillnichna' Hause, Schlawa«, protestierte Thea Zinck. »Gibmirnoeinen«, nuschelte sie.

Er strich ihr das zerzauste Haar aus der Stirn. »Schlaf erst einmal ein bisschen. Die Jungs fahren dich später.«

Kapitel 18

Vierter Tag: Dienstag

Kai Stettner stellte ein Glas Wasser auf Thea Zincks Schreibtisch und sagte leise: »Die Telefone klingeln schon seit dem frühen Morgen Sturm. Wegen des Jungen.«

Thea Zinck warf sich zwei Schmerztabletten in den Mund und leerte das Glas in hastigen Zügen. Dann hielt sie es Kai Stettner hin und krächzte: »Mehr!«

Sie trank das zweite Glas auf ex und nahm die Sonnenbrille ab.

Kai Stettner bemerkte eine dicke Beule auf ihrer Stirn.

»Glotz da nicht so hin!«, blaffte die Kommissarin und stützte den Kopf in ihre Hände.

»Ich wollte doch gar nicht ...«

»Klappe! Was erzählen diese zahllosen Anrufer? Wissen wir endlich, wer das Blag ist?«

Kai Stettner zuckte die Achseln. »Wir sind keinen Schritt weiter. Interessanterweise haben sich bisher nur Deutsche gemeldet. Kein einziger Türke, wie es scheint.«

»Ja, und weiter?«

»Na ja, die meisten wollten Verwandte und Nachbarn denunzieren. Ein Rundruf bei den Kinderheimen hat auch nichts ergeben. Dort ist bis jetzt niemand aufgetaucht, weder am Gartenzaun noch offiziell. Aber eine Sache gab es doch ...« Er verstummte und sah die Kommissarin erwartungsvoll an.

Thea Zinck blickte auf und tastete die Beule an ihrer Stirn ab. »Stettner! Keine Kunstpausen ... Aua.«

»Soll ich Eis ...?«

»Soll ich, soll ich, soll ich …«, äffte sie ihn nach. »Nenn mir einfach die Fakten!«

»Eine Anruferin, gab es … die sagte, sie weiß, wer der Junge ist. Dann hat sie plötzlich aufgelegt, oder das Gespräch wurde von jemandem unterbrochen.«

»Name? Telefonnummer?«

»Sie hat keinen Namen genannt, und die Nummer war unterdrückt. Das Gespräch war vorbei, ehe ich eine Frage stellen konnte. Ich hatte gehofft, sie würde sich noch mal melden, aber nix.«

Thea Zinck fuhr sich ungeduldig durch die Haare. »Deutsche? Türkin? Alt? Jung? Herrgott, lass dir doch nicht jede Information aus der Nase ziehen! Und setz dich endlich mal hin, und steh hier nicht rum wie ein Butler. Und bevor du noch mal eine unausgeschlafene Frau anglotzt, guck mal in den Spiegel. Du siehst auch aus wie schon mal gegessen.«

»Ich bin beim Karatetraining … hingefallen«, murmelte er und setzte sich hinter seinen Schreibtisch.

»Ah?! Also weiter … die Frau am Telefon.«

»Die Stimme hörte sich jung an, aber das muss nichts heißen«, sagte er. »Sie sprach akzentfreies Deutsch, aber auch das bedeutet nicht zwangsläufig, dass sie keine Türkin war.« Er hob hilflos die Hände. »Was soll ich sagen?«

»Was ist mit diesem Gerlach? Bist du da weiter?«

»Nein, noch nicht. Heute Morgen hab ich ihn nicht angetroffen. Ich schick ihm eine Vorladung.«

»Verdammt, allmählich kriege ich schlechte Laune.«

Kai Stettner fuhr sich mit der rechten Hand übers Gesicht.

»Was ist? Müde, oder gibt's noch irgendwas?«, sagte Thea Zinck.

»Der Bericht der Ballistiker. Es ist aus zwei Waffen geschossen worden.«

»Ja und, was ist daran so schlimm?«

»Die Kugeln, die Yasemin Cetin getroffen haben ... Der Bericht sagt, dass keine davon sie direkt getroffen hat ... also Querschläger waren ... also, dass die Vermutung naheliegt, dass nicht gezielt auf sie ...«

Thea Zinck atmete lange aus und vergrub ihren Kopf in den Händen. Kai Stettner wartete. Endlich sagte die Kommissarin: »Vermutung, Kai, Vermutung ist das wichtige Wort. Aus einem fahrenden Auto jemanden zu treffen ist ein Kunststück. Gezielt zu treffen ... über eine Distanz von zehn oder fünfzehn Metern, vor allem mit einer Pistole, meine ich. Dass so was geht, glauben wirklich nur Idioten, die zu viele schlechte Gangsterfilme sehen.«

»Dumm ist nur, dass es Abels' Theorie unterstützt. Die Täter hatten es auf die Metzgerei abgesehen und nicht auf jemand Bestimmten. So könnte er argumentieren«, sagte Kai Stettner.

»Nicht nur könnte, Kai. Er wird.«

»Was machen wir jetzt, Chef? Wir wissen nicht, wo wir nach den Waffen suchen sollen ...«

»Richtig. Ich schlage daher vor, wir suchen nach den Idioten«, sagte Thea Zinck. »Schaff mir den Özgü her. Wir machen einen kleinen Ausflug. Um zwölf wird dieser Angestellte der Metzgerei beerdigt, das gucken wir uns mal an.«

Kai Stettner verließ das Büro und kehrte kaum eine Minute später mit seinem Kollegen wieder zurück. Özgü kam sofort zur Sache. »Frau Zinck – ich habe doch gestern schon gesagt, dass Frauen ...«

Die Kommissarin hob die Hand. »Danke für deinen spannenden Diskussionsbeitrag, Lothar, für den sich hier aber leider niemand interessiert. Wir fahren zum Friedhof, und du kommst mit. Vielleicht brauche ich dich zum Übersetzen.«

Özgü machte den Mund auf, aber die Kommissarin

erstickte seinen Protest im Keim: »Bitte, Lollo! Ich habe ausgesprochen schlechte Laune und Kopfschmerzen.«

Özgü schüttelte den Kopf. »Ich weiß nicht, was Sie da sehen wollen! Unsere Beerdigungen sind sehr kurz.«

»Ich weiß. Ein Grund mehr, pünktlich auf dem Friedhof zu sein«, konterte die Kommissarin. Sie kramte ihren Flachmann aus der Handtasche und nahm einen Schluck.

Özgü beobachtete den Vorgang mit steinernem Gesicht.

Kai Stettner fragte: »Und was passiert auf dem Friedhof, Lothar?«

»Die Leiche wird von den Männern in einem Sarg ans Grab getragen, rausgeholt und ins Grab gelegt. Auf dem Hauptfriedhof gibt es ein separates Grabfeld, wo es erlaubt ist, Muslime ohne Sarg zu beerdigen ... Guck nicht so, Kai. Der Leichnam ist gewaschen und in weiße Tücher gehüllt. Bevor der Körper ins Grab gelegt wird, wird Salut-ul-Dschanzara verrichtet, das rituelle Totengebet. Das ist es schon. Das dauert höchstens fünfzehn Minuten.«

Thea Zinck stürmte aus dem Büro. »Das kannst du Stettner auch alles im Auto erzählen.« Den beiden Männern blieb nichts anderes übrig, als ihr zu folgen.

Während der Fahrt zum Friedhof saß Özgü auf der Rückbank. Kai Stettner beobachtete seinen Kollegen im Rückspiegel. Der hatte die Arme vor der Brust verschränkt und schwieg.

»Lothar, kannst du mal sagen, wo ich genau hin muss? Der Friedhof ist verdammt groß.«

»Da lang«, murmelte Özgü und zeigte mit der Hand nach links.

»Richtung Mekka«, gluckste Thea Zinck.

Kai Stettner rollte die Augen, und Lothar Özgü sagte: »Toll, Frau Kommissarin. Das war reinstes Horst-Schreiber-Niveau. Wenn Sie sich da gleich so aufführen, dann danke! Es wäre besser, wenn Sie im Auto bleiben. Kai und ich ...«

Thea Zinck fuhr herum. »Verdammt, Lollo, halt endlich die Klappe!« Sie drehte sich wieder nach vorne. Dabei stieß sie ihren Ellenbogen Kai Stettners Rippen. Der Wagen machte einen Schlenker.

»He! Aufpassen!«, rief er erschrocken. »Wenn wir jetzt Gegenverkehr ...«

»Wenn, wenn, wenn ...«, sagte Thea Zinck.

Kai Stettner und Lothar Özgü wechselten über den Rückspiegel einen besorgten Blick, während der Wagen auf den gut gefüllten Parkplatz des Friedhofs einbog. Als Kai Stettner kurz stoppte, um nach einem freien Platz Ausschau zu halten, sprang die Kommissarin aus dem Auto und lief auf den Eingang zu.

»Scheiße!«, rief Özgü und wollte die Autotür öffnen.

»Lothar, warte kurz, da vorne ist ein Parkplatz. Sie weiß doch gar nicht, wo genau die Beisetzung stattfindet. Wir werden sie schon einholen.«

Eine große Gruppe Männer hatte sich am Grab versammelt. In der ersten Reihe standen die drei kleinen Söhne von Seyfi Coskundeniz und hinter jedem der Jungen einer der Cetin-Brüder. Daneben Ali Coskundeniz, der von Abdul Cetin gestützt werden musste. Der Mullah, Osman Cetin, beendete das Gebet, und Ali Coskundeniz warf eine Handvoll Erde in die Grube.

Die Kommissarin zerrte im Laufen ihren Ausweis aus der Tasche und rief: »Thea Zinck, Kriminalpolizei! Ich hab' ein paar Fragen an Sie!«

Alle Köpfe wandten sich ihr zu. Gemurmel wurde laut. Abdul Cetin redete auf Türkisch auf Osman Cetin ein. Der Mullah schob Abdul Cetin an die Seite.

Die Kommissarin trat an das Grab heran und warf einen Blick hinein. Osman Cetin stellte sich ihr in den Weg und zerrte sie vom Grab weg: »Gehen Sie!«

»Das muss ich nicht«, sagte Thea Zinck und holte das Foto des Jungen aus der Manteltasche. »Ich bin froh, dass ich Sie hier alle antreffe.« Sie stieß Osman Cetin zur Seite und hielt dem Nächstbesten das Bild unter die Nase. »Gucken Sie genau hin und sagen Sie mir, ob Sie das Kind kennen.«

Der Mann schüttelte den Kopf und drehte ihr den Rücken zu.

»Wer ist dieser Junge?«, fragte Thea Zinck wieder und schritt die Reihen der Trauergäste ab. »Wer? Dieses Kind weint seit Tagen nach seiner Mutter. Irgendjemand muss ihn doch kennen!« Thea Zinck griff wahllos in die Menge und zerrte einen Mann nach vorne. »He! Dreh dich nicht weg, wenn ich dich was frage! Guck dir gefälligst das Foto an!«

Tayfun Cetin, der bisher der Szene stumm gefolgt war, löste sich aus seiner Erstarrung und rief: »Verschwinden Sie! Wir werden uns über Sie beschweren! Wissen Sie eigentlich, was Sie hier gerade machen? Was würden Sie sagen, wenn wir auf einer deutschen Beerdigung auftauchen und die Trauernden herumschubsen?«

Die Kommissarin sah, dass Bekir und Hakan die drei Coskundeniz-Jungen in die hinteren Reihen schoben. »Das ist ja wohl ein kleiner Unterschied, Herr Cetin. Hier geht es um Mord – und um den aufzuklären, störe ich alles, was mir in den Kram passt, verstanden? Und hey, die Kinder bleiben hier!«

Kai Stettner und Lothar Özgü erreichten außer Atem die Grabstelle.

Thea Zinck drehte sich um. »Ach, auch schon da, die Herren? Los, einer zum Parkplatz, ich will die Kinder hier haben.«

Im nächsten Moment hörten sie, wie ein Wagen mit quietschenden Reifen davonfuhr.

Lothar Özgü packte Thea Zinck bei den Schultern und versuchte, sie von den Männern wegzuziehen.

Die Kommissarin schüttelte ihn ab und sagte: »Na prima. Warum ist keiner von euch auf dem Parkplatz geblieben? Jetzt sind die Kinder weg!« Sie baute sich wieder vor der Gruppe der Männer auf und sagte: »Auch gut. Ich werde alle hier Anwesenden zu einer Vernehmung vorladen. Lothar: Namen, Adressen, Telefonnummern! Stettner, du passt auf, dass hier nicht noch einer verschwindet.«

Lothar Özgü und Kai Stettner wechselten einen Blick. Sie nahmen die Kommissarin in ihre Mitte. Kai Stettner packte ihren rechten Arm und zischte: »Wir gehen.«

»Lasst mich sofort los, oder ihr lauft für den Rest eurer Karriere Streife! Seid ihr verrückt geworden?!« Thea Zinck versetzte Kai Stettner mit dem Ellenbogen einen Hieb vor die Brust. Aber er ließ sie nicht los.

Özgü rief Mullah Osman ein paar Worte auf Türkisch zu und zerrte die Kommissarin weiter in Richtung Friedhofstor.

»Was redest du da mit deinem Landsmann, Özgü? Wie peinlich dir deine Hure von Chefin ist? Muss ich dich daran erinnern, dass du deutscher Polizist bist? Oder steckst du mit denen unter einer Decke?«, schrie sie. Özgü ging unbeirrt weiter. Die Kommissarin strauchelte und wäre beinahe auf die Knie gefallen, wenn Kai Stettner sie nicht aufgefangen hätte.

»Ihr lügt mir doch alle frech ins Gesicht! Ihr verdammten orientalischen Märchenerzähler! Ich krieg euch alle, jeden Einzelnen von euch, und dann fragt ihr euren Propheten noch mal, was Recht und Unrecht ist. Das verspreche ich bei meiner Ehre!«

»Chef, bitte!« Stettner klang verzweifelt, aber er schob die Kommissarin unerbittlich vorwärts.

Özgü schaute sich noch einmal um. Dann gingen sie durch das Friedhofstor zum Parkplatz. Die Kommissarin ließ sich widerstandslos in den Wagen setzen und holte ihren Flachmann heraus.

»Was soll das? Fahr mich ins Präsidium, aber pronto, wenn ich bitten darf.« Thea Zinck schaute sich um. Kai Stettner hatte den Wagen vor ihrem Wohnhaus geparkt.

Er schüttelte den Kopf. »Das werde ich nicht tun, Frau Zinck. Bei allem Respekt, aber da gehören Sie in diesem Zustand nicht hin.«

»Zustand? Was willst du, du aufgeblasener Zwerg?«

Özgü saß auf der Rückbank und starrte aus dem Fenster.

»Sie können mich beschimpfen, so viel Sie wollen, Chef. Das ist mir egal. Aber ich bringe Sie jetzt hoch, und Sie legen sich ins Bett.« Er stieg aus dem Wagen, ging zur Beifahrerseite und öffnete die Tür.

Die Kommissarin starrte ihn sekundenlang an.

Özgü stieg aus und sagte: »Lasst euch ruhig Zeit. Ich geh' zu Fuß zum Präsidium. Bin ich eben der Erste, dem von Abels der Arsch aufgerissen wird.« Er klopfte Kai Stettner auf die Schulter. »Du machst das schon. Bis später.«

Thea Zinck stieg aus und lief schwankend auf ihre Haustür zu.

Kai Stettner überholte sie im Laufschritt und schloss die Tür auf.

Er hatte seinen Kaffee schon halb ausgetrunken, als die Kommissarin endlich wieder aus dem Badezimmer auftauchte. Sie war in einen schmuddeligen, hellgelben Frottee-Bademantel gehüllt. Ihre Haare hingen nass auf ihren Schultern. Sie setzte sich ihm gegenüber an den Tisch und trank einen Schluck Kaffee. Mit einer müden

Geste fuhr sich die Kommissarin durch die nassen Haare. »Das war 'ne Sause vorhin, was, Stettner?«

»Na ja, ich weiß nicht«, antwortete er zögernd, »ich denke, das wird Ärger geben.«

»Da kannst du einen drauf lassen, dass es Ärger geben wird. Der Mullah wird aufgeblasen wie eine Ballon bei Abels aufmarschieren, und der wird mich, wenn ihm seine Karriere lieb ist, suspendieren.« Thea Zinck hatte Mühe, das Wort ›suspendieren‹ zu artikulieren, und lachte. »Er würde mich auch töten, wenn es ihm weiterhilft.«

»Er mag Sie wohl nicht«, sagte Kai Stettner und verfluchte sich im selben Augenblick.

Thea Zinck gackerte, aber es klang alles andere als fröhlich. »Nicht mögen?! Er hasst mich! Und ich ihn. Er hasst mich so sehr, dass er sogar mit unserer Psychologin paktiert! Der große Abels schmust mit der Psychotante. So weit ist er noch nie gegangen.«

»Na, ja ... vielleicht ...«, setzte Kai Stettner an, aber Thea Zinck stand auf und lief in ihr Schlafzimmer. Als sie zurückkehrte, hielt sie eine halbleere Flasche *Absolut* in der Hand. »Hoch die Tassen, Stettner. Auf meine Suspendierung.«

Er lächelte schief. »Chef, ich finde das nicht lustig.«

Thea Zinck nickte. »Ich auch nicht, Kai. Bevor ich mich total besaufe, muss ich dir noch was sagen: Ich bin ganz sicher, dass die Familie mit Yasemins Tod zu tun hat. Bleib da dran. Und ich glaube auch nicht, dass Tayfuns Frau mit dem Sohn in der Türkei ist.«

»Aber wo sollen die denn sein?«

Thea Zinck verdrehte die Augen. »Konzentration, Kai. Wer ist denn hier besoffen, du oder ich? Also, ich fresse einen Besen, wenn der Kleine aus der Metzgerei nicht dieser Dingsbums ist ... dieser ... wie hieß er noch, der Sohn?«

»Atila.«

»Genau, Atila. Und die Mutter hält sich hier irgendwo versteckt. Und die Cetins werden sie auch noch umbringen, wenn wir sie nicht vorher finden.« Thea Zinck gähnte ausgiebig. »So, die Vorstellung ist vorbei. Ich leg mich mit meinem besten Freund jetzt ist Bett.«

Die Kommissarin taumelte in Richtung Schlafzimmer. »Du hast mir ja schon mein Bettchen aufgeschüttelt. Wie bei Schneewittchen, nur umgekehrt. Bei mir schüttelt der Zwerg die Kissen auf.«

Kai Stettner verdrehte die Augen. Thea Zinck ließ sich aufs Bett fallen und sagte: »Jetzt lobe ich dich mal, und es ist auch wieder nicht richtig.«

»Chef, wo soll ich denn nach Leyla suchen? Die kann doch überall sein. Wer weiß, wo die sich versteckt hält.«

Thea Zinck knautschte ihr Kissen zurecht. »Wenn sie schlau ist, ist sie im Frauenhaus ... Ach ja ... du kannst dich hier an meinen Computer setzen. Informier dich. Über alles. Über den Islam. Lies den Koran. Guck im Internet nach – jede Menge Seiten zum Thema, und mach dir ein eigenes Bild. Ach, und die Adresse vom Frauenhaus findest du in meiner Adressdatei.«

»Wo ist denn Ihr Computer?«

»Arbeitszimmer. Passwort sechs Sternchen«, nuschelte die Kommissarin und war eingeschlafen.

Kai Stettner stand noch ein paar Minuten unschlüssig im Schlafzimmer herum. Seines Wissens gab es gar kein Arbeitszimmer. Er schritt die Wohnung ab und öffnete nacheinander alle Türen. Im Wohnzimmer lag der Staub zentimeterdick auf allen Möbeln. Vom Bad ging keine weitere Tür ab, blieb nur noch die Tür, die er für den Eingang zu einer Art Speisekammer gehalten hatte. Er staunte, als er den kleinen, aber penibel aufgeräumten Raum betrat. Er startete den Computer. An der Wand gegenüber hing ein großer Stadtplan. Bunte Pins markierten die Metzgerei Coskundeniz, die Adresse der Familie Cetin, die Arbeitsplätze der Brüder Cetin, das familieneigene Reisebüro und die Moschee.

Im Computer suchte er nach dem Adressbuch und fand die Telefonnummer und Adresse des Frauenhauses.

Kai Stettner wählte die Nummer. Ein Anrufbeantworter sprang an. Die Ansage wiederholte nur die Nummer und formulierte die Bitte, nach dem Signal eine Nachricht zu hinterlassen. Er wartete auf den Piepton und sagte dann: »Ja ... ähm ... hier ist Kai Stettner, Kriminalpolizei. Ein Kollege von Thea Zinck. Ich bin auf der Suche nach einer Leyla Cetin ...«

Noch während er sprach, wurde ihm bewusst, wie unsinnig seine Nachricht war. Er legte auf und beschloss, später persönlich am Frauenhaus vorbeizufahren. Er musste über sich selbst lachen – ein Mann, der im Frauenhaus anruft und zurückgerufen werden will.

Er rief Google auf und gab dort den Suchbegriff Islam ein. Die Suchmaschine zeigte nach nicht einmal einer Sekunde 142 000 000 Treffer an. Sein Handy klingelte. Er nahm ab, in der irrigen Hoffnung, es könnte das Frauenhaus sein. »Stettner, Kriminal ... oh, Frau Meissner! ... Was ist mit ihm? ... Seit wann? ... Na ja, schon. Wir haben über Urlaub gesprochen, aber doch nicht jetzt. Er muss da was falsch verstanden ... Aber ... Packen Sie seinen Koffer bitte wieder aus ... Na gut, ich komme, so schnell ich kann, ich muss nur noch kurz ... Bis später, Frau Meissner.«

Er legte auf und starrte auf den Bildschirm. Dann rief er die erste Seite auf.

Kapitel 19

»Meine Herren, bitte!« Dr. Manfred Abels saß schwitzend hinter seinem Schreibtisch und hob abwehrend die Hände. Osman, Abdul und Tayfun Cetin sprachen gleichzeitig auf ihn ein.

»Bitte, meine Herren, setzen Sie sich! Und dann bitte der Reihe nach – ich kann kaum verstehen ... Was war mit Frau Zinck?«

Die Männer ließen sich auf den Stühlen vor Abels' Schreibtisch nieder. Tayfun Cetin ergriff das Wort: »Sie hat unsere Religion beleidigt, sie hat unser Ritual gestört. Sie taucht während der Trauerfeier für Seyfi Coskundeniz auf dem Friedhof auf – betrunken! Sie hat herumgeschrien und gepöbelt – und sie wollte die Kinder von Seyfi Coskundeniz auf dem Friedhof festhalten! Sie sind verantwortlich für Ihre Leute! Wir werden damit an die Presse gehen, verstehen Sie?«

Abels ließ die Hände sinken und atmete tief durch. »Danke, dass Sie damit zu mir gekommen sind. Wenn das, was Sie sagen, wahr ist, dann entschuldige ich mich ...«

»*Wenn* das wahr ist? Glauben Sie, wir lügen Sie an?!«, schrie Tayfun Cetin.

Mullah Osman hob die Hand und sagte: »Wir gehen. Wir gehen Presse.« Er erhob sich von seinem Stuhl.

»Warten Sie, warten Sie«, sagte Abels. »Ich sage ja nicht, dass ich Ihnen nicht glaube.«

Mullah Osman setzte sich wieder hin. »Was Sie machen jetzt?«

Abels zerrte an seinem Krawattenknoten herum, um sich Luft zu verschaffen, und sagte: »Frau Zincks Verhalten ist unentschuldbar. Aber bitte, wir befinden uns in laufenden Ermittlungen, die auch in Ihrem Interesse sind. Wir suchen immer noch die Mörder von Yasemin und von Seyfi Coskundeniz. Ich werde eine Lösung finden.«

»Sagen Sie uns einfach, dass wir von dieser Frau nicht mehr belästigt werden. Wir glauben der Polizei, dass sie den Mörder unserer Schwester sucht. Aber diese Kommissarin sucht bestimmt nicht. Ich weiß nicht, was sie von uns will.« Tayfun Cetin hatte sich vorgebeugt und wischte sich eine Träne von der Wange. »Wir sind am Ende. Unsere Familie hat genug Leid ertragen. Sehen Sie das denn nicht? Wenn die beiden Beamten nicht gekommen wären und die Frau mitgenommen hätten ... Wir wissen nicht ...«

Abels tupfte sich mit einem Taschentuch den Schweiß von der Stirn. Dann nickte er. »Sie können mir vertrauen. Ich gebe Ihnen mein Ehrenwort. Ich bedanke mich bei Ihnen, dass Sie mich informiert haben, meine Herren. Wenn Sie mich jetzt bitte entschuldigen ...?«

Tayfun übersetzte das Gesagte für Osman und Abdul Cetin.

Der Mullah nickte und erhob sich. Abdul Cetin reichte Abels zum Abschied die Hand.

Abels nahm sie widerwillig.

Tayfun Cetin lächelte ihn an und sagte: »Wir glauben an die deutsche Justiz und an das deutsche Recht.« Dann verließen die drei sein Büro.

Abels wählte sein Vorzimmer an. »Ich brauche einen Kaffee. Und dann schicken Sie mir Özgü ins Büro – sofort!« Er knallte den Hörer auf die Gabel und starrte aus dem Fenster.

Keine Minute später betrat Lothar Özgü mit einem Kaffee in der Hand Abels' Büro.

»Was gibt's, Chef?«

»Setzen Sie sich, Lothar. Und jetzt erzählen Sie mir

bitte mal, was da auf dem Friedhof los war ... Ist da Milch und Zucker drin?« Abels nahm die Kaffeetasse und rührte um.

»Hm, die Beerdigung von diesem Seyfi Coskundeniz.«

Abels knallte seine Faust auf den Tisch, dass seine Kaffeetasse auf der Untertasse klirrte. »Verarschen Sie mich nicht, Lothar! Ich will wissen, was da passiert ist! Es gab nämlich eine Beschwerde!«

Özgü räusperte sich. »Nun ja, Frau Zinck hat ... sie war ...«

»Betrunken!«, fiel Abels ihm ins Wort. »Sie hat betrunken auf der Beerdigung von diesem Cozu ... Cokude ... Dingsbums randaliert. Herrgottnoch ... Eine Frau bei einer muslimischen Beerdigung! Betrunken! Warum hat sie nicht gleich noch eine Ladung Schweineschnitzel zum Leichenschmaus verteilt?!«

Özgü musste sich ein Grinsen verkneifen und starrte auf einen Punkt auf dem Fußboden.

»Özgü ... Ist das wahr? Sie müssen gar nicht ausweichen. Ich hab' schon alles gehört. Ich will bloß wissen, ob das wahr ist.«

Özgü nickte. »Ja, Chef. Es ist wahr.«

»Und Sie und Stettner waren dabei?«

Özgü nickte wieder.

»Und warum haben Sie Frau Zinck nicht davon abgehalten? Kriegen nicht mal mehr zwei Kerle – ausgebildete Polizisten! – diese Frau unter Kontrolle? Wie stehe ich denn jetzt da! Eine Mitarbeiterin meiner Abteilung randaliert bei einer muslimischen Beerdigung! Die Cetins wollen damit an die Presse gehen! Wissen Sie, was das bedeutet?«

Özgü betrachtete den Fußboden noch intensiver.

»Und Sie, Herr Özgü – Sie sind doch Türke! Sie kennen doch die Gepflogenheiten und Empfindlichkeiten Ihrer Landsleute! Hätten Sie nicht irgendetwas machen können? Dafür habe ich Sie doch in meiner Abteilung!«

»Ich bin Deutscher, Herr Abels«, sagte Lothar Özgü steif. »Ich hab natürlich …«

Abels winkte ab. »Ja, ja, Sie wissen genau, wie ich das meine. Wo ist Frau Zinck jetzt?«

»Stettner hat sie nach Hause gebracht.«

»Na gut. Sie können gehen. Wenn Stettner auftaucht, will ich ihn sehen. Sofort!« Er wandte sich ab und trank seinen Kaffee. Özgü war entlassen.

Unschlüssig stand Kai Stettner vor der verschlossenen Gartenpforte eines unscheinbaren Zweifamilienhauses. Ein drei Meter hoher Eisenzaun umschloss das Gelände. Er drückte auf den unbeschrifteten Klingelknopf am Gartentor. Nach einiger Zeit öffnete sich ein kleines vergittertes Fenster in der Eingangstür, und eine Frau rief ihm zu: »Was wollen Sie?«

»Kommissar Stettner – ich hatte vorhin bei Ihnen angerufen! Ich habe eine Nachricht auf Ihrem Anrufbeantworter hinterlassen.«

»Können Sie sich ausweisen?«

»Ja, natürlich!« Stettner nestelte seinen Ausweis aus der Jackentasche und hielt ihn hoch.

»Doch nicht so. Es kommt gleich jemand raus.«

»Ich muss mit der Leiterin des Hauses sprechen.«

»Was wollen Sie von ihr?«

»Ist sie da? Bitte, ich muss sie dringend sprechen! Kann ich nicht doch reinkommen?«

»Nein«, sagte die Frau barsch. »Warten Sie da draußen.« Das Fenster wurde zugeknallt.

Kai Stettners Handy klingelte. Als er auf dem Display die Nummer des Anrufers erkannte, rann ihm augenblicklich der Schweiß den Rücken hinunter. Er seufzte und drückte den Knopf zur Gesprächsannahme. »Kai Stettner. Frau Meissner, sind Sie das? … Ich muss mich entschuldigen. Ich stecke in schwierigen Ermittlungen ... tut mir wirklich leid. Ich melde mich später wieder.« Er klappte sein Handy zusammen und guckte in Richtung Eingangstür.

Eine Frau in Jeans und Anorak kam heraus. Sie schloss das Gartentor auf und trat auf den Bürgersteig. Kai Stettner hielt ihr seinen Dienstausweis hin, und sie musterte ihn eingehend.

»Danke. Ich bin Renate Koch. Sie wollten mich sprechen. Wollen wir ein paar Schritte gehen?«

Kai Stettner schüttelte die angebotene Hand. »Wenn Sie das vorziehen, gerne.«

»Allerdings«, sagte Frau Koch und schloss das Gartentor wieder ab. Sie drückte die Klinke noch einmal herunter, um sich zu vergewissern, dass die Tür sich nicht öffnen ließ. »Dies ist ein Frauenhaus, Herr Stettner. Es bietet Schutz vor Männern.«

»Ja, aber ich bin Polizist.«

Frau Koch lachte. »Und ein ziemlich naiver noch dazu, wie mir scheint. Es gibt auch Polizisten, die ihre Frauen verprügeln und quälen.«

»Ja, natürlich«, stotterte Kai Stettner verlegen.

»Was genau führt Sie denn jetzt zu mir?«

»Kennen Sie eine Yasemin Cetin? Oder eine Leyla Cetin?«

»Kein Kommentar. Selbst wenn – ich könnte Ihnen das nicht sagen. Es soll schon vorgekommen sein, dass die Familie einer geflohenen Frau die Polizei bemüht. Die Frauen in unserem Haus haben ein Recht auf absolute Anonymität. Suchen Sie eine Frau, die einer Straftat beschuldigt wird?«

Er schüttelte vehement den Kopf. »Nein, nein – im Gegenteil. Wir glauben, dass Leyla Cetin in Gefahr ist. Yasemin Cetin ist eines der Todesopfer von der Schießerei ... ach, was red ich. Also noch mal: Am Samstag ist auf die türkische Metzgerei gegenüber vom Rathaus ...«

»Ich weiß«, wurde er von Frau Koch unterbrochen. »Ich habe darüber in der Zeitung gelesen. Aber wieso denken Sie, dass diese Leyla sich bei uns aufhält? Und wieso sollte sie in Gefahr sein?«

»Ich darf eigentlich nicht über den Fall sprechen ...«

»Und uneigentlich?«

Renate Koch führte ihn in eine kleine Parkanlage und steuerte eine Holzbank unter einer Weide an, von der aus man auf einen Teich blickte. »Setzen wir uns, Herr Stettner. Was können Sie mir denn erzählen?«

»Sie behalten das, was ich Ihnen erzähle, doch für sich?«, fragte er.

»Natürlich. Da haben wir beide doch wohl ein Gentleman's Agreement, wie ich hoffe.«

»Na gut. Ich bin hier, weil Kommissarin Zinck Ihnen vertraut.«

Frau Koch lächelte. »Okay, wir kommen der Sache schon näher.«

»Wir glauben, dass Yasemin Cetin das Ziel der Schüsse gewesen sein könnte. Sie hatte bei dem Vorfall ein Kind bei sich, das niemand zu vermissen scheint, einen kleinen Jungen von circa fünf Jahren. Er ist unverletzt. Wir haben ihn in einem Kinderheim untergebracht. Bis jetzt hat niemand dieses Kind als vermisst gemeldet.«

»Ich verstehe immer noch nicht, wie ich Ihnen helfen kann.«

»Dazu komme ich jetzt.« Kai Stettner zog das Foto aus der Jackentasche und hielt es ihr hin. »Hier. Das ist er.«

Frau Koch nahm das Foto und sah es sich lange an. Dann sagte sie: »Tut mir leid. Ich kenne den Jungen nicht.« Sie gab ihm das Bild zurück.

»Lassen Sie mich raten: Selbst wenn Sie wüssten, wer der Junge ist ...«, sagte Kai Stettner und steckte das Foto wieder ein.

Frau Koch nickte. »Genau.«

»Es könnte sein, dass die Brüder von Yasemin Cetin in die Sache verwickelt sind – das ist zumindest eine unserer Theorien. Und wir glauben, dass die Ehefrau eines der Brüder, nämlich erwähnte Leyla, nicht – wie behauptet – in der Türkei bei ihren Eltern ist.«

»Sondern?«

»Dass die Familie lügt. Leyla Cetin könnte aus der Familie geflüchtet sein und sich irgendwo verstecken. Und wir vermuten, dass der Junge auf dem Foto ihr Sohn Atila ist.« Kai Stettner sah Frau Koch forschend an, aber sie verzog keine Miene.

»Kann ich sonst noch was für Sie tun, Herr Stettner?«, fragte Frau Koch.

Kai Stettner starrte auf den See und hob hilflos die Arme. »Ich hab versucht ... also ... ach, was. Wenn ich einmal anfange, dann sitzen wir morgen noch hier.«

»So viel Zeit habe ich nicht. Aber fangen Sie doch einfach mal an«, schlug Frau Koch vor.

»Na gut: Wenn ich nur verstehen würde, warum das alles so kompliziert ist. Warum lassen die Frauen sich nicht scheiden? Sie leben doch in Deutschland und nicht mehr in irgendeinem staubigen, anatolischen Kaff. Die Frauen haben doch Rechte«, sagte Kai Stettner.

Sie sah ihn ernst an. »Wissen Sie, Ihre Unwissenheit wäre komisch, wenn es bei diesen Geschichten nicht um Leben und Tod ginge. Und Sie müssen sich eines klarmachen: Das staubige, anatolische Kaff verschwindet nicht dadurch aus den Köpfen der Menschen, weil sie jetzt in einem anderen Land leben.«

»Ja, aber es gibt doch Stellen ... ich weiß nicht ... Beratungsstellen, die den Frauen helfen können. Unser Justizsystem ...« Er fing ihren Blick auf und verstummte.

»Herr Stettner, das deutsche Justizsystem weist eine aus der Türkei importierte Ehefrau aus, wenn sie sich von ihrem Mann trennt.«

Kai Stettner schluckte.

»Wie sollte die Justiz auch anders damit umgehen?«, fuhr Frau Koch fort. »Die Aufenthaltsberechtigung der Frau ergibt sich einzig und allein aus der Tatsache, dass sie einen legal in Deutschland lebenden Türken geheiratet hat. Nehmen wir einmal an, sie verlässt ihn, ohne eigene Mittel, ohne Papiere, nur mit dem, was sie am Leib trägt. Schon fällt sie dem Allgemeinwohl zur Last und kostet den Steuerzahler Geld. Sie spricht vielleicht kein Deutsch, kann also nicht arbeiten gehen – mal abgesehen davon, dass sie vom verlassenen Ehemann und der Familie gesucht wird und im schlimmsten Fall ein Todesurteil ausgesprochen wurde. Wer soll die Frau schützen? Und wie lange? Außerdem gilt so ein Urteil nicht nur hier, in Deutschland, sondern natürlich auch in ihrem Heimatland. Denn sie hat nicht nur Schande über die Familie des Ehemannes gebracht, sondern auch über ihre eigenen Verwandten. Sie ist nirgends mehr sicher, Herr Stettner. Ihr bleibt als Einziges ein Leben im Verborgenen, auf der Flucht und mit der ständigen Angst, entdeckt zu werden. Und ein Todesurteil ist in Stein gemeißelt, das verjährt nicht etwa irgendwann, oder alles ist wieder gut, weil die Frau in die Familie zurückkehrt.« Sie verstummte für einen Moment und fuhr dann fort: »Stellen Sie sich doch nur mal vor, Sie müssten den Kontakt zu Ihrer Familie für immer abbrechen, damit verlieren Sie ja auch eine Menge sozialer Bindungen, nicht wahr? Eine Familie besteht ja nicht ausschließlich aus einem diktatorischen Vater oder einem gewalttätigen Ehemann. Da sind Schwestern, Verwandte, Onkel, Tanten, Cousinen, die Mutter ...«

Kai Stettner saß schweigend da und versuchte, das Gehörte zu verarbeiten. Er glaubte Frau Koch jedes Wort, und trotzdem drängte es ihn, zu widersprechen. Es konnte doch nicht sein, dass der nette türkische

Metzger am Rathaus seine Ehefrau drangsalierte. Oder dass seine hübsche, fröhliche Friseurin sich ihren Ehemann nicht selbst aussuchen durfte. »Frau Koch, das mit diesen Zwangshochzeiten, dass ist doch heutzutage in modernen Familien nicht mehr so verbreitet, oder?«

»Wissen Sie was, junger Mann – Sie hören sich an wie ein kleiner Junge, der gerade erfahren hat, dass der Osterhase eine große Lüge ist, und jetzt von mir hören will, dass es wenigstens den Weihnachtsmann gibt. Ich muss Sie leider enttäuschen. Und im Übrigen: Das Wort ›Zwangsheirat‹ haben wir erfunden. Reden Sie mal mit türkischen Mädchen, die nennen es nämlich Tradition – und die meisten sehen das ganz pragmatisch. Das ist eben so, dass die Eltern über den zukünftigen Ehemann entscheiden. Immer so gewesen. Es kann durchaus sein, dass ein Mädchen sich in einen jungen Mann verliebt, der den Eltern gefällt. Ein Glücksfall. Außerdem – eine arrangierte Ehe muss ja nicht zwangsläufig schlecht sein. Ist ja nicht so, dass wir das nicht auch kennen würden. Nicht nur in den gehobenen Kreisen durchaus noch immer üblich – arrangierte Ehen halten Hof, Geld und Titel zusammen. Schwierig wird es, wenn so eine Ehe nicht funktioniert, aus welchem Grund auch immer.« Sie blickte auf ihre Armbanduhr und stand auf. »Ich muss los.«

»Ich begleite Sie noch zurück«, sagte Kai Stettner schnell.

»Nein, das möchte ich nicht«, erwiderte sie freundlich, aber bestimmt. »Ich will unsere Gäste nicht unnötig nervös machen. Es hat schon gereicht, dass Sie am Gartentor gestanden haben.«

»Das wollte ich ... Ich warte dann noch einen Moment, bevor ich ...«

»Gute Idee. Viel Erfolg bei der Aufklärung Ihres Falls.« Frau Koch lief den Parkweg entlang und war schon fast außer Sichtweite, als Kai Stettner rief: »Frau Koch, darf ich Ihnen meine Karte ... ich meine, wenn Sie vielleicht später ... Informationen für mich ...«

Sie drehte sich um. »Rechnen Sie nicht mit mir. Und falls ich Sie sprechen möchte, werde ich Sie schon finden.«

Kapitel 20

Es war bereits dunkel, als er auf den fast leeren Parkplatz des Präsidiums fuhr. Kai Stettner parkte, zog den Zündschlüssel ab und tippte zum wiederholten Mal Thea Zincks Telefonnummer in sein Handy. Es klingelte durch, aber niemand hob ab, und die Mailbox war ausgeschaltet. Er legte auf. Was sollte er ihr auch erzählen? Dass Frau Koch ihnen nicht helfen konnte? Das würde die Kommissarin wohl kaum überraschen, und alles, was er in dem Gespräch erfahren hatte, wusste seine Chefin mit Sicherheit schon seit Jahrzehnten.

Er starrte blicklos durch die Frontscheibe. Oben im Büro wartete noch Arbeit auf ihn, aber er war nicht erpicht darauf, seinen Kollegen oder Abels zu begegnen; der Auftritt seiner Chefin bei der Beerdigung hatte mit Sicherheit die Runde gemacht. Er rutschte in seinem Sitz etwas tiefer und griff hinter sich auf die Rückbank. Dort stand immer noch die Einkaufstüte vom Samstag. Ein trockener, angebissener Kanten Weißbrot und eine Flasche Wasser war alles, was er fand. Er biss in das harte Brot und kaute.

Eine Gestalt trat aus dem Eingang des Präsidiums. Kai Stettner sank noch tiefer in seinen Sitz, als er erkannte, dass der Mann, der da auf seinen Wagen zulief, Horst Schreiber war. Schreiber wühlte im Gehen in seiner Aktentasche und lief an Stettners Auto vorbei, ohne den Blick zu heben. Kai Stettner atmete erleichtert auf.

Im nächsten Augenblick fand er sich auf dem Beifahrersitz liegend wieder. Er hatte die Hände über seinem Kopf zusammengeschlagen. Sein Herz raste und alles, was er hörte, war ein hoher Pfeifton. Er wartete zitternd auf den nächsten Schuss. Minutenlang blieb alles ruhig.

Der Pfeifton in seinen Ohren ebbte allmählich ab. Kai Stettner zog seine Waffe aus dem Holster, richtete sich langsam auf und schaute sich auf dem Parkplatz um. Von Horst Schreiber war nichts zu sehen. Stettner wartete ein paar Sekunden, dann öffnete er die Fahrertür und ließ sich aus dem Auto gleiten. Er blieb hinter seinem Wagen in Deckung und taxierte die Büsche am Ende des Parkplatzes. Der einzige Ort, an dem ein Schütze sich verstecken konnte. Ein paar Zweige eines großen Rhododendronbusches bewegten sich. Stettner entsicherte seine Waffe. Zweige knackten. Eine Gestalt löste sich aus dem Schatten. Er zielte. Der Pfeifton in seinen Ohren wurde wieder lauter. Er konnte die Waffe nicht ruhig halten und atmete stoßweise aus. Die Gestalt trat in den Lichtkegel einer Laterne. Kai Stettner kniff die Augen zusammen. Dann sicherte er seine Waffe und sank keuchend auf die Knie.

Thea Zinck steckte ihre Waffe ins Holster und klopfte sich ein paar Blätter von der Jacke. Sie nahm mit keinem Wort und keiner Geste seine Anwesenheit zur Kenntnis, als sie an ihm vorbeilief, sich auf der Motorhaube von Schreibers Auto abstützte und etwas anstarrte, das dort am Boden lag.

Horst Schreiber lag neben seinem Auto flach auf dem Bauch, das Gesicht in den Dreck gepresst, und hielt sich die Ohren zu. Thea Zinck verschränkte die Arme vor der Brust und stupste Schreibers Hintern mit der Fußspitze an. »Horst, was machst du denn da unten?«

Endlich nahm Schreiber die Hände von den Ohren und drehte sich langsam auf die Seite.

»Hat dich die kleine Fehlzündung erschreckt?« Sie warf den Kopf in den Nacken und brach in schallendes Gelächter aus.

Kai Stettner drehte sich taumelnd um seine eigene Achse.

»Du versoffene Schlampe«, keuchte Horst Schreiber.

Sein Blick fiel auf Kai Stettner. »Was eierst du da so dämlich rum? Nimm ihr die Waffe weg – die tickt doch nicht mehr richtig!« Er stemmte sich mühsam auf die Knie und schrie: »Die ist nämlich aus dem Verkehr gezogen. Endlich suspendiert! Nimm ihr die Waffe weg!«

»Horst, lass mal deine Nerven untersuchen«, sagte die Kommissarin, drehte sich achselzuckend um und lief auf die Eingangstür des Präsidiums zu. Kai Stettner trottete hinter ihr her. Ein paar Kollegen in Uniform hatten sich vor der Tür versammelt und beobachteten den Parkplatz aus sicherer Entfernung. Thea Zinck grüßte in die Runde und sagte: »Vielleicht geht mal jemand nach dem Kollegen Schreiber gucken.«

»Wir dachten, da hätte jemand geschossen, Frau Zinck«, sagte einer aus der Gruppe.

»Da würde ich an eurer Stelle aber mal lieber wieder reingehen. Ist sicherer«, sagte sie und schubste den Kollegen von der Tür weg.

Im Büro angekommen, ließ sie sich in ihren Schreibtischstuhl fallen und wartete, bis Kai Stettner sich gesetzt hatte.

»Ich gehe in den Entzug«, sagte sie, »ab sofort.« Sie hob die Hand, als Kai Stettner etwas erwidern wollte, und fuhr fort: »Abels hat mich suspendiert. Ich bin nur hier, um meine Waffe und den Ausweis abzugeben.«

Kai Stettner erwachte aus seiner Erstarrung. »Waren Sie das vorhin, auf dem Parkplatz?«

»Was?«

»Na, gerade eben, unten ... Sie haben doch geschossen.«

»Ich? Nie im Leben.«

Stettner forschte in ihrem Gesicht nach einem Zeichen, dass sie einen Spaß mit ihm machte.

Sie blickte ihn ausdruckslos an und sagte: »Was?«

»Aber ich hab' doch gesehen, wie Sie ...«

Thea Zinck kramte ihren Flachmann aus der Umhängetasche. »Ich weiß ja nicht, was du heute Abend schon intus hast ... vermutlich hast du den hier gesehen.« Sie schraubte die Flasche auf und nahm einen langen Zug. Dann legte sie ihre Waffe auf den Tisch und die vorgeschriebenen dreißig Schuss Munition. »Zähl durch, es fehlt keine einzige.«

Kai Stettner schüttelte ungläubig den Kopf und berührte den Lauf der Waffe. Er war noch warm. Thea Zinck prostete ihm noch mal zu.

Er ging zum Waschbecken und warf sich ein paar Spritzer Wasser ins Gesicht. »Frau Zinck, Sie haben vorhin mit dieser Waffe geschossen ...«

»Möchtest du meine Hände jetzt auf Schmauchspuren untersuchen?«

»Nein.«

»Möchtest du rausgehen und im Gebüsch rumkriechen und die Hülse suchen?«

»Nein.«

»Na also, dann halt gefälligst die Klappe und verdirb mir nicht den Abend.«

Kai Stettner trocknete sich das Gesicht ab.

»Hast du mit Frau Koch gesprochen?«, fragte die Kommissarin.

»Ja, ich war heute Nachmittag dort.«

»Und? Hast du versucht, ins Frauenhaus zu kommen?«

Kai Stettner setzte sich an seinen Schreibtisch und hoffte, die Kommissarin würde seinen hochroten Kopf nicht kommentieren. »Hab' ich es mir doch gedacht«, sagte sie. »Gab's am Baldeneysee keine geschlagenen Professorinnengattinnen zu beschützen?«

»Doch, hatten wir auch mal, aber ...«

»Geschenkt. Hast du dich nun mit Frau Koch unterhalten?«, unterbrach sie seinen Erklärungsversuch.

»Ja.« Während Kai Stettner von seinem Gespräch mit

der Leiterin des Frauenhauses berichtete, nickte die Kommissarin immer wieder bestätigend, unterbrach ihn aber nicht mehr.

»... aber sie hat weder bestätigt noch abgestritten, dass Leyla Cetin im Frauenhaus ist oder dass sie jemals von ihr gehört hat oder den Jungen kennt«, schloss Kai Stettner seinen Bericht ab.

»Aber sie hat dir trotzdem viel erzählt.« Sie lehnte sich über den Tisch und sagte beschwörend: »Du musst in dieser Richtung weitermachen. Rück den Cetins auf die Pelle. Kontrollier meinetwegen die Passagierlisten der letzten Wochen. Finde raus, ob Leyla Cetin das Land verlassen hat, meine Güte ... es gibt genug zu tun.«

»Kann ich machen ... Meinen Sie, Yasemin wollte aus der Familie flüchten? Wie vor ein paar Jahren, Sie haben doch erzählt ...«

Thea Zinck winkte ab. »Möglich. Aber vielleicht geht es überhaupt nicht um Yasemin. Warum hatte sie den Jungen dabei? Vermutlich hat sie sich nur eingemischt und war ihren Brüdern im Weg .«

»Ich kann mir das nicht vorstellen. Wir sind wieder beim alten Thema: Nehmen wir an, der Junge ist wirklich Atila – warum riskieren die das Leben von Tayfun Cetins Sohn?«, sagte Kai Stettner.

»Kai, Kai ... wenn wir die Antworten wüssten, säßen wir jetzt nicht hier und würden uns den Kopf zerbrechen. Du musst diese Spuren unbedingt weiterverfolgen. Soll Abels einfach an sein Bandenkrieg-Märchen glauben und sich zum Affen machen. Ich bleibe dabei: Das ist eine Familiensache, so pervers sich das für uns auch anhört. Die sind fanatisch. Ich glaube, dass Tayfun die Frau abgehauen ist, darauf verwette ich meinen faltigen Arsch. Und wahrscheinlich konnte sie Atila nicht mitnehmen ...«

»Aber welche Mutter lässt ihren Sohn zurück?«

Thea Zinck schlug mit der Hand auf den Tisch. »Unterbrich mich nicht, Stettner! Und erst recht nicht mit derlei unqualifizierten Einlassungen. Welche Mutter ... also wirklich. Ich dachte, du hättest der Koch zugehört? Du kannst dir in deinen schlimmsten Alpträumen nicht vorstellen, was für ein beschissenes Leben diese Frauen führen und wie verzweifelt sie sind! Warum geht das in deinen naiven Abiturientenschädel nicht rein?!«

»Ich bemühe mich ja«, murmelte er.

Sie lehnte sich zurück und leerte ihren Flachmann. »Also, noch mal. Leyla ist abgehauen, den Jungen musste sie zurücklassen. So! Frage: Welche Rolle spielt der Motorradfahrer? Und wer ist diese Tanja? Hast du in der Richtung was unternommen?«

»Ich hab' ihr, wie Gerlach auch, eine Vorladung geschickt.«

Thea Zinck nickte. »Okay, denk an die Nachricht auf Yasemins Handy, dass Leyla in Sicherheit ist. Was sagt uns das? Ihre Flucht war geplant, und sie hatte Hilfe. Yasemin wusste Bescheid, diese Tanja wusste Bescheid, und dieser Motorradfahrer vermutlich auch, denn er hat nicht nur vor der Metzgerei gestanden ... erinnere dich – er war im Krankenhaus, um Yasemin zu besuchen. Du musst unbedingt mit ihm sprechen. Und mit dieser Tanja. Die wissen, wo Leyla ist. Ich denke, dass Yasemin den Jungen zu Leyla bringen wollte. Das wollten die Brüder verhindern. Wer weiß, vielleicht hatten sie gehofft, Yasemin zu stellen und ihr das Kind wegzunehmen. Vielleicht haben sie versucht, aus ihr rauszukriegen, wo Leyla ist ... Irgendwas. Es muss so schlimm gewesen sein, dass sie mit dem Kind stiften gegangen ist.«

»Glauben Sie«, sagte Kai Stettner zögernd, »dass sie ... dass die Familie Cetin Leyla, nun ja, zum Tode verurteilt hat? Dann muss sie geschützt werden.« Innerlich zog er den Kopf ein. Der Satz klang in seinen eigenen Ohren pathetisch und absurd.

Die Kommissarin sagte: »Du hast ja doch zugehört. Sehr gut. Ja, ich denke, Leyla ist in Gefahr. Und die Cetins werden alles versuchen, um Atila zu finden.« Sie schob ihren Stuhl zurück und stand auf. »Das ist jetzt dein Job. Ich gebe meine Waffe ab, und dann fährst du mich in die Klinik.« Sie drehte sich um und verließ das Büro.

Die Fahrt verlief schweigend, bis Kai Stettner vor dem Eingang des Krankenhauses den Motor ausmachte.

»Warten Sie kurz«, sagte er, als Thea Zinck die Hand nach dem Türgriff ausstreckte. »Ich muss Ihnen noch was sagen.«

»Keine weinerlichen Arien«, knurrte sie und stieß die Tür auf.

Er legte eine Hand auf ihren Arm. »Bitte.«

Sie lehnte sich wieder in den Sitz. »Mach's kurz.«

»Frau Zinck. Ich wollte es Ihnen zuerst sagen. Ich habe nachgedacht, und ich glaube, dass es das Beste ist, wenn ich kündige. Wenn Sie zurückkommen, bin ich bestimmt nicht mehr da.«

Sie reagierte nicht, sondern starrte mit zusammengepressten Lippen geradeaus durch die Frontscheibe.

»Ich habe hier doch überhaupt keine Chance mehr«, fuhr er hastig fort. »Wie soll ich denn hier noch meinen Job machen? Die Kollegen machen sich über mich lustig, und jetzt sind Sie auch noch weg. Und mein Vater braucht mich. Und dieser schreckliche Fall ... ich komme mir vor... Ich bin einfach nicht geeignet für diesen Job. Ich hab nicht so ein dickes Fell, wie Sie ... oder Özgü ... Ich glaube, ich ...«

Thea Zinck fuhr herum. »Ich – ich – ich«, fauchte sie. »Weißt du, wie sich das für mich anhört?« Sie verzog das Gesicht zu einer weinerlichen Grimasse und quäkte: »Buhuhu, es geht mir so schlecht, und alle hacken auf mir herum und sind gemein zu mir!« Sie lehnte sich wieder nach vorn und sagte ruhig: »Du wirst nicht kündigen. Du bist jung, und du bist neu im Team. Das ist nie einfach. Und ich bin nicht ganz unschuldig daran, dass du es momentan besonders schwer hast, das gebe ich zu. Aber gib jetzt nicht auf. Scheiß auf die Kollegen!« Sie kramte in ihrer Jackentasche »Fast hätt' ich es vergessen. Hier. Aus Yasemins Zimmer.« Sie drückte Kai Stettner das zerrissene Automatenfoto in die Hand. »Das hatte ich unter ihrem Bett gefunden. Mach was draus.«

Thea Zinck war längst weg, als Kai Stettner noch immer auf die erleuchtete Krankenhauspforte starrte, durch die sie verschwunden war. Nach ihrem letzten Satz war sie aus dem Wagen gestiegen, hatte ihre Tasche von der Rückbank genommen und war ohne ein weiteres Wort gegangen.

Kai Stettner schüttelte den Kopf. Er steckte das kleine Foto ein und startete den Wagen.

Die Männer sprachen erst, als der Kellner die Teegläser auf ihrem Tisch abgestellt und sich wieder hinter die kleine Theke begeben hatte.

Bekir Cetin fing einen Satz auf Türkisch an, aber Mullah Osman hob mahnend die Hand und sagte eindringlich: »Spreche Deutsch ... und leise.« Er sah sich prüfend im Gastraum des türkischen Kulturvereins um. Am anderen Ende des Raumes saßen drei alte Männer vor ihrem Tee und schenkten ihnen keine Beachtung.

Bekir Cetin nickte und schob einen dicken Briefumschlag über den Tisch.

Mullah Osman Cetin wog den Umschlag in seinen Händen und verzog das Gesicht.

»Du kannst nachzählen, Onkel«, sagte Bekir Cetin im Flüsterton. »Wir wissen, was sich gehört. Die Witwe von Seyfi wird sich nicht beschweren.«

Der Mullah zog die Augenbrauen hoch. »Drei Tote. Drei Söhne ohne Vater. Ihr nix erreicht. Wo Leyla? Wo Atila? Aptal ...« Das letzte Wort hatte der Mullah verächtlich hervorgestoßen.

Bekir zuckte zusammen und sagte: »Nein, Onkel. Wir finden sie. Die Ehre der Familie wird ...«

Mullah Osman hob die Hand, und Bekir verstummte.

»Wir in fremde Land. Menschen ohne Allah. Gefahr ist nix vorbei«, sagte der Mullah.

»Das wissen wir, Onkel«, sagte Bekir. Aber Osman Cetin hörte nicht mehr hin, denn er war vom Stuhl aufgesprungen und breitete die Arme aus. Er lächelte, als er den eben eintretenden Mann überschwänglich auf Türkisch begrüßte und an den Tisch führte. Bekir Cetin zitterte, als der Mann ihm lächelnd die Hand reichte. Sein Onkel nötigte ihn, sich wieder hinzusetzen. Der Kellner brachte frischen Tee für Ali Coskundeniz.

Kapitel 21

Die Krankenschwester kam mit quietschenden Sohlen ins Zimmer und stellte ein kleines Tablett mit einer Flasche Mineralwasser und einem Glas auf den Nachttisch.

»So«, sagte sie munter zu der Frau, die auf der Bettkante saß, »haben wir uns denn schon ein bisschen eingelebt? Haben wir unsere Tasche schon ausgepackt?«

Thea Zinck schwieg und sah starr geradeaus.

»Schön, Frau Zinck«, sagte die Schwester, »Sie müssen jetzt nicht mit mir sprechen, wenn Sie nicht wollen. Aber auf Dauer wird sich das nicht vermeiden lassen.« Sie ging zur Zimmertür, drehte sich noch einmal um und fügte hinzu: »Der Doktor kommt gleich noch zu Ihnen. Die Tür lassen Sie bitte offen.«

Thea Zinck wartete, bis das Quietschen der Sohlen leiser geworden und schließlich verklungen war, bevor sie sich ächzend vom Bett erhob. Viel gab es in dem kleinen, blassgelb gestrichenen Raum nicht zu entdecken. In einem schmalen Kleiderschrank warteten vier Fächer und sechs abgenutzte Holzbügel darauf, ihre Kleidung aufzunehmen. Sämtliche Möbel waren aus Kiefernholz: das Bettgestell, der Nachttisch mit einer Schublade, der quadratische Tisch mit zwei Stühlen, das Bücherregal an der Wand über dem Kopfende des Bettes.

Sie verzog das Gesicht, als sie das Motiv des Abreißkalenders sah: Es zeigte die bunt angestrahlten Hochöfen der Duisburger Krupp-Stahlwerke bei Nacht. Sie riss das Blatt mit dem aktuellen Datum ab, knüllte es zusammen und versuchte damit den Papierkorb zu treffen. Die kleine Papierkugel flog einen halben Meter daran vorbei. Sie versuchte es mit dem nächsten und dem übernächsten Blatt, hatte aber keinen Erfolg.

Schritte näherten sich dem Zimmer, hielten kurz vor der Tür inne, und dann kam der angekündigte Doktor durch die Tür. Er hielt ein Klemmbrett in der Hand.

»Frau Zinck, guten Abend. Frau Schulze-Hieber hat mich informiert, dass Sie heute Abend noch kommen würden. Mein Name ist Zöllner, Doktor Zöllner.« Er streckte ihr die Hand hin. Seine Augenbrauen schoben sich nach oben, als sie seinen Gruß nicht erwiderte. Er legte das Klemmbrett auf den Tisch, setzte sich auf den zweiten Stuhl und sah sie schweigend an.

Nach ein paar Minuten fauchte sie: »Was wird das hier, Herr Zöllner? Fragen Sie, was Sie fragen müssen. Ich bin müde.«

»Ah, Sie haben sich entschieden, mit mir zu sprechen«, sagte der Arzt ohne eine Spur von Ironie. »Das freut mich, Frau Zinck. Um Ihre Frage zu beantworten: Ich mache jetzt eine kurze Bestandsaufnahme. Wird nicht lange dauern.« Er lächelte freundlich und nahm den Stift zur Hand. »Sie sind doch freiwillig hier.«

»Ja.«

Zöllner nickte und schrieb etwas auf. Dann sah er hoch und fragte: »Was machen Sie beruflich, Frau Zinck?«

»Kriminalhauptkommissarin. Mordkommission.«

»Aha, interessant. Das ist eine verantwortungsvolle Tätigkeit.« Während er sprach, machte er sich weitere Notizen. »Sind Sie verheiratet, Frau Zinck?«

»Ledig.«

»Kein Wort zu viel, nicht wahr?« Er hob den Kopf und sah sie an. »Welches Problem hat Sie zu uns geführt?«

»Mein Chef«, sagte Thea Zinck.

»Ihr Chef, verstehe. Wollen Sie mir das erklären?«

»Nein.«

Der Arzt seufzte. »Frau Zinck, Sie wissen ebenso gut wie ich, dass Ihre Antwort Unsinn ist. Wenn wir Ihnen helfen sollen, ist ein Mindestmaß an Kooperation nötig. Wir sind kein Hotel.«

»Na gut. Ich hoffe, Sie haben heute Abend nichts mehr vor … Herr Doktor Zöllner.«

Für Sekundenbruchteile lächelte der Arzt und sagte: »Nein, heute nicht. Ich höre …«

Es dauerte ein paar Minuten, bis ihm die Nachtschwester des Altenheims die Tür öffnete.

»Herr Stettner, endlich. Er wollte sich nicht den Mantel abnehmen lassen, und den Koffer auch nicht … ich wusste nicht, was …«

»Ist mein Vater in seinem Zimmer?« Die Frau nickte, und er rannte die Treppe hinauf, durch den Flur bis zur Zimmertür seines Vaters. Er klopfte, drückte die Klinke herunter und ging hinein. Sein Vater saß ausgehfertig in Hut und Mantel in seinem Sessel, neben sich einen alten Lederkoffer.

»Papa, wo willst du denn hin?«

»Ich warte auf meinen Sohn«, sagte der alte Mann mit brüchiger Stimme, »wir wollen in den Urlaub fahren. Kai und ich. Heute fangen die Sommerferien an, wissen Sie?«

Kai Stettner sah sich um und entdeckte das Tablett mit dem unberührten Abendessen. »Hast du heute schon etwas gegessen, Papa? Hast du Hunger?«

»Hunger?« Seine Stirn runzelte sich, als würde er angestrengt nachdenken. »Wer sind Sie denn? Kennen wir uns?«

Kai Stettner ergriff die Hände seines Vaters und sagte: »Ich bin es doch, Papa, ich bin doch Kai.«

Der alte Mann wich vor ihm zurück. »Sie lügen. Mein Sohn ist in der Schule. Ich warte auf ihn. Heute fangen die Sommerferien an.«

»Und Sie wollen zusammen verreisen, nicht wahr?« Kai

Stettners Unterlippe zitterte, aber er versuchte trotzdem ein Lächeln.

Der alte Mann entspannte sich und nickte eifrig. »Ja, wir fahren nach Helgoland. Mein Sohn und ich. Kennen Sie Helgoland? Heute fangen die Sommerferien an. Mein Sohn macht mal Abitur, und dann wird er Polizist.«

»Dann sind Sie bestimmt sehr stolz auf ihn.«

Sein Vater nickte wieder. »Dann fängt er Mörder und bringt sie hinter Schloss und Riegel.«

»Ich habe eine Nachricht von Ihrem Sohn, Herr Stettner.«

»Von Kai? Wo ist er?«

»Eine Nachricht von Kai. Er ist noch in der Schule. Also: Die Bahnstrecke ist leider zurzeit nicht befahrbar ... Kai sagt, dass sich die Reise um ein paar Tage verschieben wird. Sie sollen sich keine Sorgen machen, das Hotel weiß Bescheid. Er sagt, Sie sollen etwas essen und sich schlafen legen. Kai kommt so schnell wie möglich.«

»Das hat er gesagt?«

Kai Stettner nickte. »Er hat auch gesagt, ich soll Ihnen ein bisschen helfen. Kommen Sie, geben Sie mir Ihren Mantel und Ihren Hut. Und dann packe ich den Koffer aus.«

Der alte Mann gähnte und murmelte: »Aber morgen, da fangen doch bestimmt die Sommerferien an.«

»Ja, ganz richtig«, sagte Kai Stettner und packte den Koffer aus, »morgen fangen die Sommerferien an.«

Sein Handy klingelte. Kai Stettner erkannte Özgüs Handynummer.

»Hallo, Lothar, was gibt's?«

»Kai, liegst du schon im Bett?« Im Hintergrund waren Musik, Männerstimmen und Gelächter zu hören.

»Nein, ich bin noch unterwegs ... eigentlich auf dem Weg nach Hause.«

»Das ist doch super. Wir sind alle bei Rita, komm doch auf ein Bier vorbei.«

Kai Stettner zögerte und warf einen Blick auf seinen Vater. Der alte Mann hatte die Beine ausgestreckt und war eingenickt. »Das ist nett, Lothar, aber ich bin müde.«

»Ach komm, ein Bierchen. Betrachte es als nachträglichen Einstand. Mach dich mal beliebt und schmeiß eine Runde für die Truppe. Komm, das tut dir gut ... und dass die Zinck gerade ... na ja, du weißt schon.«

»Na gut, auf ein Bier. Ich bin in einer halben Stunde da.«

Er räumte die Kleidung aus dem Koffer in den Schrank zurück und legte das alte Sparbuch in die Schublade. Dann deckte er seinen Vater mit einer Wolldecke zu und hielt seine Hand, bis er sicher war, dass sein Vater tief und fest schlief.

Kapitel 22

Die Eckkneipe war überhitzt und verqualmt. Auch ohne Özgü, der ihm zuwinkte, hätte Kai Stettner seine Kollegen weder übersehen noch überhören können. Sie belagerten das eine Ende der Theke und kippten unter viel Gegröle eine Runde Schnaps. Nur Lothar Özgü hatte eine Flasche alkoholfreies Bier vor sich und stand allein am anderen Ende des Tresens. Kai Stettner nickte ihm zu und zog seine Jacke aus.

»He, guck mal, Rita, das ist Stettner, unser Neuer!«, schrie einer der Männer, die ihn in der Dusche überfallen hatten. Horst Schreiber legte beide Hände wie einen Trichter an seinen Mund und stieß ein gellendes »Tataaaa!« aus.

Die Wirtin sah flüchtig vom Zapfhahn hoch und nickte Kai Stettner zu. Dann widmete sie sich wieder dem Bier.

»Was ist los, Rita?«, grölte Schreiber und schwenkte sein leeres Glas über dem Kopf. »Du bist doch sonst nicht so langsam – oder bist du von unserem hübschen Kai so geblendet? Der kann gut mit älteren Weibern ... der wär' was für dich!« Er lachte und ließ sich von seiner Clique feiern.

»Noch so'n blöder Spruch und ich schick dich zu deiner Alten nach Hause«, sagte Rita. Sie knallte ein frisches Pils vor Schreiber auf den Tresen.

Die anderen Männer hoben ihre Gläser und riefen »Ho, ho, ho!« und »Jetzt wäre ich aber vorsichtig, Horst!«, während Schreiber umständlich auf einen Barhocker kletterte, das volle Glas hoch hielt und rief: »Prost, Rita! Die nächste Runde geht auf mich!«

Kai Stettner stellte sich neben Lothar Özgü und sagte: »Ganz schön außer Rand und Band, die Jungs.«

Rita guckte ihn fragend an, und er sagte: »Eine Runde auf mich.«

»In der letzten Viertelstunde haben die auf einmal angefangen, Schnäpse zu kippen, vorher war eigentlich alles ganz gesittet. Keine Ahnung, was mit Horst los ist, der ist richtig hysterisch«, bemerkte Özgü.

Zum ersten Mal an diesem Tag lächelte Kai Stettner und nahm sein frisch gezapftes Pils entgegen.

»Hast du eine Ahnung, wie es der Zinck geht? Hast du sie noch mal gesehen?«, fragte Özgü leise, während er seine lärmenden Kollegen am anderen Ende der Theke beobachtete. »Sie soll ja noch mal im Büro gewesen sein.«

»Hm.« Kai Stettner nahm einen Schluck und wischte sich mit dem Handrücken den Schaum von der Oberlippe. »Sie hat ihre Waffe und den Ausweis abgegeben. Ich habe sie in die Klinik gefahren.«

»Echt?«

Kai Stettner nickte.

»Und?«

»Was willst du wissen, Lothar?«

»Hat sie noch was gesagt? Ich meine, zu dir ... und über den Fall. Ihr habt doch bestimmt über den Fall geredet.«

»Wer übernimmt denn jetzt die Leitung, weiß man schon was?«, stellte Kai Stettner eine Gegenfrage.

»Abels.« Özgü verzog das Gesicht. »Er will die Sache ratzfatz zu Ende bringen, sagt er.«

Kai Stettner schnaubte. »Guter Witz. Glaubt er immer noch an einen Bandenkrieg?«

»Nicht nur das – morgen ist eine Razzia bei Slawa geplant. Die Kugeln, die wir am Tatort gefunden haben, sind definitiv russische Makarov-Munition, du weißt schon ...«

»Gut, dass die Zinck das nicht mitkriegt«, sagte Kai Stettner.

»Am Ende hätten wir die noch sturzbesoffen im Séparée gefunden. Bei der ist schließlich alles möglich«, sagte Lothar Özgü und grinste.

Kai Stettner verzog das Gesicht. Lothar klopfte ihm auf die Schulter und schob hinterher: »Mann, ich wollte nur witzig sein. Ich mein' das nicht so. An manchen Tagen hab' ich die Alte sogar richtig gern.« Özgü wischte ein paar Tropfen Bier mit seinem Ärmel vom Tresen und fragte beiläufig: »Was ist denn jetzt ihre Theorie? Oder isses geheim?«

»Nein, natürlich nicht«, sagte Kai Stettner. Er beschrieb seinem Kollegen das Szenario, das Thea Zinck für das wahrscheinlichste hielt. »Und – was denkst du?«, schloss er.

Özgü runzelte die Stirn. »Keine Ahnung, was ich denken soll. Mir behagt die Vorstellung nicht, dass die Zinck auch noch recht hat. Ich will mir das einfach nicht vorstellen. Es gibt drei Tote, vier Kinder haben Mutter oder Vater verloren ... diese sinnlose Brutalität. Und das alles nur, weil Leyla Cetin aus der Familie wegwill?«

»Aber wir wissen doch, dass diese Dinge vorkommen. Ich habe heute Nachmittag mit der Leiterin des Frauenhauses gesprochen ...«

»Wieso, hast du einen Platz gesucht, wo du dich vor mir verstecken kannst, Kylie-Schnucki?«, blaffte Schreiber, der sich unbemerkt hinter ihnen aufgebaut hatte.

Stettner und Özgü fuhren herum. Schreiber stand breitbeinig vor ihnen, schwankte vor und zurück und stierte sie aus roten Augen an. Seine Kumpel waren verstummt und beobachteten die Szene aus sicherer Entfernung.

»Komm, lass gut sein, Horst«, sagte Özgü. Er winkte die anderen Kollegen heran und sagte: »Kommt, wir stoßen jetzt an.«

Die Männer hoben die Gläser. »Auf gute Zusammenarbeit. Morgen geht's an die Ostfront«, rief Özgü, und alle murmelten »Auf gute Zusammenarbeit« und leerten ihre Biergläser.

Ein Kollege schlug Kai Stettner auf die Schulter. »Aber jetzt mal ehrlich, du bist doch auch froh, dass die Schnapsdrossel endlich weggesperrt ist, erzähl mir nix.«

»Genau«, lallte Schreiber, »jetzt können wir endlich in Ruhe arbeiten und Slawa den Arsch aufreißen. Ehrenmord, so'n Quatsch. Morgen drehen wir dem Russen die Bude auf links. Der Abels kann schon mal die Zeitungsfritzen anrufen, was, Jungs?« Die Männer applaudierten und prosteten sich mit frischem Pils zu, das Rita sofort hingestellt hatte.

»Das ist ein Fehler«, entfuhr es Kai Stettner.

Es wurde schlagartig still. Schreiber guckte auffordernd in die Runde, dann sagte er: »Wer sagt das?«

Özgü schüttelte warnend den Kopf, aber Kai Stettner ließ nicht locker: »Frau Zinck ist sicher, dass ...«

»Hahahaha ... Kollege! Mal aufgehorcht! Deine Frau Zinck treibt es mit Slawa, falls du das noch nicht wissen solltest«, schrie Horst Schreiber. »Die kann sich da für lau besaufen, und dafür macht sie die Beine breit. Die Alte lässt sich doch alles von dem erzählen. Keine Ahnung, was der Typ an der faltigen Schabracke findet, der kann doch alles umsonst ficken, was da rumstöckelt, der Idiot.«

Ein paar Kollegen krümmten sich vor Lachen und verschütteten Bier auf den Fußboden.

»Aber für gute Beziehungen mit der Polizei beißt man schon mal die Zähne zusammen und denkt an Russland, was, Jungs?«, schob Horst Schreiber hinterher.

»Halt die Klappe, Horst«, sagte Özgü.

»Was willst du denn, du Teppichhändler?«, zischte Horst Schreiber. »Auf welcher Seite stehst du eigentlich? Aber was frag ich so blöd ... Du hast ja auch mal unter der Domina gedient. Was macht die eigentlich mit euch?

Beißt die euch gleich am ersten Tag die Pimmel ab und legt die in Wodka ein?«

Ehe Özgü reagieren konnte, rief Kai Stettner: »Vielleicht sollte jemand, der sich schon bei einer Fehlzündung fast in die Hose pinkelt, ein bisschen zurückhaltender sein, was meinst du, Horst?«

Schreibers Faust traf ihn mitten ins Gesicht. Kai Stettner taumelte zurück, und Schreiber setzte sofort nach. Als Özgü eingreifen wollte, wurde er von den Kollegen gepackt und weggezerrt.

Schreiber war zwar unsicher auf den Beinen, aber einen Kopf größer und wesentlich schwerer als Kai Stettner. Er ruderte mit den Armen und schlug blindlings um sich. Die meisten seiner Fausthiebe gingen ins Leere. Kai Stettner hatte keine Mühe, seinem Kollegen auszuweichen.

Im Hintergrund gingen Stühle und Glas zu Bruch, und Rita brüllte: »Aufhören! Sofort! Oder ich hol die Polizei!«

Kai Stettner erwischte Schreibers Hemdkragen, packte zu und drückte ihn bäuchlings gegen die Theke. Horst Schreiber fluchte und versuchte, sich zu befreien. Rita griff hinter sich, holte aus und ließ einen Baseballschläger nur Zentimeter neben seinem Kopf auf den Tresen knallen. Schreiber schlug schützend seine Arme über dem Kopf zusammen und sank zusammengekrümmt auf den Boden.

In der Kneipe war es plötzlich totenstill. Als Kai Stettner sich umblickte, sah er seine Kollegen, ein hin und her wankendes Knäuel von Männern, die mitten in der Rauferei aus dem Konzept gebracht worden waren.

Rita schwang den Baseballschläger über ihrem Kopf und sagte: »Was sollte mich davon abhalten, eure Kollegen von der Streife zu rufen und euch anzuzeigen?«

Die Männer gingen sofort auseinander und zogen ihre derangierte Kleidung zurecht.

Özgü sagte: »Rita – wir ersetzen dir den Schaden. Ich kann mich nur entschuldigen.«

Sie deutete auf Schreiber, der auf dem Boden lag und laut schnarchte. »Schafft mir diesen Kerl aus den Augen. Speziell von ihm will ich eine Entschuldigung, sagt ihm das. Und jetzt raus! Alle Mann!«

»Kai und ich helfen dir beim Aufräumen«, bot Özgü an, und Kai Stettner nickte.

Rita schüttelte den Kopf. »Danke, Lothar. Ich weiß, dass du nur schlichten wolltest, aber mir reicht's für heute. Kümmert euch lieber darum, dass eure lieben Kollegen nach Hause kommen.«

Angeführt von Lothar Özgü nahmen die Männer Schreiber in ihre Mitte und trollten sich nach draußen. Kai Stettner ging als Letzter hinaus. »Danke, Rita. Wir regeln das.«

»Meine Rechnung liegt morgen bei eurem Chef auf dem Tisch«, rief Rita ihnen hinterher. »Ihr habt drei Tage, dann will ich das Geld sehen. Das gilt auch für eure offenen Deckel, sonst könnt ihr euch 'ne andere Stammkneipe suchen.«

Kapitel 23

Fünfter Tag: Mittwoch

Abels saß am Kopfende des Besprechungstisches und ließ seinen Blick langsam durch die Runde wandern, als wollte er sich jede einzelne Blessur, jedes blaue Auge, jedes Pflaster und jedes zerknirschte Gesicht auf ewig einprägen. Die Männer versuchten, seinem Blick auszuweichen.

Kai Stettner fingerte an einem Pflaster herum, das über seiner angeschwollenen Nasenwurzel klebte, und hielt vergeblich nach seinem Kollegen Lothar Özgü Ausschau.

»Der Glückspilz hat heute Vormittag frei«, flüsterte ihm sein Nachbar zur Rechten zu. Kai Stettner hustete. Dann machte sich betretene Stille breit.

»Ich hatte vorhin ein interessantes Gespräch mit Rita«, sagte Abels endlich. Er riss ein Blatt von der Tischplatte und hielt es hoch. »Und das hier hat sie mir gefaxt. Wisst ihr, was das ist?«

Kai Stettner wollte etwas sagen, aber Abels kam ihm zuvor. »Das ist eure Rechnung!«, donnerte er. »Spinnt ihr, euch in Ritas Kneipe zu prügeln? Ihr könnt ihr die Füße küssen, dass sie nicht die Kollegen von der Streife gerufen hat! Wie hätte denn das ausgesehen? Ausgerechnet jetzt, wo ich ständig die Presse im Nacken habe! Ich bin heute von einem Redakteur der *Hürriyet* angerufen worden! Ich bin es leid, mich ständig rechtfertigen zu müssen für den Mist, den meine Gurkentruppe hier verzapft!«

»Moment mal, das war ja wohl die Zinck, die sich den Türken gegenüber unmöglich benommen hat, oder?

Das kann man ja wohl mit 'ner lustigen Kneipenrauferei unter Kollegen nicht vergleichen«, sagte Horst Schreiber sofort.

Abels fuhr herum. »Der Herr Schreiber, sieh mal an. Böse das Gesicht zerkratzt, wie? Ich wäre an Ihrer Stelle ganz klein mit Hut, Herr Schreiber, meines Wissens waren Sie gestern derjenige, der diese unentschuldbare Eskalation verursacht hat.«

»Der Stettner hat mich provoziert, stimmt doch, Jungs«, rief Schreiber, aber niemand am Tisch sah in seine Richtung oder machte Anstalten, ihm beizupflichten.

Abels winkte ab. »Geschenkt, Horst. Heul dich woanders aus. Abgesehen davon ist mir herzlich egal, wer angefangen hat. Ihr führt euch auf wie im Kindergarten!«, schob Abels hinterher. Dann blätterte er konzentriert durch Papiere, die vor ihm auf dem Tisch lagen. Niemand wagte, auch nur ein Wort zu sagen. Nach ein paar Minuten blickte Abels wieder auf und sagte: »Jeder von euch bekommt einen Eintrag in die Personalakte, und ihr bezahlt umgehend Ritas Rechnung und eure sonstigen Schulden bei ihr, verstanden? Und ein Blumenstrauß extra für Rita! Ich betrachte die Sache damit als abgeschlossen.«

»Und was ist mit Özgü?«, sagte Horst Schreiber und blickte herausfordernd in die Runde. »Der war auch dabei. Wo ist der überhaupt? Zieht sich wieder elegant aus der Affäre.«

»Der Kollege Özgü war, wie ich hörte, der Einzige, der nüchtern und bei Verstand war, Horst. Was man von dir nicht behaupten kann. Und jetzt will ich nichts mehr darüber hören.«

Die Männer nickten und murmelten zustimmend.

»Gut«, rief Abels und rieb sich die Hände. »Jetzt zu dem, was wir heute eigentlich vorhaben. Wir besuchen

Slawa, meine Herren, und zwar seine Etablissements und seine Privatwohnung. Genau um zehn Uhr schlagen wir los, und zwar parallel. Die genauen Einsatzpläne lasse ich gleich verteilen ...«

Es klopfte an der Tür, und eine Kollegin kam herein, mit einem Zettel in der Hand. »Entschuldigen Sie die Störung, Dr. Abels, aber wir haben eine männliche Leiche, bereits identifiziert: Thorsten Gerlach. Die Kollegen von der Trachtentruppe vor Ort sagen, er riecht schon. Eine Nachbarin hat ihn gefunden. Es müsste jemand von uns ...«

Kai Stettners linke Hand schoss nach oben.

»Ja, Stettner?« Abels nickte ihm zu.

»Unserer Meinung nach hat Thorsten Gerlach mit Yasemin Cetin zu tun. Wir haben seit Tagen versucht, ihn zu erreichen, um ihn dazu zu befragen «, sagte Stettner. »Wir vermuten, dass er der Motorradfahrer vor der Metzgerei ...«

»Abgesehen davon, dass ich nicht verstehe, wen Sie mit ›wir‹ meinen, trifft sich das doch wunderbar«, erwiderte Abels. »Wenn er der Motorradfahrer war, könnte man vielleicht davon ausgehen, dass ein Zeuge kaltgestellt werden sollte. Außerdem hätte ich Sie beim Russen sowieso nicht gern dabeigehabt, wegen Zincks Nähe zu Slawa. Dann kümmern Sie sich um den Toten. Nehmen Sie die Kollegin mit, die braucht Praxis.«

»Ich dachte, ich gehe mit zur Razzia. Wegen der Mädels!«, sagte die Kollegin, die immer noch im Türrahmen wartete. Abels grinste. »Ach, ja, richtig. Dann wäre das also geklärt. Worauf warten Sie noch, Stettner. Abmarsch. Ich erwarte später Ihren Bericht.« Abels wandte sich wieder seinem Einsatzplan zu.

»Glückwunsch, Kylie, deine erste Kotztüte ...«, murmelte Horst Schreiber, als Kai Stettner hinter seinem Stuhl vorbei zur Tür ging.

Die Männer von der Spurensicherung waren damit beschäftigt, Tür-und Fensterrahmen abzupudern und Fingerabdrücke sicherzustellen. Der Rechtsmediziner wartete darauf, dass der Fotograf seine Arbeit beendete. Er fotografierte die Leiche von Thorsten Gerlach aus allen Blickwinkeln. Das Gesicht des Toten wurde von einem aufgeklappten Aktenordner verdeckt. Auf dem Rücken des Ordners klebte ein Zettel mit der Aufschrift *Abi 2009*.

Der Fotograf ging rückwärts aus dem Raum, und ein Mitarbeiter der Spurensicherung hob den Ordner an.

Kai Stettner würgte und trat beiseite. Der Fotograf kam zurück und machte die nächsten Fotos.

»Wer hat ihn gefunden?«, fragte Kai Stettner die Kollegen. Er hatte Mühe, den Brechreiz zu unterdrücken.

»Eine Nachbarin, Frau Edith Blessing. Wartet in ihrer Wohnung, der Notarzt hat ihr eine Beruhigungsspritze gegeben. Schock, aber vernehmungsfähig, sagt der Arzt«, erklärte ein Kollege in Uniform und hielt einen durchsichtigen Plastikbeutel mit Briefen hoch. »Hier. Die waren alle in seinem Briefkasten. Der oberste ist eine Vorladung, alles andere hat sich die Spurensicherung angeschaut – nix Weltbewegendes. Stromrechnung, Werbung und so weiter. Nix Persönliches.«

Kai Stettner nickte und sagte: »Ja, danke. Die Vorladung ist von uns. Ich guck mir den Rest später im Büro an.«

»Wo ist denn die Zinck?«, fragte der uniformierte Beamte und schlug einen kumpelhaften Ton an. »Ich hab' gehört, dass …«

»Nicht da, wie du siehst«, unterbrach ihn Kai Stettner.

»Na, ich mein ja nur, soll ich das in ihr Büro bringen, oder was?«

»Leg's einfach auf ihren Schreibtisch, kommt schon an.«

»Können wir hier mal das Scheißfenster endlich aufmachen?«, rief der Fotograf, drängte sich an dem Polizisten vorbei und hielt die Kamera direkt auf Thorsten Gerlachs aufgedunsenes Gesicht.

»Noch nicht«, sagte der Rechtsmediziner. »Herr Kommissar, wollen Sie sich den Toten noch mal anschauen?« Der Arzt drehte sich um, aber Kai Stettner war nicht mehr da. »Na, offensichtlich nicht«, murmelte er und setzte die Untersuchung an der Leiche fort.

Edith Blessing hockte zusammengesunken an ihrem Küchentisch und starrte auf den Becher mit Kaffee, den sie mit beiden Händen umklammert hielt. Eine jüngere Frau stand am Küchenfenster und rauchte.

Kai Stettner klopfte an die Küchentür. »Frau Edith Blessing? Kai Stettner, ich bin der zuständige Kriminalbeamte.«

Die Frau hob müde den Blick und nickte langsam.

»Setzen Sie sich. Kaffee?«, fragte die jüngere Frau und fuhr fort: »Ich bin Uschi Blessing, die Tochter.«

»Freut mich. Ich nehme gern einen Kaffee.«

Uschi Blessing füllte einen Becher mit Marienkäferaufdruck und stellte ihn vor Kai Stettner hin. »Zucker? Milch?«

Er schüttelte den Kopf. »Also, Sie haben Ihren Nachbarn, Thorsten Gerlach, gefunden, Frau Blessing?«

Die Frau sah ihn aus verweinten Augen an und nickte.

»Wann war das?« Er legte seinen Notizblock auf den Küchentisch und sagte: «Erzählen Sie einfach.«

Edith Blessing erschauerte. »Ich … ich wollte den Müll runterbringen.«

»Wann?«, fragte Kai Stettner geduldig.

»So um acht – heute früh. Und da hab' ich gesehen, dass die Tür von Herrn Gerlach nur angelehnt war. Ich hab' geklopft und nach ihm gerufen, dann bin ich reingegangen. Ich hab's sofort gerochen. Ich kenne diesen Geruch.« Sie schluckte krampfhaft.

»Woher, wenn ich fragen darf?«, hakte Kai Stettner nach. Uschi Blessing warf ihm einen wütenden Blick zu.

»Mein Mann ... ist in seiner Gartenlaube gestorben. Ich war ein paar Tage nicht zu Hause gewesen, weil ...«

»Lass mal, Mama. Der Kommissar hat das schon verstanden.«

»Ja, danke«, sagte Kai Stettner. »Haben Sie etwas berührt, Frau Blessing?«, fragte er weiter. »Wir müssen das wissen, damit wir Ihre Fingerabdrücke gegebenenfalls erkennen, verstehen Sie?«

»Hab' nichts angefasst, nur die Türklinke, bin sofort wieder raus und hab' die Polizei angerufen«, murmelte sie. Ihre Stimme klang schleppend. »Hab' ich was falsch gemacht?«, fragte sie und fuhr sich mit der Hand fahrig übers Gesicht.

»Nein, Frau Blessing. Auf gar keinen Fall.« Kai Stettner legte seine Hand auf ihren Arm. »Erzählen Sie mal. Kannten Sie Thorsten Gerlach näher?«

»Na ja. Wie man Nachbarn so kennt, nich' wahr? Er war sehr hilfsbereit. Wenn ich mit meiner Einkaufstasche nach Hause kam und er mich gesehen hat, dann kam er immer runter und hat mir geholfen. Ich hab' ihm auch schon mal ein Stückchen Kuchen rübergebracht ...«

»Aha«, sagte Kai Stettner.

»Manchmal hat er mit im Garten gesessen. Im Sommer. Aber viel Zeit hatte der nie. War immer am Lernen. Für sein Abi. War jetzt bald so weit mit den Prüfungen.«

»Hatte er ab und zu Besuch? Vielleicht eine Freundin?«

»Eine Freundin? So was Festes? Das weiß ich nicht. Ab und zu waren junge Leute da von der Schule. Mädchen natürlich auch ... Er war so gut in Mathe. Tja, und wenn er nicht gelernt hat, dann hat er an seinem Motorrad rumgeschraubt, ne?«

Kai Stettner guckte Uschi Blessing an. Die zuckte mit den Schultern. »Ich hab' den fast nie gesehen, ich wohn' ja nebenan. Nach hinten raus. Das Motorrad hab' ich manchmal gehört. Und wenn er draußen an der Karre rumgebastelt hat, hab' ich ihn auch gesehen. Aber viel geredet hab' ich mit dem nicht. Nur so guten Tag und guten Weg eben. Vor einem Jahr hat er mir mal mit dem Gasboiler geholfen. Das war's auch schon.«

»Wie lange wohnte er schon hier?«, fragte Kai Stettner.

»Drei Jahre, so ungefähr …«, sagte Uschi Blessing.

»Wann haben Sie Herrn Gerlach zum letzten Mal gesehen? Können Sie sich daran erinnern?«, fuhr Kai Stettner fort und wandte sich wieder Edith Blessing zu.

Edith Blessing fuhr sich langsam mit zitternder Hand über die Stirn. »Weiß nicht … wann war das denn? Sonntag, glaube ich. Aber ich habe ihn ja auch nicht jeden Tag gesehen. Er kam und ging. Hab' ich ja schon gesagt.«

»Und Sie?«, wandte er sich erneut an Uschi Blessing. »Wann haben Sie ihn das letzte Mal gesehen?«

Sie zuckte mit den Schultern und drückte hektisch ihre Kippe im überquellenden Aschenbecher aus. »Weiß ich nich' … Letzte Woche vielleicht?« Sie griff nach der Schachtel und holte die nächste Zigarette heraus. »Reicht es jetzt? Meiner Mutter geht's nich' gut, das sehen Sie doch.«

»Wir müssen diese Informationen so schnell wie möglich erfassen«, sagte er. »Es dauert nicht mehr lange.«

Uschi Blessing zog eine Grimasse und zündete sich die Zigarette an. »Geschwollenes Gequatsche. Ich muss wieder rüber zu meinen Kindern. Und ich lasse meine Mutter nicht mit Ihnen allein, dass das klar ist.«

»Ich verstehe, aber nur noch eine Frage, Frau Blessing, dann sind Sie auch schon erlöst. War oder ist irgendetwas anders als sonst gewesen? Gab es in den letzten Tagen Radau im Treppenhaus?«

Die alte Frau schüttelte den Kopf. »Wie denn anders? Die Tür war offen. Das war alles. Deswegen bin ich ja …«, ihre Stimme war nur noch ein Flüstern.

»Mama, ich glaub', du legst dich besser hin«, sagte Uschi Blessing.

Kai Stettner schob seinen Stuhl zurück und klappte sein Notizbuch zu. »Ich komme später noch mal wieder, Frau Blessing.«

»Moment mal, junger Mann!«, sagte sie plötzlich. Kai Stettner setzte sich wieder hin, und Uschi Blessing verdrehte die Augen.

Edith Blessing nickte bestimmt und wirkte deutlich wacher als noch einige Minuten zuvor. »Heute Nacht habe ich jemanden aus der Wohnung kommen sehen.«

»Mama!«, sagte Uschi Blessing. »Du hast doch geschlafen. Das war bestimmt im Fernsehen.«

Kai Stettner hob die Hand. »Moment, Moment. Konnten Sie den Mann erkennen?«

»Das war kein Mann«, sagte Frau Blessing, »das war eine kleine, zierliche Person, irgendwie ...«, sie suchte nach dem passenden Wort, »... irgendwie ...«

»Anmutig?«, versuchte Kai Stettner zu soufflieren.

»Anmutig? Weiß nicht, was Sie meinen, aber das war nie im Leben ein Mann.«

»Konnten Sie das Gesicht sehen?«, fragte er.

»Nein, sie hatte einen Schal um. Dabei isses doch warm draußen. Außerdem war das Flurlicht nicht an. Es war nur ein bisschen Licht von der Straßenlaterne. Die steht ja direkt vorm Haus.«

Kai Stettner legte das zerrissene Automatenfoto auf den Küchentisch.

Edith Blessing kniff die Augen zusammen und guckte das Bild an. »Ich sach doch ... das war dunkel und der Schal.«

»Na gut.« Er wollte das Foto wieder einstecken, aber Edith Blessing tippte mit dem Zeigefinger auf Yasemins Gesicht. »Die da hätte ich erkannt, die ist nämlich groß. Für 'ne Türkin, mein' ich. Die ist fast so groß gewesen wie der Thorsten. Die kam ab und zu zum Lernen vorbei ... Da hab' ich die gesehen. Meistens mittwochs. Wie ich schon gesagt hab' ... die haben gelernt ... für die Abendschule ...«

»Ja, und weiter?«, sagte Kai Stettner.

»Nichts ... was wollte ich sagen? Ach, ja ... die, die ich im Hausflur gesehen hab', war klein.«

»Aha? Und wissen Sie, wie die Frau auf dem Foto heißt?«

»Nein. Die Blonde da, daneben ... die ist mal mit ihm auf dem Motorrad gefahren. Die Blonde heißt Anja, Tanja ... oder so. Die haben ja immer mit dem Thorsten gelernt ...«

»Mama! Das hast du schon gesagt«, mischte Uschi Blessing sich ein.

Kai Stettner nickte Edith Blessing zu und sagte: »Und ...?«

»Nix und. Das ist schon ein paar Tage her, dass ich die gesehen hab'.«

»Um welche Uhrzeit war das denn mit der Person im Hausflur?«

»Ich bin nicht sicher, ich war auf dem Fernsehsessel eingeschlafen und bin irgendwann aufgewacht und zum Klo gegangen. Dann habe ich im Hausflur ein Geräusch gehört und durch den Spion geguckt.«

»Und dann?«, fragte Kai Stettner.

»Dann? Is' unten die Haustür zugefallen. Ich dachte noch, ach guck mal, der Thorsten, hat er doch Zeit für'n Krösken ...«

Uschi Blessing steckte die nächste Zigarette an der noch brennenden an und sagte: »Der Kommissar will doch nicht wissen, was du gedacht hast! Weißte noch, was da im Fernsehen lief?«

»Nee ... Irgendwas mit Hubschraubern. So'n Kriegsfilm? Ist das denn wichtig? Der Thorsten ist doch bestimmt schon länger tot als seit gestern Nacht, so wie das da riecht.« Sie erschauerte und begann wieder zu weinen. »Dass ich das nich' gemerkt hab', dass da was nich' in Ordnung is' ... der arme Junge ... der war so fleißig ...«

»Sie müssen sich keine Vorwürfe machen, Frau Blessing«, sagte Kai Stettner. »Bestimmt nicht ...«

»Na, super«, zischte Uschi Blessing dazwischen, »Wär' ja auch noch schöner! Besser Sie gehen jetzt.«

Kai Stettner gab Uschi Blessing seine Visitenkarte und sagte: »Nur für alle Fälle.« Sie ging mit ihm zur Wohnungstür und sagte leise: »Ich an Ihrer Stelle würd' nich viel drauf geben, was meine Mutter sagt.«

»Warum?«

»Die redet auch mit meinem Vatter. Aber der ist seit zehn Jahren tot. Ich mein ja nur ...«

Als Kai Stettner zurück in die Wohnung von Thorsten Gerlach kam, standen alle Fenster offen, aber der klebrig-süße Verwesungsgeruch hing unverändert schwer in der Luft. Der Rechtsmediziner kniete immer noch neben der Leiche. Ohne sich umzudrehen, hielt er Kai Stettner einen Plastikbeutel hin und sagte: »Hier, das habe ich in seiner Hand gefunden.«

Kai Stettner stellte sich neben ihn und nahm das Fundstück entgegen. »Könnte sein, dass er das seinem Angreifer beim Kampf von der Jacke oder von einem Pullover abgerissen hat. Das ist irgendein Emblem«, sagte der Arzt.

»Ja, könnte sein«, sagte Kai Stettner. Er erkannte Boxhandschuhe und den Schriftzug Türkiye auf dem eingerissenen, bestickten Stoff. »Kann ich das behalten?«

Der Arzt nickte und machte sich eine Notiz. »So, ein erstes, vorläufiges Ergebnis: Der Mann ist zusammengeschlagen worden, vermutlich von mehr als einem Angreifer. Die Spurensicherung sagt, an der Tür sind

Abdrücke von Stiefelsohlen. Identisches Profil, aber vermutlich zwei verschiedene Größen. Zurück zum Opfer: Abgesehen davon, dass die auf den eingeprügelt haben wie die Irren, ist er an einem Genickbruch gestorben. Als hätten die Fußball mit seinem Kopf gespielt. Sein Kehlkopf ist nicht eingedrückt. Er ist seit zwei bis drei Tagen tot, schätze ich. Alles Weitere dann in meinem Bericht.«

Kai Stettner schluckte. Sein Magen krampfte sich zusammen. Jemand rief aus dem Hausflur: »Kann er abtransportiert werden?«

»Ja«, sagte der Arzt, »kannst den Bestatter raufschicken.«

Die Kollegen der Spurensicherung packten ihre Sachen zusammen. Einer der Männer drückte Kai Stettner einen Anrufbeantworter, der in einer durchsichtigen Plastiktüte steckte, in die Hand. »Fingerabdrücke hab' ich genommen. Du solltest dir anhören, was da drauf ist. Ich hab das Kabel extra raushängen lassen.«

»Ja, danke«, sagte Kai Stettner. Zwei Männer in grauen Overalls über ihren schwarzen Anzügen trugen einen Zinksarg in die Wohnung.

Kai Stettner räumte das Feld und ging in die Küche. Er notierte sich, was der Arzt gesagt hatte, und dachte darüber nach, wie glaubhaft die Aussage von Edith Blessing war.

»Wir sind dann weg«, sagte einer der Bestatter und nickte ihm zu, als sie den Sarg an der Küchentür vorbeitrugen.

»Moment mal«, rief er. »Wissen Sie, was gestern so gegen Mitternacht im Fernsehen lief?«

Der Bestatter schüttelte den Kopf und sagte: »Für Quiz hab' ich keine Zeit, der Kerl hier wiegt nicht eben wenig.«

»Trotzdem danke.«

Der Arzt blieb in der Küchentür stehen und grinste: »Kann ich 'n Joker haben?«

»Ähmmm, was mit Hubschraubern? Kriegsfilm?«

Der Arzt zuckte die Schultern und sagte im Weggehen: »Gucken Sie doch mal, ob Sie in dem Chaos hier 'ne Fernsehzeitung finden.«

»Nich' nötig«, sagte eine Frauenstimme, und Uschi Blessing tauchte im Türrahmen auf. Sie presste sich ein Geschirrtuch vor Mund und Nase.

»Ja, Frau Blessing?«

Sie hatte sich umgedreht und guckte sich im Wohnzimmer von Thorsten Gerlach um. »Da hat er ... Oh, das ganze Blut«, stammelte sie.

»Ist noch was?«, fragte Kai Stettner.

Uschi Blessung fuhr herum und stützte sich am Türrahmen ab. »Ich hab nachgeguckt ... in der Fernsehzeitung«, sagte sie.

»Ach, so, ja ... und?«

»So'n komischer Amifilm. *Apokalypse* oder so auf RTL. Meine Mutter sollte sich so'n Scheiß nicht angucken.«

Bevor Kai Stettner sich bedanken konnte, war Uschi Blessing schon gegangen.

Er sah sich in der Küche um, zog den Stecker des Toasters heraus und steckte das Stromkabel des Anrufbeantworters in die Dose. Dann drückte er den Wiedergabe-Knopf.

»Erster Anruf«, schnarrte eine Computerstimme, dann rief eine aufgeregte Frau: »*Thorsten – ich bin's, Tanja. Jemand hat ... hat ... ist ... war in meiner Wohnung! Bitte, bitte, bitte, ruf mich sofort an, wenn du das hier abgehört hast. Bitte ... ruf an*. Zweiter Anruf«, quäkte es vom Band, dann: »*Guten Tag, Herr Gerlach. Motorradshop* Free Wheels. *Ihre bestellten Bremsscheiben ...*«

Kai Stettner stoppte das Band und übersprang die Nachricht. Dann ließ er es weiterlaufen: »*Herr Gerlach, hier ist Frau Koch. Herr Gerlach, bitte rufen Sie mich dringend an, so schnell wie möglich. Ich warte auf Ihren Anruf.*«

Kai Stettner hielt den Atem an.

»*Thorsten? Warum meldest du dich nicht? Leyla ist verschwunden! Thorsten, ich habe solche Angst. Was soll ich denn machen, wenn Tayfun ... Bitte, ruf mich an, ja?*« Die letzten Worte waren durch das Schluchzen kaum noch zu verstehen.

Er holte sein Handy aus der Tasche und wählte die Telefonnummer der Entzugsklinik. »Stettner, Kriminalpolizei. Ich möchte mit Frau Thea Zinck sprechen. Es ist dringend ... Haben Sie nicht verstanden, Kommissar Stettner, Kriminalpolizei! Ich ...«

Am anderen Ende war aufgelegt worden, bevor er den Satz zu Ende gesprochen hatte.

Kapitel 24

»Also, Herr Stettner, was haben Sie denn Schönes für mich?«, fragte Abels und trommelte mit den Fingern auf seiner Sessellehne herum.

»Neue Erkenntnisse, die zu unserer Theorie passen. Der Tote, Thorsten Gerlach, stand mit Leyla Cetin in Verbindung. Die Kollegen haben in seinem Computer eine angefangene Mail an sie gefunden. Hier.« Er zog einen Computerausdruck aus seiner Mappe und reichte ihn über den Schreibtisch.

Abels schnappte sich das Blatt und überflog die wenigen Zeilen. »Da steht bloß: *Liebe Leyla, wir haben es bald geschafft. Mach dir keine Sorgen wegen ...* Und was soll mir das jetzt sagen? Und wieso überhaupt Leyla? Ich denke, die Tote heißt Yasemin?«

»Leyla ist die Frau von Tayfun Cetin, die sich samt Sohn Atila angeblich bei ihren Eltern in der Türkei aufhält. Das glauben wir aber nicht. Wir denken, dass Leyla ins Frauenhaus geflüchtet ist und dass Yasemin bei dem Versuch, ihrer Schwägerin das Kind zu bringen, von ihren Brüdern abgefangen wurde.«

»So, denken Sie das. Mit ›wir‹ meinen Sie vermutlich die verehrte Kollegin Zinck und sich selbst – denn ich kann in meiner Abteilung sonst niemanden finden, der dieser Meinung wäre. Schon gar nicht nach dem Befund der Ballistiker.«

»Wenn man diese Theorie heranzieht, Herr Doktor Abels, dann wäre das Opfer Winter mit einem direkten Treffer in den Kopf der neue Ansatz, der verfolgt werden müsste«, sagte Kai Stettner und wich vorsichtshalber einen Schritt zurück. Aber bevor Abels etwas erwidern konnte, klingelte das Telefon auf seinem Schreibtisch. Er warf Kai Stettner einen vernichtenden Blick zu, nahm ab, lauschte, und ein breites Grinsen erschien plötzlich auf seinem Gesicht. »Gut gemacht, Jungs. Ich bin sehr zufrieden.« Er legte den Hörer auf. »So, Herr Stettner, das dürfte allen Spekulationen ein rasches Ende bereiten. Meine Männer haben gerade in Slawas Edelpuff die vermutliche Tatwaffe gefunden, eine Makarov PM. Ich gehe davon aus, dass die Kollegen von der Ballistik das ganz schnell verifizieren werden.« Er lehnte sich zurück und faltete die Hände über dem Bauch.

»Ich kenne diesen Slawa zwar nicht persönlich, aber ich bezweifele, dass er eine Waffe, egal, ob Tatwaffe oder überhaupt irgendeine Waffe, in seinem Laden aufbewahren würde«, sagte Kai Stettner.

»Was weiß ich denn? Auch diese Leute machen Fehler. Alles, was zählt, ist, dass wir dringend tatverdächtige Personen haben – und das werde ich heute noch an die Presse geben. Die Staatsanwaltschaft kriegt hier einen blitzsauberen Fall.« Er tippte sich an die Nase. »Ich habe da nämlich einen Riecher, Stettner. Mir war von Anfang an klar, dass eure Idee mit diesem orientalischen Familienbohei der totale Quatsch ist.«

Kai Stettner fuhr hoch. »Dann frage ich mich, warum alles, was wir ermittelt haben, trotzdem lückenlos zusammenpasst.«

»Sie haben allenfalls Indizien. Wo sind die Beweise? Machen Sie sich mal nicht lächerlich.«

»Das Motiv ist, dass Leyla durch ihre Flucht die Familie entehrt hat und dass Yasemin sterben musste …«

»Herr Stettner – Ihr Kollege Özgü hat mit den Eltern von dieser Leyla telefoniert, und die haben bestätigt, was Tayfun Cetin ausgesagt hat: Seine Frau ist bei ihren Eltern. Ich weiß immer noch nicht, von welcher Flucht hier die Rede ist. Und ich frage nach Beweisen, und Sie reden über Motive – die interessieren bestenfalls den Staatsanwalt! Mich jedenfalls nicht.«

»Aber Lothar hat nicht mit Leyla gesprochen! Die Eltern haben behauptet, sie besucht Verwandte im Nachbardorf – Verwandte ohne Telefon!«

»Ja, ja, Sie basteln da an einer Räuberpistole.« Abels winkte ab. »Ehrenmord! Wo haben Sie denn bloß diesen Unsinn her? Ich glaube, das war's dann.«

Kai Stettner blieb auf seinem Stuhl sitzen.

»Was wollen Sie denn noch?«

»Bei allem Respekt, Herr Dr. Abels – Unsinn würde ich das nicht gerade nennen. Gucken Sie sich doch den Fall in Berlin an. Der Bruder hat seine Schwester auf offener Straße erstochen!«

»Sie reißen Ihr Maul ganz schön weit auf, Herr Stettner. Ich brauche Ihre Belehrungen nicht. Auch ich lese Zeitung. Aber das hier – das ist ein anderer Fall!«

»Und der Tote von heute? Thorsten Gerlach? Der nachweislich mit Leyla Cetin zu tun hatte und der sowohl am Tatort war als auch Yasemin Cetin im Krankenhaus besuchen wollte? Das kann doch kein Zufall sein.«

»Nennen Sie es, wie Sie wollen. Für mich ist der Fall geklärt. Und der Mord an diesem Gerlach ... Finden Sie raus, wer das war. Lassen Sie die Fingerabdrücke vom Tatort mit Slawas und denen seiner Gorillas vergleichen. Wenn sich da nichts ergibt, dann reden wir noch mal miteinander.«

»Das ist doch Blödsinn«, rutschte es Kai Stettner heraus. »Es bleibt immer noch die Frage, wo die zweite Waffe ist.«

»Ich habe mich wohl verhört! Sie scheinen Probleme mit Disziplin zu haben ... diese Schlägerei gestern, Ihr unverschämter Ton ... Dafür ist doch eigentlich Frau Zinck zuständig. Sie müssen sich nicht alles bei ihr abgucken!« Er grinste. »Wenn weiter nichts anliegt ...«, fügte er hinzu und entließ Kai Stettner mit einer Handbewegung.

Thea Zinck saß am geöffneten Fenster. Ihr Blick fiel in den Innenhof der Klinik. Dort standen zwei mächtige Kastanienbäume, in deren Schatten ein paar Mitpatienten saßen und lesend oder miteinander schwatzend den warmen Tag genossen.

»Frau Zinck, haben Sie mich vergessen?« Dr. Zöllner klopfte mit einem Kugelschreiber auf sein Klemmbrett.

»Wie könnte ich? Sie sitzen neben mir«, erwiderte sie.

»Sie haben ein Problem, deshalb sind Sie hier. Und darüber möchte ich mit Ihnen sprechen.«

»Und was ist mit Ihnen? Haben Sie nicht zufällig auch ein Problem, das Sie mit jemand anderem besprechen müssen?«

»Nein, habe ich nicht. Ich werde hier jetzt eine Stunde lang sitzen bleiben.«

»Tun Sie das.«

»Frau Zinck, so kommen wir doch nicht weiter. Der erste Schritt ist, seine Krankheit anzunehmen, die Tatsachen auszusprechen. Erst dann können wir mit der Arbeit beginnen. Ein Entzug ohne Einsicht bringt gar nichts.«

»Was wollen Sie von mir hören? Dass ich eine schlechte Kindheit hatte? Nein, hatte ich nicht. Mein Elternhaus war liberal und freundlich ... Oder wollen Sie eine von diesen dramatischen Geschichten hören? Irgendein Ereignis, das dazu geführt hat, dass ich Wodka lieber mag als Menschen?«

»Gibt es denn eine Geschichte?«, fragte Zöllner und lehnte sich in seinem Stuhl zurück.

»An Langeweile bin ich in meinem Leben jedenfalls nicht gescheitert«, sagte Thea Zinck. »Das tun wohl viele. Wenn ich es recht betrachte, hatte ich wohl eher zu viel von allem. Da kommt in dreißig Jahren Polizeiarbeit einiges zusammen. Tote Kinder, Unfallopfer, Vergewaltigungen, verwesende Leichen, verhungerte

Rentner in ihren Wohnungen ... Bevor ich Sie jetzt traumatisiere, hör' ich lieber auf. Ich habe mich einfach nur entschieden.«

»Aha. Entschieden. Das ist durchaus legitim. Fragt sich, wofür?«

»Dafür, dass ich so lebe, wie ich lebe.«

»Wie es aussieht, hat mittlerweile ihr Freund Absolut das Ruder übernommen. Das können Sie beim besten Willen keine freie Entscheidung nennen. Sie wären nicht hier, wenn Sie nicht selbst gemerkt hätten, dass Sie von schlechten Freunden umgeben sind.«

»Sie können mich mal am Arsch lecken«, sagte Thea Zinck und schaute wieder aus dem Fenster.

»Macht Ihnen Ihr Job Spaß?«, fragte Dr. Zöllner plötzlich in die Stille hinein.

Thea Zinck drehte sich langsam zu ihm um. »Ja, mein Job macht mir Spaß, und der Wodka macht mir auch Spaß. Überrascht, Herr Doktor?«

Kai Stettner stand vor einem mehrgeschossigen Wohnhaus und starrte die Namen auf den Klingelschildern an. Er war unschlüssig, ob er seinen Kollegen Özgü an seinem freien Vormittag stören sollte oder nicht. Bevor er eine Entscheidung treffen konnte, ging die Haustür auf, und Özgü stand im Jogginganzug vor ihm.

»Was willst du denn hier?«, fragte er. »Sind wir verabredet?«

Kai Stettner schüttelte den Kopf. »Ich muss mit dir reden, Lothar.«

»Mein Dienst beginnt um 17 Uhr, dann können wir reden. Und jetzt entschuldige mich bitte, ich geh' joggen.« Özgü bückte sich und schnürte seine Laufschuhe neu.

»Lothar, verdammt, ich brauche jetzt jemanden.«

»Dann komm mit«, sagte Özgü und joggte los.

Eine Zeitlang liefen sie schweigend nebeneinander

her. Kai Stettner war froh, dass er problemlos mithalten konnte. Sie liefen den Bürgersteig entlang, bis Özgü in den Stadtpark einbog und fragte: »Also, wie kann ich dir denn jetzt helfen?«

»Ich muss dich was fragen. Vielleicht findest du das seltsam ...«

»Nicht rumeiern jetzt, Stettner. Frag.«

»Okay ... Du bist doch verheiratet. Hast du dir deine Frau selbst ausgesucht?«

Özgü sah ihn von der Seite an. »Fragst du mich das im Ernst?«

Kai Stettner nickte. »Wir haben uns vor ein paar Tagen doch schon mal darüber unterhalten. Und mit wem soll ich denn sonst darüber sprechen? Ich verstehe so vieles nicht, was die türkische Kultur betrifft.«

Özgü blieb abrupt stehen. »Du wirfst da ein paar Dinge durcheinander.«

Kai Stettner musste ein paar Schritte zurücktraben. »Und was?«

Lothar Özgü deutete auf eine Parkbank. »Setzen wir uns.« Er ließ sich auf die Bank fallen und ertastete mit den Fingern seinen Puls. »Ich hasse es, beim Joggen zu reden.«

»Tut mir leid«, murmelte Kai Stettner, »ich wusste nicht, wen ich sonst ... Aber, was werfe ich durcheinander?«

Sein Kollege lehnte sich zurück und streckte die Beine aus. »Du verwechselst die türkische Kultur mit dem Islam. So einfach ist das nicht. Ehrenmorde passieren auch in Afghanistan, Indien oder in Pakistan, in Afrika und so weiter ... nicht nur in der Türkei. Umgekehrt ist nicht jeder Türke automatisch ein islamistischer Hardliner. Bei euch gibt es doch auch Katholiken, die die Bibel als Gesetz verstehen. Vor allem in Amerika ... und in Bayern, wie ich hörte.« Özgü lachte.

»Aber die bringen keinen um, weil er oder sie nicht nach den Geboten der Bibel leben will«, sagte Kai Stettner.

»Na, na! Und was ist mit Teufelsaustreibungen, die schiefgehen? Nur ein Beispiel. In Amerika wurden Abtreibungsärzte von bibeltreuen Fanatikern umgebracht. Und vergiss nicht – euer Benedetto ist der Oberinquisitor. Aber egal, Dogmatismus und Fanatismus gibt es überall. Um auf deine Frage zurückzukommen: Ja, ich habe mir meine Frau selbst ausgesucht ... obwohl ... sie hat eher mich ausgesucht. Vergiss nicht, meine Mutter ist Deutsche. Und mein Vater – Allah sei seiner Seele gnädig – ist gestorben, als ich dreizehn war. Meine Frau ist zwar Türkin, aber keine strenggläubige Muslima, genau wie ich. Kann schon sein, dass mein Vater gegen diese Verbindung gewesen wäre. Bei meiner Schwester war es schon komplizierter. Die halbe Verwandtschaft hat sich bemüßigt gefühlt, meiner ›ungläubigen‹ Mutter unter die Arme zu greifen, und sich alle naselang eingemischt. Ständig sind irgendwelche Cousins und Onkel aufgetaucht, als potentielle Heiratskandidaten.« Er lachte leise. »Meine Mutter hat jeden Einzelnen vor die Tür gesetzt. Außerdem ist es meine Aufgabe als großer Bruder, auf meine Schwester aufzupassen.«

»Aber warum ist das so wichtig? Habt ihr den Mädchen gegenüber kein Vertrauen?«

Özgü schüttelte den Kopf. »Das ist es nicht. Weißt du, viele der Türken, die jetzt hier leben, sind einfache Menschen vom Land. Viele haben kaum die Schule besucht, manche Frauen vielleicht nur zwei oder drei Jahre, deshalb ist es für sie auch so schwer, Sprachkurse zu besuchen. Lern du mal eine Fremdsprache, wenn du deine eigene nicht schreiben kannst. Deutschland ist für diese, sagen wir mal, schlichten Leute so etwas Ähnliches, wie das Fegefeuer. Überall Verlockungen. In der

Schule gibt es gemischten Sportunterricht, gemeinsame Klassenfahrten ... Das ist für strenggläubige türkische Eltern der pure Horror. Sie sehen ihre sittsamen Töchter allen möglichen Verführungen ausgesetzt, und vor allen Dingen haben sie Angst davor, ihre Töchter könnten diese Lebensweise annehmen.«

»Und die Söhne?«

Jetzt lachte Özgü laut. »Die türkischen Jungs sind Prinzen. Selbst, wenn die Eltern eine Ehe mit einer Jungfrau aus Ostanatolien arrangieren – was soll's? Der Mann macht weiterhin, was er will.«

»Und die Kopftücher? Warum müssen Frauen sich verschleiern?«

»Weil wir Männer das schwache Geschlecht sind. Wir können uns nicht beherrschen. Die Frauen bedecken ihr Haar, die Zierde einer Frau, damit wir Männer nicht in Versuchung geraten.«

»Verstehe.«

»Tust du das wirklich?« Özgüs Stimme klang spöttisch.

»Ich versuche es. Kann ich dir mal was zeigen?«

»Natürlich.«

Kai Stettner zog die Plastiktüte mit dem Emblem aus der Jackentasche und reichte sie Özgü. Der strich die Folie glatt und sagte: »Kenn' ich. Ist ein türkischer Kickboxclub. Woher hast du das?«

»Das haben wir heute Vormittag in der Hand einer männlichen Leiche gefunden. Thorsten Gerlach.«

»Thorsten Gerlach«, wiederholte Özgü langsam. »Jetzt wird es interessant.«

»Allerdings. Er ist vermutlich der Motorradfahrer vor der Metzgerei. Er ist von etlichen Zeugen beschrieben worden, wie du weißt. Wir wissen mittlerweile, dass er Yasemin Cetin kannte. Und nicht nur das – er hatte Kontakt zu Leyla Cetin, die Thea Zinck hier im Frauenhaus vermutet. Abels denkt, das ist ein Zufall.«

»Und was denkst du?«, fragte Özgü mit hochgezogenen Augenbrauen.

»Du weißt, was ich denke.«

»Obwohl Slawa heute Morgen verhaftet wurde? Horst hat mich vorhin angerufen und gejubelt. Er sagt, sie hätten die Tatwaffe gefunden.«

»Sie haben eine Makarov gefunden. Wo ist die andere Waffe? Hat Schreiber dazu auch schon was gesagt?«

»Nein, natürlich nicht. Sie hoffen auf ein Geständnis.« Özgü lachte.

»Was ist jetzt so lustig?«

»Hast du Sascha und Grischa schon mal gesehen? Die Gorillas von Slawa? Die beiden sehen nicht so aus, als würden sie das Wort ›Geständnis‹ überhaupt kennen – in keiner Sprache.«

Kai Stettner zuckte mit den Schultern und sagte: »Abels hätte es gern, wenn die beiden auch noch Fingerabdrücke bei Thorsten Gerlach hinterlassen hätten.«

»Hm. Fromme Wünsche«, sagte Lothar Özgü. »Aber noch mal zurück zu den Cetins: Vergiss nicht, Kai – Leylas Eltern haben mir bestätigt …«

»Du hast nicht mit ihr persönlich gesprochen, steht in deinem Bericht.«

Özgü machte eine wegwerfende Geste mit seiner rechten Hand. »Hör mal, selbst wenn ich mit einer Frau gesprochen hätte, die behauptet hätte, sie wäre Leyla – ha?! Kapiert? Was wäre das für ein Beweis?«

Kai Stettner sprang von der Bank auf. »Na gut, die Kollegen haben eine Waffe gefunden. Im Spülkasten auf dem Männerklo! Wer soll das denn glauben? Slawa versteckt in seinem eigenen Laden die Tatwaffe auf dem Klo, obwohl er weiß, dass Abels ihn auf dem Kieker hat? Das ist doch ein Witz! Und Leylas Eltern können viel erzählen.«

»Kein Grund, so rumzubrüllen. Dann flieg doch in die Türkei und guck, ob diese Leyla da ist.«

Kai Stettner ließ sich wieder auf die Bank fallen. »Verarschen kann ich mich alleine, Lothar, ich glaube mittlerweile wirklich, die Zinck hat recht. Demnach ist Leyla in Gefahr. Aber Abels lacht mich aus und sonnt sich jetzt schon in seinem Erfolg. Stell dir nur mal vor, die Cetins finden Leyla und bringen sie um. Dann kann Abels seinen Hut nehmen.«

»Na, wenn das deine einzige Sorge ist ...« Özgü erhob sich und begann wieder, auf der Stelle zu traben. »Hör mal, ich will noch ein paar Meter laufen. Wir sehen uns später.« Er joggte los, drehte sich nach ein paar Metern aber noch einmal um. »Bleib dran, Kai. Vielleicht zeigst du noch einmal das Bild von dem Jungen herum, und diesmal beschränkst du dich nicht aufs Ghetto. Es gibt genug türkische Läden auf dem Weg in die City. Supermarkt, Fahrschule, Friseur ... wir reden päter weiter.«

»Ey, Friseur ... ich war letztens ...«, sagte Kai Stettner und fuhr sich durch die Haare.

»Na also! Mach das Pflaster von der Nase ab und lass deinen Charme spielen.« Özgü winkte und verschwand in einem Seitenweg.

Kapitel 25

Die junge Friseurin nickte Kai Stettner zu und deutete auf einen freien Stuhl. »Na, schon wieder da?«

»Ist doch schon zwei Wochen her«, sagte er.

»Meinetwegen dürfen Sie sich auch gerne jeden Tag die Haare schneiden lassen. Ein Glas Tee?«

»Gerne.« Stettner setzte sich und beobachtete die junge Frau im Spiegel. Sie war jung, hübsch und trug nach der neuesten Mode knallenge Jeans und ein knappes Matrosen-T-Shirt unter ihrem offenen Kittel. »Bitte sehr, der Tee«, sagte sie und stellte das goldverzierte, bauchige Glas vor ihm ab. Der dampfende Tee verbreitete den Duft von Pfefferminze. Kai Stettner schaute in den Spiegel und entzifferte ihren Namen, der auf die Brusttasche ihres gelben Kittels gestickt war.

»Sevgi«, sagte die junge Frau. »So heiße ich.«

Kai Stettner guckte schnell woanders hin, als sie seinen Blick auffing. »Entschuldigung, ich wollte Ihnen nicht ...«

Routiniert legte sie den Kunststoffumhang um seine Schultern und fuhr ihm rasch durch die Haare. »Beckham oder Robbie Williams?«

»Beckham? Welchen Beckham-Schnitt meinen Sie denn genau?«, fragte Kai Stettner. »Der ändert seine Frisur doch alle zehn Minuten.«

»Ich meinte natürlich Victoria Beckham. Ich dachte, das wäre klar«, antwortete sie in bemüht fröhlichem Ton.

Er lachte. »Weder Beckham noch Williams, bitte. Einfach so wie beim letzten Mal, das hat mir gut gefallen.«

Sie versuchte ein Lächeln. »Mach' ich. Waschen?«

»Von mir aus nicht nötig.«

Sevgi nickte und begann, um seine Ohren herum

die Haare mit einer Schere zu kürzen. Dabei berührte sie seine Wangenknochen dort, wo noch vor ein paar Stunden Horst Schreibers Faust einen Treffer gelandet hatte. Kai Stettner zuckte zur Seite.

»Oh, Entschuldigung.« Sie sah genauer hin und zeigte mit der Schere auf seine Nase. »Was haben Sie denn da?«

»Kneipenschlägerei«, gab er zu.

»Worum ging es denn, wenn ich mal fragen darf?«

»Um die Ehre einer Frau, natürlich.«

Sie hielt inne und musterte ihn im Spiegel. »Na, dann hoffe ich mal, dass Sie derjenige waren, der die Ehre der Dame verteidigt hat.«

»Selbstverständlich.«

Sie arbeitete konzentriert weiter. Nach ein paar Minuten sagte Kai Stettner: »Darf ich Sie auch etwas fragen? Etwas Persönliches?«

Sie hielt seinen Kopf mit beiden Händen und drehte ihn so, dass er in den Spiegel sehen musste.

»Sie entscheiden, ob Sie antworten möchten«, fügte er hastig hinzu.

»Also gut. Fragen Sie.«

»Kennen Sie Yasemin Cetin? Das ist die Frau, die am letzten Samstag ...«

»Ich weiß«, unterbrach sie ihn. »Ja, ich kannte sie.« In Sevgis Augen sammelten sich Tränen.

»Ist es nicht schrecklich, dass sie tot ist? So ein nettes Mädchen«, sagte Kai Stettner.

»Sie kannten Yasemin?«

»Na ja ... kennen ... Ich buche meine Reisen bei den Cetins. Yasemin hat mich immer so freundlich bedient. Ich war total schockiert, als ich in der Zeitung von diesem furchtbaren Blutbad gelesen habe.«

Sie nickte. »Schrecklich. Da geht man einfach so über die Straße und dann ... Ich konnte das gar nicht glauben.«

»Ja, es war so ... so ...«, setzte Kai Stettner an.

»... wie im Film«, ergänzte Sevgi. »So was sieht man doch sonst nur im Fernsehen oder so. Man kommt doch gar nicht auf die Idee, dass das hier vor der eigenen Haustür, also ...« Sie seufzte und sprach nicht weiter.

»Hinterlässt sie Kinder?«, fragte er nach ein paar Minuten.

»Nein, sie war nicht verheiratet. Noch nicht ...«, Sevgi sah sich kurz um und fuhr dann leiser fort: »Ihre Familie hatte die Hochzeit aber schon geplant.«

»Du liebe Zeit, und der Bräutigam? Das muss ja furchtbar für ihn sein.«

»Ja, vielleicht.«

»Was?«

»Der ist noch in der Türkei. Die Hochzeit sollte da stattfinden. Yasemin hat das vor ein paar Wochen zufällig entdeckt«, sagte Sevgi und biss sich im selben Moment auf die Zunge.

Kai Stettner hatte ihr Zögern bemerkt. Er schloss die Augen, während sie seine Nackenhaare mit einem Rasiermesser kürzte, und fragte beiläufig: »Wie kann die Familie denn eine Hochzeit planen, ohne dass die Braut das weiß?« Er öffnete die Augen und sah Sevgi im Spiegel an. »Das verstehe ich nicht.«

»Wenn Sie wüssten, was die Familie alles kann«, murmelte Sevgi.

»Ich hatte gedacht, sie macht ihr Abitur auf der Abendschule, damit sie studieren kann«, sagte Kai Stettner. »Das hat sie mir beim letzten Mal erzählt.«

»Kopf runter bitte ... Das hätte sie auch gern. Sie hat die Flugbuchung gesehen und erst gedacht, es wäre so was wie eine Überraschungsreise zu ihrem Abitur. Aber ihr Ticket war nur One Way, ohne Rückflug. Damit war ihr klar: Die wollten sie in die Türkei bringen, dort verheiraten und dann ohne sie nach Deutschland zurückkehren. Sie wusste, wie die Familien das machen. Sie hat ja schließlich oft genug solche Buchungen gemacht, und dann war sie tagelang ... traurig. Yasemin hat zu mir gesagt: Bevor ich einen Fremden heirate, bin ich lieber tot.«

Kai Stettner schwieg. Es war nur noch das Schaben des Rasiermessers in seinem Nacken zu hören und Sevgis Schniefen. Kai Stettner hob den Kopf und sah, dass sie weinte.

»Ich sollte Ihnen das alles gar nicht erzählen«, sagte sie leise. »Aber ... aber ...«

»Das macht doch nichts«, sagte Kai Stettner. »Manchmal muss man einfach was loswerden. Okay? Und es hört sich ja auch an wie eine schlimme Geschichte.«

Sevgi stellte sich neben den Frisierstuhl, betupfte sich die Augen mit einem Papiertaschentuch. »Wie soll man da auch nicht traurig sein? Sie war eine gute Freundin. Wir kennen ... kannten uns seit dem ersten Schultag. Sie sind ja auch traurig wegen Yasemin.«

»Ja, das bin ich ... ehrlich. Es ist schrecklich, wie sie zu Tode gekommen ist.«

»Ja«, sagte Sevgi. »Ja ... Dabei war sie in der letzten Woche hier, und da ging es ihr wieder besser. Ich hab sie gefragt, warum. Und Yasemin hat mir erzählt, dass sie einen Freund hat, einen Deutschen. Ich musste schwören, kein Wort zu sagen. Sie war richtig verliebt. Und sie hat gesagt, dass er ihr helfen wird ... und ich hab sie ausgelacht ...«

»Warum? Wenn der Freund nett war und den Eltern auch gefallen hätte ...?«

Sevgi griff nach einer Bürste und fegte mit hastigen Bewegungen die abgeschnittenen Haare von Nacken und Schultern. Dann löste sie den Umhang, schüttelte ihn aus und hielt ihm einen Spiegel hinter den Kopf. Sie beugte sich über seine Schulter und sagte leise: »Ihre

Brüder hätten den Mann umgebracht, wenn sie das rausgefunden hätten. Aber jetzt ist ja sowieso alles egal ... Sie wird niemanden mehr heiraten müssen. Wenn ich darüber nachdenke, weiß ich nicht, was schrecklich ist. Vielleicht hatte Yasemin sogar Glück.« Sevgi warf Bürste, Umhang und Spiegel wütend auf den freien Frisierstuhl neben Kai Stettner und ging zur Kasse.

Er erhob sich, strich sich noch einmal über die Haare und folgte ihr zur Kasse. Durch die Glasfront des kleinen Ladens sah er zwei verschleierte Frauen vorbeigehen. Die eine schob einen Kinderwagen. Die andere winkte Sevgi zu.

»Acht Euro, bitte«, sagte sie und winkte kurz zurück.

Kai Stettner zog seine Brieftasche heraus. Als er sie öffnete, ließ er das Foto des kleinen Jungen herausfallen.

Sevgi starrte das Bild an.

»Das ist mein Sohn«, sagte Kai Stettner. »Er heißt Paul.«

Ihr Blick irrte zwischen ihm und dem Foto hin und her. »Was? Aber das ist doch ...« Sie biss sich auf die Unterlippe.

»Er ist seiner Mutter wie aus dem Gesicht geschnitten«, sagte Kai Stettner mit Stolz in der Stimme.

»Er sieht Ihnen gar nicht ähnlich«, antwortete Sevgi knapp.

»Stimmt so«, sagte er und schob ihr einen Zehner hin. »Bis in zwei Wochen dann. Und ... ich hoffe, es geht Ihnen bald wieder besser.«

»Wie könnte es denn?« Sevgi wandte sich ab, ohne ihn noch einmal anzusehen, griff nach einem Besen und fegte seine blonden Haare zusammen.

Im Boxring in der Mitte des Raumes standen sich zwei junge Männer gegenüber, die mit hängenden Köpfen eine Tirade ihres Trainers über sich ergehen ließen. Es roch intensiv nach Schweiß und Leder. An den rohen

Backsteinwänden des riesigen Raumes hingen gerahmte Poster von Kampfveranstaltungen. Die Posen der abgebildeten Kontrahenten ähnelten sich, als hätten die Männer ihren Kopf durch eine Pappkulisse gesteckt: die Fäuste in den Boxhandschuhen unter dem Kinn, geduckt und lauernd. Auf einem Bild erkannte er Tayfun Cetin.

Der Besitzer des Boxclubs zeigte auf eine Stahltür. Lothar Özgü bedankte sich auf Türkisch und winkte Kai Stettner zu sich.

»Und?«

»Sind alle drei hier«, sagte Özgü, »die müssten in der Umkleide sein, sagt der Chef.«

»Na dann ...«

Sie traten durch die Tür zum Umkleideraum, woraufhin eine lautstark auf Türkisch geführte Diskussion abrupt abbrach. Tayfun, Hakan und Bekir Cetin starrten zur Tür. Alle drei trugen dunkelgrüne Trainingsanzüge mit dem Emblem des Clubs auf der Jacke. Die Blousons von Tayfun und Bekir waren verwaschen und abgetragen, Hakans war nagelneu. Ihre Gesichtszüge versteinerten, als sie die beiden Beamten sahen.

Tayfun Cetin verschränkte die Arme vor der Brust und sprach Lothar Özgü auf Türkisch an. Özgü schüttelte bedauernd den Kopf.

»Wir möchten Ihnen ein Foto zeigen«, sagte Kai Stettner und hielt ihnen ein Bild von Thorsten Gerlachs Leiche hin. Hakan und Tayfun rührten sich nicht. Bekir Cetin griff danach und hielt es seinen Brüdern hin. Sie zuckten nur die Schultern.

Bekir Cetin reichte das Foto an Kai Stettner zurück, der es mit den Fingerspitzen an einer Ecke packte.

»Und? Wer soll das sein? Haben Sie noch mehr Bilder von Leuten, die wir nicht kennen?«, sagte Hakan Cetin.

»Das ist Thorsten Gerlach. Er wurde heute Morgen tot in seiner Wohnung aufgefunden.«

Tayfun Cetin wollte etwas sagen, aber Hakan kam ihm zuvor und fauchte: »Wir haben ein Alibi.«

»Ist ja interessant. Ich habe nichts davon gesagt, wann der Mann ermordet wurde«, sagte Kai Stettner.

»Was mein Bruder damit sagen will«, schaltete Tayfun Cetin sich ein, »ist, dass wir jeden Tag nach der Arbeit hier trainiert haben. Dafür haben wir Dutzende von Zeugen. Und wenn wir nicht hier waren, haben wir uns bei unseren Eltern aufgehalten, um ihnen in ihrer Trauer um unsere ermordete Schwester beizustehen.«

»Was Ihre Eltern zweifellos bestätigen werden«, sagte Kai Stettner und schlug sein Notizbuch auf.

»Selbstverständlich.« Tayfun Cetin zog den Reißverschluss seiner Jacke mit einem Ruck nach oben. »War das alles? Unsere Eltern warten auf uns.«

»Wir sind hier noch nicht fertig. Ihre Jacken …«

»Was soll damit sein?«, fragte Hakan Cetin. »Alle Clubmitglieder tragen diese Jacken.«

»Im Gegensatz zu denen Ihrer beiden Brüder ist Ihre Jacke nagelneu«, sagte Kai Stettner.

»Dürfen Türken nur abgetragene Klamotten tragen, die ihr Deutschen nicht mehr haben wollt, oder was soll diese dämliche Frage?«

»Wo ist Ihre alte Jacke, Herr Cetin?«, fragte Kai Stettner.

Hakan Cetin kam ein paar Schritte auf ihn zu. Özgü trat dazwischen und sagte ein paar Worte auf Türkisch. Dann wiederholte er Kai Stettners Frage: »Wo ist Ihre alte Jacke, Herr Cetin?«

»Gestohlen. In der Disco. Vor zwei Wochen schon. Zufrieden?«

»Nicht ganz.« Özgü lächelte freundlich. »Haben Sie Anzeige erstattet, Herr Cetin?«

»Wegen diesem alten Fetzen, den mir irgendein Junkie geklaut hat? Weshalb interessiert Sie das überhaupt?«

Özgüs Lächeln blieb unverändert. »Ganz einfach. Der Tote, Thorsten Gerlach, stellen Sie sich vor, hielt ein abgerissenes Emblem dieses Boxclubs in der Hand, als er gefunden wurde. Ein merkwürdiger Zufall, nicht wahr?«

»Ich verstehe immer noch nicht, was das mit uns zu tun haben soll«, sagte Tayfun Cetin und griff nach seiner Sporttasche. »Wir haben Ihnen doch gesagt, dass wir diesen Kerl nicht kennen. Finden Sie die Jacke, dann haben Sie den Mörder.« Er nickte seinen Brüdern zu und drängte sich an Lothar Özgü vorbei. Kai Stettner hob die Hand, und Özgü stellte sich demonstrativ vor die Tür.

»Aber Thorsten Gerlach kannte Ihre Schwester, meine Herren«, sagte Kai Stettner und ging einen Schritt auf Tayfun Cetin zu: »Und Leyla. Und er kannte auch Atila, Ihren Sohn.«

»Das müssen Sie erst mal beweisen!« Tayfun Cetin wechselte einen schnellen Blick mit seinen Brüdern.

»Oh, das können wir. Sie standen per Handy und E-Mail in Kontakt.«

»Schön für Sie. Wenn Sie was von uns wollen, schicken Sie uns gefälligst eine Vorladung und hören Sie auf, uns privat zu belästigen. Sonst sehe ich mich gezwungen, mich wieder einmal bei Ihrem Vorgesetzten über Ihre Willkür zu beschweren«, schnappte Hakan Cetin und ging Richtung Tür.

»Stopp!«, rief Lothar Özgü scharf.

Hakan Cetin erstarrte mitten in der Bewegung, drehte sich langsam um und sah Özgü drohend an. Mit zusammengebissenen Zähnen zischte er ein paar Worte auf Türkisch.

Özgü grinste, zuckte mit den Achseln und sagte: »Wenn Sie meinen – ich werde meine Mutter bei Gelegenheit mal fragen, ob sie ein Verhältnis mit einem Ziegenbock hatte. Soll ich Ihnen dann Bescheid sagen?«

Hakan Cetin ballte die Fäuste. Tayfun warf ihm einen warnenden Blick zu; Bekir starrte auf seine Schuhe.

»Eines interessiert uns noch«, sagte Kai Stettner. »War einer der Herren in letzter Zeit mal in Slawas Etablissement?«

»Slawa? Nie gehört«, behauptete Tayfun Cetin.

»Der Slawa, dem Ihr Bruder Hakan vor einiger Zeit das *DeliDolu* angeboten hat. Der Slawa, der Ihren Bruder Hakan daraufhin aus dem Laden gejagt hat. *Der* Slawa.«

»Und was hätten wir da machen wollen? Wir verkehren nicht in so einem Nuttenladen.«

»Eine Waffe verstecken, vielleicht? Eine Makarov?«

»Ich war seit Monaten nicht bei diesem Russen – und er lügt. Er war scharf auf meine Disco. So war das«, sagte Hakan Cetin. »Mir reicht's jetzt. Wir gehen!« Hakan und Bekir Cetin drängten sich an Lothar Özgü vorbei und verließen den Raum. Tayfun Cetin wandte sich noch einmal an Lothar Özgü und überschüttete ihn mit einem wütenden Wortschwall. Dann stürmte er an ihnen vorbei und ließ die Stahltür hinter sich ins Schloss fallen.

Kai Stettner wechselte einen Blick mit Özgü. »Will ich wissen, was er gesagt hat?«

Özgü schüttelte lachend den Kopf. »Lass mal lieber.«

»Ist sowieso egal. Hast du mal eine Tüte für mich?«

Özgü griff in die Innentasche seiner Jacke und zog einen transparenten Plastikbeutel heraus. Kai Stettner ließ das Foto von Gerlachs Leiche, das er noch immer an der äußersten Ecke hielt, vorsichtig hineingleiten.

»Was willst du damit?«, fragte Özgü.

»Herausfinden, ob seine Fingerabdrücke bei denen sind, die die Kollegen in Gerlachs Wohnung gefunden haben«, sagte Kai Stettner.

Kapitel 26

Als es an der Wohnungstür klingelte, zuckte Tanja Weber zusammen und stieß vor Schreck eine Vase um, die krachend auf dem Boden zerschellte. Sie stolperte über die Reste eines Bücherregals zur Tür. Es klingelte wieder. Tanja Weber guckte durch den Türspion. Der Hausflur war leer. Sie drückte auf den Knopf der Gegensprechanlage und fragte mit zitternder Stimme: »Wer ist da?«

»Leyla. Lass mich rein, schnell.«

Sekunden später fielen sich die beiden Frauen in die Arme. Leyla zog ihren Schal von den Schultern und keuchte: »Thorsten ... er ist tot, Tanja, tot!« Sie würgte, machte sich von Tanja los und stürzte ins Bad.

Tanja Weber fühlte den Schock im ganzen Körper. Ihre Beine zitterten und drohten nachzugeben. Sie musste sich an der Wand abstützen, als sie Leyla ins Bad folgte. Leyla kniete vor der Toilettenschüssel und würgte heftig. Tanja Weber hockte sich neben sie und hielt ihr die Stirn. »Leyla, Leyla ... woher weißt du das?«

Leyla richtete sich auf. Sie schlug sich mit den Fäusten ins Gesicht und schrie: »Ich hab ihn gesehen! In seiner Wohnung!«

»Wann? Wann warst du da? Ich dachte, du ...«

»Gestern Nacht ... Ich hatte doch Yasemins Schlüssel ... und sie hat gesagt, ich könnte immer bei Thorsten ... und als er nicht aufgemacht hat, da ... da ...«

»Oh, nein. Leyla ...«

»Überall war Blut ... und sein Gesicht ... schrecklich ...«

»Komm.« Tanja Weber half ihr aufzustehen und sich das Gesicht zu waschen. Dann führte sie sie in die Küche. »Du warst in seiner Wohnung? Und dann? Was hast du dann gemacht?«

»Ich bin rumgelaufen ... ich weiß nicht, wo ich war ... ich hatte solche Angst ...« Leyla sank schluchzend auf einem Stuhl zusammen. »Was soll ich machen?«

Tanja Weber ergriff ihre Hände. »Du musst zurück ins Frauenhaus. Du bist hier nicht sicher. Was, wenn die Cetins dich finden?«

»Ich bin nirgends auf der Welt sicher, wenn ich nicht zurück zu meiner Familie gehe. Verstehst du? Nirgends!« Sie schlug die Hände vor ihr Gesicht. »Ich habe große Schuld auf mich geladen! Ich hätte euch nie um Hilfe bitten dürfen«, murmelte sie und schüttelte den Kopf. »Ich habe es verdient, zu sterben. Ich habe mich nicht an die Regeln gehalten ... Und was ist aus mir geworden? Tanja ... Tanja ... Ich wäre am liebsten tot ...«

»Red doch nicht so! Du machst mir Angst. Denk doch an Atila.«

»Ich weiß nicht, wo mein Sohn ist! Vielleicht ist er auch tot. Erschossen, wie Yasemin. Warum habe ich nicht getan, was meine Familie von mir verlangt hat?«

»Atila geht es bestimmt gut«, sagte Tanja Weber. »Sein Foto war in der Zeitung. Sie wollten wissen, ob ihn jemand kennt. Weißt du nicht, was das bedeutet? Yasemin ... sie hat es irgendwie geschafft, ihn in Sicherheit zu bringen, da bin ich sicher. Oder jemand anders hat das getan. Atila ist bestimmt in einem Kinderheim. Und offenbar haben die Cetins so getan, als würden sie ihn nicht kennen. Ich verstehe nur nicht ...« Sie schlug sich mit der Hand vor die Stirn. »Natürlich! Yasemin hatte Atila dabei ... und wenn die Cetins zugegeben hätten, dass sie ihn kennen ... hätte das Fragen nach dir aufgeworfen.«

»Was meinst du damit?«

»Was ich meine? Was denkst du denn, wer Yasemin erschossen und Thorsten erschlagen hat? Und guck dich um, wie das hier aussieht! Was glaubst du, wer das war?«

»Ich weiß nicht«, wimmerte Leyla.

»Das weißt du ganz genau. Tayfun war es. Oder Hakan und Tayfun. Ganz egal.«

»Das glaube ich nicht.«

»Ach nein?« Tanja Weber sprang auf und trat vor Wut gegen einen Haufen Bücher. »Du willst es nicht glauben. Hast du vergessen, wie Tayfun dich geschlagen hat? Krankenhausreif hat er dich geprügelt. Und dem traust du nicht zu, Yasemin zu töten? Und Thorsten? Dein Mann ist zu allem fähig, Leyla, werd endlich wach! Du musst zurück ins Frauenhaus, so schnell wie möglich!«

»Hör auf!« Leyla presste die Hände auf ihre Ohren.

»Leyla, bitte. Ich habe Angst um dich. Reicht es nicht, dass Yasemin und Thorsten tot sind? Die werden dich auch umbringen, wenn du zu denen zurückgehst.«

»Nein! Sie werden mir bestimmt verzeihen. Ich gehe zurück zu meinem Mann, und ich werde nichts mehr tun, was ihn wütend macht. Ich will zu Atila! Ich werde ihn nie mehr wiedersehen, wenn ich nicht … Bitte, hilf mir, Tanja. Ich habe doch sonst niemanden, der mir helfen kann.«

Tanja Weber packte Leylas Schultern und schüttelte sie. »Doch. Hast du. Du hast Frau Koch im Frauenhaus, ihr könnt zur Polizei gehen. Wir können alle zusammen zur Polizei gehen. Man wird dir helfen, ich bin sicher. Und ich bin auch noch da.« Sie holte Luft und fügte hinzu: »Aber zwing mich nicht, dich zu den Cetins zu bringen.«

Leyla brach in Tränen aus. »Du schickst mich weg?«

Tanja Weber seufzte. »Nein, ich schicke dich nicht weg. Natürlich nicht. Du schläfst hier, und morgen früh reden wir noch einmal darüber.«

»Ich kann das nicht aushalten. Ich will zurück. Ich will meinen Sohn. Hast du meine Sachen noch?«

Tanja Weber nickte. »Unter einer Bedingung! Du rufst Frau Koch an und sagst ihr, dass du bei mir bist und was du vorhast.«

Kapitel 27

Unschlüssig stand Kai Stettner vor Slawas Etablissement. Sein Herz klopfte, als er den schweren Vorhang des Windfangs teilte und die Theke ansteuerte. Er setzte sich auf einen Barhocker und sah sich um.

Auf einer kleinen Bühne wand sich eine Stripteasetänzerin an einer Stange. Kai Stettner grinste, als er den Song erkannte: »*You can leave your hat on*«. Als vorletztes ihrer Kleidungsstücke flog ein roter Stringtanga an einen der Tische. Ein Mann im Maßanzug fing ihn auf und steckte ihn sich lachend in die Jackentasche. Die Gäste applaudierten. Die Frau nahm den Hut vom Kopf und bedeckte damit ihre Scham. Der Mann warf ein paar Geldscheine auf die Bühne. Sie drehte dem Gönner ihr nacktes Hinterteil zu und brauchte einige Minuten, um das Geld aufzusammeln. Die Gäste klatschten rhythmisch, und mehr und mehr Geldscheine flogen auf die Bühne. Die nächsten Tänzerinnen stellten sich in Positur, und die Frau verließ winkend die Bühne.

Der Betrieb schien normal zu laufen. Nichts deutete darauf hin, dass hier am Morgen eine Razzia stattgefunden hatte.

Kai Stettner fuhr zusammen, als eine tiefe Stimme mit starkem russischem Akzent ihn ansprach. »Herzlich willkommen, der Herr. Was darf ich Ihnen servieren?«

Kai Stettner drehte sich um und sah einen blonden, muskulösen Hünen im schwarzen Anzug, der hinter dem Tresen stand und ihn freundlich anlächelte. Das musste Grischa sein, oder vielleicht auch Sascha, auf jeden Fall einer von Slawas Leibwächtern, von denen Thea Zinck und Özgü ihm erzählt hatten.

»Einen doppelten Wodka, bitte. Auf Eis.«

»Gern, der Herr. Wünschen Sie Gesellschaft?« Der Russe deutete auf eine attraktive Rothaarige, die abwartend neben ihm stand. »Mandy stellt Ihnen gern ein paar Damen vor.«

Kai Stettner schüttelte den Kopf. »Nein, danke. Heute nicht.«

Mandy lächelte ihn an, zog einen Schmollmund und sagte: »Wie schade«, und verschwand durch einen Vorhang. Der Russe stellte ein eisumkrustetes, halbvolles Glas vor Stettner auf einen Untersetzer, zündete sich selbst eine Zigarette an und flirtete mit einer der Tänzerinnen auf der Bühne.

Kai Stettner nippte kleine Schlucke von dem eiskalten Getränk und beobachtete in den Spiegeln hinter der Bar das Geschehen im Gastraum. Ab und zu verschwand ein Pärchen durch einen Vorhang; andere tauchten von dort auf, nahmen in den Polsterecken Platz oder verabschiedeten sich voneinander.

»Immer noch keinen Appetit?«, fragte der Russe mit Blick auf die Tänzerinnen und schnalzte anerkennend mit der Zunge. Kai Stettner hatte sein Glas ausgetrunken und spürte, wie der Alkohol zu wirken begann. Er schüttelte den Kopf. »Vielleicht ein andermal.«

»Dann noch ein Wässerchen?«, fragte der Russe und zeigte auf das leere Glas.

Kai Stettner nickte und wartete, bis das volle Glas vor ihm stand, bevor er herausplatzte: »Sind Sie Sascha? Oder Grischa?«

Der Hüne starrte ihn aus hellgrauen Augen durchdringend an und sagte schließlich: »Wer will das wissen?«

»Kai Stettner. Ich bin ein Kollege von Thea Zinck.«

Die Miene des Mannes blieb undurchdringlich, und allmählich fühlte Kai Stettner sich unbehaglich. Er rechnete schon damit, am Kragen gepackt und vor die Tür geschleift zu werden, als der Russe sagte: »Madame Thea hat von dir gesprochen. Wenn was mit ihr ist, sollen wir reden mit dir. Wir können vertrauen, hat sie gesagt.« Er streckte eine riesige Pranke über den Tresen. »Ich bin Grischa. Sagen wir du.«

Kai Stettner schüttelte Grischas Pranke. »Kai.«

»Wo ist Madame Thea? Es geht ihr gut?«

Kai Stettner schüttelte den Kopf. »Ich glaube nicht. Sie ist in einer Klinik.«

Grischa sah ehrlich bestürzt aus. »Sie ist krank? Welche Klinik? Wir müssen Blumen bringen.«

»Nein, nein.« Kai Stettner musste über die Vorstellung, wie Grischa mit einem Blumenstrauß in der Entzugsklinik seine Aufwartung machte, lachen.

Grischa runzelte die Stirn. »Was ist lustig, wenn Madame Thea ist krank?«

»Nichts«, sagte er schnell. »In so einer Klinik ist sie nicht. Sie macht eine Therapie. Zu viel Wodka, verstehst du?«

Grischa lachte dröhnend. »Was ist schlimm an Wodka? In Russland jeder trinkt Wodka, ohne Therapie.«

Kai Stettner fand allmählich Gefallen daran, wie der Wodka eiskalt und ölig durch die Kehle rann. »Sie hatte Ärger mit ihrem Chef. Er hat sie suspendiert. Am Dienstag. Mit der Razzia heute hatte sie nichts zu tun.«

»Das wissen wir. Slawa hat ihr gesagt, wir haben nichts zu tun mit Mord an Unschuldigen. Das ist die Wahrheit.«

»Ich weiß.« Stettner leerte sein Glas in einem Zug. Unaufgefordert schenkte Grischa nach, goss sich selbst einen Wodka ein und stieß mit ihm an. »Auf Madame Thea.«

»Auf Madame Thea.«

Grischa füllte die Gläser wieder, kaum, dass sie ausgetrunken waren.

»Erzähl mir von der Razzia«, bat Kai Stettner.

»Hm ... Was soll ich erzählen? Polizei kommt heute

Morgen, findet Waffe«, er verdrehte die Augen, »in Herrenklo, dann verhaftet uns. Polizei sagt, wir haben Samstag in Metzgerei geschossen.«

»Uns verhaftet? Dich auch?«

Der Russe nickte. »Sicher. Aber mussten mich sofort gehen lassen. Hab ich Alibi. Notfall mit Zahn am Samstag, Notarzt hat bestätigt. Slawa hat auch Alibi, war mit seinen Töchtern in Düsseldorf. Dauert nur länger mit prüfen, haben sie gesagt.«

»Und Sascha?«

»War zu Hause und hat geschlafen. Nicht gut für ihn. Aber Slawa hat guten Anwalt. Sascha wird nichts passieren. Kommt auch wieder raus, bald. Die Polizei ist dumm.«

»Unsere Leute haben mittlerweile herausgefunden, dass diese Waffe am Samstag benutzt wurde.« Stettner kniff die Augen zusammen.

Grischa goss den fünften Doppelten ein. »Na und? Was heißt das? Waffe hier auf Klo. Das ist alles. Frage ist – wem gehört? Ha? Wer hat benutzt? Ha? Fingerabdrucken? Ha?« Grischa beugte sich über die Theke. »Denk mal nach ... Was mache ich, wenn ich will, dass Polizei denkt, ein anderer als ich ist Verbrecher?« Er lachte. »Stecke ich ihm Beutelchen Kokain in Auto. Oder verstecke bei ihm Waffe ganz schlecht, dass Polizei muss finden. Ganz einfach.« Er hob sein Glas und wartete darauf, dass Kai Stettner sein Glas in die Hand nahm.

Sie stießen an und tranken. »Außerdem«, fuhr Grischa fort, »Problema eins: Sie haben gefunden eine Makarov! Dickes Schreiber fragt mich: Wo ist zweite Waffe? Dann – Problema zwei, hör gut zu: Makarov! Das ist Witz! Kein Profi benutzt Makarov, verstehst du?«

»Nee.«

Grischa lachte laut. »Dicke Horst Schreiber mir gezeigt Waffe bei Verhör, uralte Makarov, viel zu schwer, du nix zielen, kannst du keinen Bus treffen aus fünf Meter. Jeder weiß das.« Er schlug mit der Hand auf den Tresen und prustete: »Kannst du vielleicht jemand auf den Kopf hauen oder werfen, aber nicht das Mensch erschießen, was du willst ... aus fahrendes Auto! Zufall zu treffen, Person, die du willst. Kannst du Mensch nur treffen, wenn steht vor deine Nase und jemand hält fest.« Er wollte sich ausschütten vor Lachen. Die Tänzerinnen guckten erstaunt in Richtung Tresen.

»Dafür hat es aber reichlich Leute erwischt«, sagte Kai Stettner.

»Soll ich dir sagen, meine Theorie?«

»Bitte, Grischa. Ich höre.«

»Das ist Zufall, wenn ballerst du aus zwei oder drei Pistolen! Ha? Aber Profi, wenn hat Auftrag, macht eine Schuss.« Grischa hielt seinen Zeigefinger direkt vor Kai Stettners Nase. »Eine Schuss! Nicht mehr.«

»Du denkst also, das waren Amateure?«

»Natürlich. Idioten-Amateure. Haben verarschen lassen mit Pistole, die aussieht wie Walther PP, verstehst du? Erstes Makarov-Modell, direkt nach Weltkrieg Zwei, war Nachbau von Walther-Pistole. Keine mit Gehirn in Kopf kauft diese Scheiß, deshalb sind billig.«

Ein Mädchen mit langen schwarzen Haaren schlängelte sich neben Kai Stettner auf den freien Barhocker, schmiegte sich an ihn und hauchte: »Na, mein Hübscher, voulez-vous coucher avec moi?«

Ehe er reagieren konnte, knurrte Grischa: »Verschwinde, Lilo!«, und das Mädchen stöckelte eilig weg. »Oder hast du Lust auf Lilo? War ich voreilig?«, fragte Grischa, aber Kai Stettner schüttelte den Kopf, wobei er das Gleichgewicht verlor und sich am Tresen festhalten musste.

Der Russe grinste. »Du trinkst nicht oft.«

»Stimmt.« Das Karussell in Kai Stettners Kopf nahm

Fahrt auf. Aber eine Sache musste er unbedingt noch klären. »Sag mal, Grischa, kennst du eigentlich Tayfun Cetin? Oder Hakan Cetin? Er hat eine Disco, die *DeliDolu* heißt. «

»Hakan kenne ich, Tayfun nicht. Hakan kommt immer zu Slawa, sagt, was zahlst du für meine Disco, und Slawa lacht ihn aus. Immer wieder.« Er schüttelte den Kopf. »Dummer kleiner Mann.«

»War er in letzter Zeit mal hier?«

Grischa runzelte die Stirn und nickte langsam. »Ja, war hier. Sonntag. Oder Montag …? Nein, Sonntag, bin ich sicher. Hatte große Idee – wollte nicht mehr verkaufen *DeliDolu*, wollte kaufen diesen Laden. Sagt, groß einsteigen, hat er Konzepte! Slawa hat gelacht. Denkst du, er hat Makarov hier gebracht?«

»Könnte sein.«

»Aber wenn waren zwei Pistolen, wieso nur eine hier?«

Kai Stettner zuckte mit den Schultern. In seinem Kopf drehte sich alles. »Ich weiß es nicht. Vielleicht, weil er gedacht hat … gedacht hat … dass sie die noch mal brauchen?«

»Wenn stimmt das mit Hakan, ich …«

Kai Stettner hob die Hand: »Nein, Grischa. Nein. Würdest du bei der Polizei aussagen, dass er hier war? Das würde uns sehr helfen.«

Der Russe fuhr zurück, als hätte Kai Stettner nach ihm geschlagen. »Muss ich?«

»Vielleicht nicht, ich weiß es nicht. Aber wenn es hilft, dass Sascha aus dem Knast kommt, würdest du dann aussagen?«

»Für Sascha, ja. Aber nur, wenn ich muss. Versprich mir, Kai.« Er streckte seine Hand aus. Kai Stettner schlug ein.

»Versprochen. Ehrenwort.«

Grischa nickte. »Darauf trinken wir.«

»Das ist der Letzte, Grischa. Ich muss nach Hause. Ich muss morgen früh raus.«

»Wie du willst. Auf Madame Thea.«

»Auf Madame Thea.«

Kapitel 28

Sechster Tag: Donnerstag

Das abgerissene Kalenderblatt, zu einem kleinen Ball zusammengeknüllt, flog haarscharf am Papierkorb vorbei, was Thea Zinck nur mäßig interessiert zur Kenntnis nahm. Sie riss das nächste Kalenderblatt ab und knüllte es zu einer kleinen Kugel zusammen.

»Frau Zinck, Ihre Kleidung … was ist Ihre bevorzugte Farbe?« Mit dieser Frage hatte der Arzt an diesem Morgen die Therapiesitzung eröffnet.

»Schwarz und Grau.«

»Aha. Schwarz und Grau.« Dr. Zöllner hatte konzentriert auf seinen Block gekritzelt. »Warum nur Schwarz und Grau?«

»Weil ich so, selbst mit dem schlimmsten Kater, in meinem Kleiderschrank nur Dinge finde, die todsicher zusammenpassen«, hatte sie wahrheitsgemäß geantwortet. »Sie kennen doch den neuesten Trend: Simplify your life, oder, Herr Doktor?«

Zöllner hatte nicht gelacht. Seine Augenbrauen waren bis an den Haaransatz gewandert. Es hatte noch mehr Fragen gegeben, auf die sie keine Antwort gewusst hatte, zum Beispiel nach ihren Hobbys oder wie sie ihre Freizeit verbrachte, ob es Dinge gab, die sie gern tat und die nichts mit ihrem Job oder mit Alkohol zu tun hatten; und dann war die Stunde mit Dr. Zöllner vorbei gewesen.

Das Angebot der offenen Werkstatt, Specksteinfiguren zu schnitzen oder das Filzen zu lernen, hatte sie abgelehnt. Der Abreißkalender an ihrer Wand hatte schließlich noch weit über hundert Blätter, die sie zu kleinen Kugeln formen und in den Papierkorb werfen konnte, um sich die Zeit zu vertreiben.

Als Thea Zinck den gesamten September zu Wurfgeschossen verarbeitet hatte, stand sie auf und ging zum Schwesternzimmer.

Die Tür war offen, weit und breit war kein Personal zu sehen. Die Kommissarin war mit zwei Schritten am Schreibtisch, wo die aufgeschlagene Tageszeitung lag.

Sie las die Schlagzeile: *Bandenkrieg beendet – Täter im Rotlichtmilieu gefasst. Der Leiter der Ermittlungen,Dr. Manfred Abels, gab bekannt, dass eine groß angelegte Razzia* … Neben dem Artikel ein unscharfes Bild, auf dem zu sehen war, wie mehrere Männer abgeführt wurden. Im Vordergrund stand Abels, der in ein Mikrofon sprach. Thea Zinck setzte sich und blätterte bis zum Lokalteil vor. Dabei fiel ihr Blick auf einen sehr kurzen Artikel über den Fund von Thorsten Gerlachs Leiche. Es wurde über ein Drogendelikt spekuliert. Sie schnaubte und knüllte die Zeitung zusammen.

»Was tun Sie denn da, Frau Zinck?«

Ohne sich umzudrehen, sagte sie: »Ich informiere mich, Herr Doktor Zöllner.«

»Hatten wir nicht eine Abmachung getroffen, dass Sie …«

»Ja, ja …« Sie schob den Stuhl zurück und stand auf. »Ich werde gehen. Sofort.«

Der Arzt verschränkte die Arme vor der Brust und blieb im Türrahmen stehen. »Das halte ich für keine gute Idee.«

»Ich bin freiwillig hier, und jetzt werde ich wieder gehen. Ganz einfach. Wenn ich dafür irgendeinen Wisch unterschreiben muss – bitte sehr.«

»Aber Sie sind vom Dienst suspendiert, Frau Zinck. Sie sollten lieber die Gelegenheit nutzen und …«

Sie drängelte sich an ihm vorbei und marschierte zu

ihrem Zimmer. Dr. Zöllner heftete sich an ihre Fersen. Thea Zinck packte schweigend die wenigen Kleidungsstücke aus dem Schrank in ihre Tasche. Dann drehte sie sich um und starrte den Arzt an, bis er resigniert sagte: »Die Entlassungspapiere. Also gut.«

Sie nahm ihre Tasche, klemmte sich die Wasserflasche unter den Arm und folgte Zöllner in sein Büro. Dort füllte er kopfschüttelnd ein Formular aus, das er ihr zur Unterschrift hinschob. Eine Schwester kam herein und brachte eine Box mit ihren persönlichen Gegenständen. Der Inhalt bestand lediglich aus Schlüsselbund, Portemonnaie und Handy.

Doktor Zöllner begleitete sie zur Pforte und streckte ihr die Hand zum Abschied hin. Thea Zinck ignorierte sie.

Der Arzt seufzte. »Na gut, Frau Zinck. Passen Sie auf sich auf. Meine Beurteilung für Frau Schulze-Hieber wird nicht positiv ausfallen, wie Sie sich sicherlich denken können. Ich bin nicht glücklich mit Ihrer Entscheidung.«

»Es ist nicht meine Aufgabe, Sie glücklich zu machen, Herr Zöllner«, sagte die Kommissarin und ging.

Leyla Cetin und Tanja Weber standen vor dem Haus der Cetins und hielten sich an den Händen. Beide weinten. Leyla Cetins Gestalt verschwand unter einem langen schwarzen Mantel und einem schwarzen Kopftuch, das sie tief ins Gesicht gezogen hatte.

»Leyla, bitte, überlege es dir noch mal. Frau Koch hat gesagt, sie hilft dir. Sie wird mit der Polizei sprechen. Du musst nur noch ein bisschen Geduld haben.«

Leyla Cetin ließ die Hände ihrer Freundin los und trat einen Schritt zurück. »Nein.«

»Aber rede doch noch mal mit deinen Eltern. Wenn du ihnen erzählst, wie mies Tayfun dich behandelt, dass er dich schlägt ... die müssen dich doch verstehen.«

Leyla lachte. Es klang bitter. »Meine Mutter ... Ich soll ihn nicht provozieren, sagt sie. Wenn ich tue, was er von mir verlangt, wird er mich auch nicht schlagen. Das sagt sie.«

»Aber was werden die mit dir machen, wenn du jetzt da raufgehst?«

»Ich weiß nicht. Ich will zurück zu meinem Sohn. Er ist das Wichtigste in meinem Leben.«

»Das kannst du nicht ernst meinen!«, rief Tanja Weber entsetzt. »Was ist, wenn Tayfun dich totschlägt?«

»Davor habe ich keine Angst. Ich will nur einmal Atila sehen.«

»Du bis ja völlig verrückt! Du kannst doch nicht ... also ...«

»Alles ist Allahs Wille«, sagte Leyla Cetin. »Ich gehe jetzt rauf. Auf Wiedersehen, Tanja, und danke für alles. Vergiss mich nicht.«

Die beiden Frauen umarmten sich, dann löste sich Leyla von Tanja Weber und ging auf die Haustür zu.

Ein Auto stoppte mit quietschenden Reifen und schob sich halb auf dem Bürgersteig. Tanja Weber sprang zur Seite. Die Autotür flog auf, Osman Cetin stieg aus und brüllte sie an: »Verschwinde!« Dann packte er Leyla Cetin und zerrte sie ins Haus.

Kapitel 29

»Wieso, ihr Schwachköpfe?«, schrie Thea Zinck in den Hörer. »Wie lange kann es denn dauern, Fingerabdrücke zu vergleichen? Ach, es gibt gar keine auf der Waffe?! Danke!« Ohne eine Antwort abzuwarten, warf sie den Hörer auf die Gabel und nahm einen großen Schluck aus der Wasserflasche. Die Bürotür ging auf, und Kai Stettner schlurfte herein. Sein Anzug war verknittert und fleckig. Sein Kinn war stoppelig, und unter seinem rechten Auge waren die letzten Spuren von Horst Schreibers Schlag zu sehen.

Er schien ihre Anwesenheit nicht wahrzunehmen, öffnete den Wandschrank und ließ Wasser in ein Glas laufen. Dann drehte er sich um und trank. Es dauerte ein paar Sekunden, bis er Thea Zinck an ihrem Schreibtisch überhaupt bemerkte. Kai Stettner stolperte hustend einen Schritt rückwärts und prallte gegen die Schranktür.

»Glotz mich nicht an wie ein verschrecktes Karnickel!«, herrschte sie ihn an und warf ihm ein Päckchen Kopfschmerztabletten zu. Seine Hand griff ins Leere. Er bückte sich, um es aufzuheben, dabei floss das restliche Wasser aus dem Glas auf den Fußboden.

»Herrgott noch!«, sagte Thea Zinck, stand auf und nahm ihm das Glas ab. »Setz dich hin.« Sie schob ihn zu seinem Schreibtisch. Kai Stettner stützte seinen Kopf in die Hände und stöhnte.

»So, wie du riechst, warst du in Slawas Bar.«

»Ja«, sagte er leise.

»Und so wie du aussiehst, solltest du gar nicht hier sein.«

»Ja.«

Thea Zinck füllte das Wasserglas, warf drei Kopfschmerztabletten hinein und stellte es vor Kai Stettner auf den Schreibtisch. »Trink. Wer feiern kann, kann auch arbeiten. Und für die Zukunft merk dir eins: Du musst mir nicht *alles* nachmachen. Das steht dir nicht.«

Kai Stettner trank das Glas in einem Zug aus. Thea Zinck setzte sich auf ihren Platz. Nach ein paar Minuten sagte er: »Wo kommen Sie denn jetzt eigentlich her? Ich dachte, Sie sind suspendiert.«

»Na und?«

»Und wenn Abels erfährt, dass Sie hier sind? Und die Klinik …?«

Die Kommissarin winkte ab. »Und dann? Will er mich noch mal suspendieren? Doppelsuspendierung? Das schafft selbst Abels nicht. Außerdem lässt er sich gerade feiern. Der ist anderweitig beschäftigt.«

Sie nahm einen großen Schluck aus ihrer Wasserflasche und goss dann Kai Stettners Glas wieder voll. Bevor er es austrank, roch er daran.

»Es ist Wasser«, sagte Thea Zinck.

Kai Stettner erhob sich wankend von seinem Stuhl, ging zum Waschbecken und wusch sich das Gesicht. »Haben Sie schon die Zeitung gelesen?«, fragte er.

»Deswegen bin ich hier. Wir fahren in Gerlachs Wohnung. Du hast doch den Fall, oder?«

Kai Stettner presste sich das Handtuch aufs Gesicht und nuschelte:

»Ja.«

»Sollen die Kollegen schön weiter auf dem Kiez ihre Ermittlungen führen. Die verschwenden ihre Zeit. Slawa und eine Makarov. Das ist absurd.«

»Dasselbe hat Grischa gestern auch gesagt.«

»Und es gibt keine Fingerabdrücke auf der Waffe.«

»Wundert mich nicht«, antwortete Kai Stettner.

»Ist ja interessant, was ich hier sehe und höre.« Abels stand im Türrahmen, die Arme vor der Brust verschränkt. »Darf ich fragen, was du hier zu suchen hast, Thea?«

»Spar deinen Atem.«

Abels schob sich in den Raum. »Thea, ich möchte, dass du hier verschwindest. Auf der Stelle, sonst hänge ich dir ein Disziplinarverfahren an den Hals. Ich weiß sowieso nicht, was mich davon abhält. Du bist offensichtlich nicht mehr in der Lage, deine Handlungen zu kontrollieren. Du entwickelst absurde Theorien, du belästigst unbescholtene Bürger und bedrängst eine trauernde Familie. Und außerdem solltest selbst du mit deinem benebelten Hirn mittlerweile mitgekriegt haben, dass die Schüsse auf die Metzgerei aufgeklärt sind. Wir haben die Tatwaffe, und ich habe Slawa und seinen Gorilla verhaftet. Vermutlich hat sein Bodyguard geschossen, aber Slawa ist der Auftraggeber. Der Fall ist gelöst.«

»Da kannst doch nicht einmal du drauf reingefallen sein! Glaubst du ernsthaft, Slawa versteckt eine Waffe auf dem Klo? In seinem eigenen Laden?«

»Finde dich damit ab, dass dein Zarewitsch doch keine Geistesgröße ist. Drei unschuldige Menschen sind tot, weil er scharf auf eine Disco war.«

»Schwachsinn!«, sagte Thea Zinck.

Abels grinste. »Ich denke, du bist einfach sauer, weil ich recht hatte.«

»Deine Theorie kannst du dir in den Schritt schmieren, da gehört sie hin«, sagte Thea Zinck, griff nach ihrer Tasche und stürmte an Abels vorbei auf den Flur.

»Bringen Sie sie nach Hause, Stettner«, befahl Abels und verließ das Büro.

Kai Stettner holte Thea Zinck erst auf dem Parkplatz ein. »Ich bringe Sie nach Hause«, sagte er und kramte in seinen Jackentaschen nach dem Autoschlüssel.

»So weit kommt es noch. Gib mir die Schlüssel.«

»Sie haben keinen Führersch...«

»Und du bist besoffen wie dreizehn Russen, Stettner. Gib mir den Schlüssel.« Sie griff in seine Jackentasche und zog den Autoschlüssel heraus, dann gab sie ihm einen Schubs. Kai Stettner ging zur Beifahrerseite und stieg ein. »Der Wagen ist offen«, sagte er. »Da hab ich wohl vergessen ...«

Thea Zinck verdrehte die Augen. »Wenn du nicht bald wieder beikommst ...«

»Nein, nein, es geht schon. Alles in Ordnung.«

Sie standen vor Thorsten Gerlachs Wohnungstür. Kai Stettners Handy klingelte. Er hörte ein paar Sekunden angestrengt zu, bedankte sich beim Anrufer und sagte: »Keine Fingerabdrücke von Bekir Cetin in der Gerlach-Wohnung.«

»Wo hattest du die her?«

»Ich war im Boxclub. Er hat das Foto von dem Jungen angefasst. Nur leider Hakan und Tayfun nicht.«

»Bravo. Ein Grund mehr, sich hier noch mal umzusehen. Und die Fingerabdrücke von Tayfun und Hakan Cetin zu besorgen.«

»Abels will die Fingerabdrücke von Slawa, Sascha und Grischa mit denen aus dieser Wohnung vergleichen«, sagte Kai Stettner. »So ganz konnte er nicht übersehen, dass Gerlach eventuell der Motorradfahrer vor der Metzgerei gewesen sein könnte. Er bastelt an der Theorie, dass die Russen einen Zeugen der Schießerei kaltgestellt haben könnten.«

»Ach, was? Das klingt ja geradezu intelligent. Wir finden hier bestimmt ein appetitlicheres Foto von Thorsten Gerlach. Das zeigen wir den Zeugen der Schießerei. Irgendwo muss man ja anfangen.«

»Das wollte ich sowieso heute machen«, sagte Kai Stettner, entfernte das Polizeisiegel von der Tür und schloss auf.

»Gestern Abend wäre intelligenter gewesen«, sagte die Kommissarin, schob die Tür auf und betrat die Wohnung, bevor Kai Stettner ihr eine Antwort geben konnte.

Der Verwesungsgeruch hing immer noch in der Luft. Thea Zinck sah sich im Zimmer um. Dunkle, getrocknete Blutlachen markierten die Stelle, wo der Tote gelegen hatte. Sie ließ das Bild der Verwüstung auf sich wirken. Dann sagte sie: »Die anderen Räume?«

»Da ist alles ordentlich. Scheint so, dass der oder die Täter dort nicht waren.«

»Welche Zimmer gibt es noch?«

»Bad und Schlafzimmer.«

»Und die hast du nicht durchsucht?« Thea Zinck steuerte die nächstgelegene, verschlossene Tür an.

»Noch nicht ...«, antwortete Kai Stettner, stürzte würgend ins Bad und schloss die Tür hinter sich.

Kopfschüttelnd öffnete die Kommissarin die nächste Tür und spähte hinein. »Schlafzimmer«, murmelte sie, wandte sich um und rief: »Geht es, Stettner?«

Sie bekam keine Antwort, betrat den winzigen Raum und drehte sich einmal um sich selbst. Ein Bett, etwa anderthalb Meter breit, mit zwei Kopfkissen und einer Bettdecke, die ausgebreitet und glattgestrichen war. Neben dem Bett diente ein einfacher Holzhocker als Nachttisch. Ein kleiner Stapel zerlesener Motorradmagazine lag darunter. An der Seite des schmalen Kleiderschranks lag ein roter Motorradhelm.

»Was hatte der Tote an, als man ihn fand?«, rief Thea Zinck.

»Eine Motorradkombi«, rief Kai Stettner aus dem Bad. »Nur obenrum aufgemacht und runtergerollt. Wie man das so macht, wenn man nur mal kurz irgendwo anhält und das Ding nicht ausziehen will.«

Thea Zinck zog nacheinander die Schubladen einer Holzkommode auf. Dann öffnete sie die Türen des

Kleiderschranks. Sehr ordentlich hingen gebügelte Oberhemden und Anzüge auf der Stange, in der Ablage darüber sorgfältig gefaltete Jeans. Sie nahm einen Stapel weißer T-Shirts aus dem Seitenfach, faltete eins nach dem anderen auseinander und schaute sich die Aufdrucke an. Drei zeigten Thorsten Gerlach neben seinem Motorrad, ein weiteres eine Gruppe Menschen bei einem Picknick, darunter Gerlach und Yasemin, die fröhlich lachend in die Kamera winken. Als sie das fünfte Shirt auseinanderfaltete, hielt Thea Zinck den Atem an: Das aufgedruckte Foto zeigte Thorsten Gerlach und Yasemin Cetin, die sich küssen, und daneben das Gesicht einer blonden Frau, die breit in die Kamera grinste.

Sie steckte das T-Shirt in ihre Tasche und hob vorsichtig die Bettdecke zurück. Das Betttuch war weiß und fleckenlos. Die Kommissarin hob das Kopfkissen hoch und fand, wonach sie gesucht hatte: zwei lange schwarze Haare.

Kai Stettner kam aus dem Bad und fragte: »Und?«

»Halt mal die Plastiktüte.«

»Haare. Die offensichtlich nicht Thorsten Gerlach gehören«, sagte er.

Thea Zinck steckte das Plastiktütchen ein. »Und was hast du gefunden?«

»Nur Männerkram. Rasierzeug, ein Aftershave, Duschgel, Deo und so weiter.«

»Ah ja. Guck dir das mal an.«

Sie zog das T-Shirt aus ihrer Tasche und hielt es hoch. »Gerlach küsst Yasemin. Und das sieht mir nicht nach einem rein platonischen Kuss aus.«

Kai Stettner betrachtete das Bild und sagte: »Da hat sie also recht gehabt.«

»Wer bitte?«

»Meine türkische Friseurin. Ich bin da gewesen und hab sie ein bisschen ausgehorcht. Sevgi hat mir erzählt, dass Yasemin angeblich einen deutschen Freund hatte, aber dass sie in der Türkei verheiratet werden sollte«, sagte Kai Stettner. »Sevgi hat sogar behauptet, Yasemins Brüder hätten ihren deutschen Lover umgebracht, wenn sie ihn in die Finger gekriegt hätten.«

»Und das erzählst du mir nicht? Seit wann weißt du das?«

»Gestern Nachmittag.«

»So was musst du mir sofort erzählen! Das ist doch wichtig!«

»Ich hab' versucht, Sie in der Klinik zu erreichen, und dann ist noch jede Menge passiert, Chef ... Wenn ich gewusst hätte, dass Sie wieder ...«, antwortete Kai Stettner. Das Pochen in seinen Schläfen war wieder da, und sein Magen krampfte sich zusammen. Thea Zinck sah die dunklen Ringe unter seinen Augen und sagte in versöhnlichem Ton: »Dann erzähl es eben jetzt.«

»Verstehe«, sagte sie, als er seinen Bericht beendet hatte. »Dann hatten es die Cetins also gleich mit zwei renitenten Frauen in ihrer Familie zu tun. Und eine davon hatte Thorsten Gerlach in seinem Bett.«

»Und was, wenn die Cetins überhaupt nur auf ihn gekommen sind, weil irgendjemand aus unserer Abteilung ihnen Yasemins Handy gegeben hat?«, überlegte Kai Stettner laut.

»Tragisch, aber die Vermutung liegt nahe. Hätten die Cetins vorher von ihm gewusst, hätten Sie sich eher eingemischt. So haben sie natürlich erst mal gedacht, er könnte wissen, wo Leyla ist. Diese Information wollten die Cetins aus ihm rausprügeln, und dann ist das hier eskaliert. Denkst du, dass er verraten hat, wo sie ist?«

»Weiß ich nicht. Aber eins weiß ich. Hakan und Tayfun haben sich nur schwer im Griff, und sie sind trainierte Kickboxer.«

»Und deine Friseuse, diese Sevgi, sagt, Yasemin habe Tickets für Türkeiflüge gefunden? Und für sich selbst nur ein One-Way-Ticket?«

Kai Stettner nickte. »Damit war für Yasemin alles klar. Sie wusste, was ihr blüht, und wollte weg, bevor es zu spät ist.«

Thea Zinck klopfte ihm auf die Schulter. »Gut gemacht, Kai Stettner.«

»Aber zu spät.«

»Man kann nicht alles haben. Wir hatten jedenfalls mit allem recht.«

»Und wenn schon? Wie sollen wir das beweisen?«

»Hier gab es doch unzählige Fingerabdrücke, oder?«, sagte Thea Zinck.

»Ja. Aber verglichen haben wir bisher nur mit denen von Bekir Cetin – alle anderen waren nicht registriert, leider.«

»Wir brauchen die Abdrücke sämtlicher Cetins. Die Brüder sind doch keine Profis. Die haben hier garantiert Spuren hinterlassen. So wie die gewütet haben. Außerdem vergleichen wir DNA-Proben von Atila, den Brüdern und Yasemin. Du wirst ihnen eine Vorladung schicken.«

Kai Stettner schüttelte den Kopf. »Das wird Abels niemals unterschreiben. Der Metzgereifall gilt als gelöst. Er wird sagen, dass Sie den Cetins unbedingt was anhängen wollen.«

»Wo ein Wille ist ... Für ein paar Laborergebnisse brauche ich Abels nicht.«

Kai Stettners Handy klingelte. Er nahm das Gespräch an, lauschte und rief dann: »Wir kommen sofort!«

Er steckte das Handy ein und sagte: »Wir werden seine Unterschrift wohl nicht brauchen. Im Büro warten Frau Dr. Koch und eine Tanja Weber auf uns. Die beiden wollen eine Aussage machen.«

Die Kommissarin zog die Augenbrauen zusammen und nickte.

Sein Handy klingelte wieder, und er nahm das Gespräch an.

»Heike? ... Ach, ja ... Von wo rufst du an? ... Lügst du mich wieder an? ... Geh sofort zu Frau Hengsdorf. Sofort! Hast du verstanden? Ich schicke meinen Kollegen ... ja den. Nein, du hast nichts falsch gemacht ... Tschüss.«

Thea Zinck guckte Kai Stettner fragend an. »Wer ist Heike?«

»Ein Mädchen aus dem Kinderheim. Sie ist elf. Wir hatten uns mit ihr mal unterhalten, ich hab ihr meine Karte gegeben. Sie sagt, Atila ist eben von einem Mann abgeholt worden, und die beiden sind in ein Auto eingestiegen. Scheiße, verdammt. Ich denke, da ist ein Streifenpolizist ...«

»... den Abels wahrscheinlich sofort nach der Razzia abberufen hat ...«, sagte Thea Zinck. »Ruf Özgü an! Der soll sich drum kümmern. Wir beide fahren ins Präsidium.«

Kapitel 30

Kai Stettner streckte die Hand aus. »Frau Koch, ich freue mich, dass Sie gekommen sind. Meine Vorgesetzte, Frau Zinck kennen Sie?«

Frau Koch nickte. »Wir sind uns schon mehrfach begegnet. Leider.« Sie lächelte flüchtig. »Nichts gegen Sie, Frau Zinck, das wissen Sie. Aber die Umstände, unter denen wir uns treffen, sind nie angenehm.«

»Und Sie sind Tanja Weber«, fuhr Kai Stettner fort und schüttelte der jungen Frau die Hand. Sein Handy klingelte, und er nahm ab. »Sie entschuldigen mich für einen Augenblick?«, sagte er mit Blick auf Frau Koch und Tanja Weber. »Lothar, ich höre.« Nach ein paar Minuten sagte er: »Bleib dran. Augenblick.« Thea Zinck trat neben ihn, und Kai Stettner sagte leise: »Özgü ist schon dran an der Sache. Frau Hengsdorf hat Heikes Aussage bestätigt, dass Atila weg ist.«

Thea Zinck riss ihm das Handy aus der Hand und ging hinaus. »Können die da nicht mal drei Tage auf ein Blag aufpassen? Ich fass es nicht ...« Kai Stettner folgte ihr und schloss schnell die Tür zum Besprechungsraum. »Lothar ... ja, ich bin es. Sorg dafür, dass die Flughäfen und Bahnhöfe überwacht werden ... Genau, sehe ich auch so ... Und jetzt besprich alles Weitere mit Kai.« Sie gab Kai Stettner das Handy zurück und ging wieder in den Besprechungsraum.

»Was ist mit Atila?«, fragte Tanja Weber, als die Kommissarin eintrat. »Was ist mit ihm? Ihr Kollege hat doch gerade was gesagt ...«

Thea Zinck setzte sich der jungen Frau gegenüber und sagte: »Atila ist aus dem Kinderheim verschwunden.«

»Dann müssen Sie sofort zu den Cetins fahren! Leyla

ist heute Morgen zu Tayfun zurückgegangen. Ich mache mir schreckliche Sorgen! Und wenn er jetzt Atila wiederhat ...«

»Bitte setzen Sie sich. Wenn Atila bei den Cetins ist – und davon müssen wir ausgehen –, dann ist er vorerst in Sicherheit, sie werden ihm bestimmt nichts tun«, sagte Thea Zinck und fügte nach einer kurzen Pause leise hinzu: »Dann ist die kleine Familie ja wieder vereint, so, so.«

»Das können Sie nicht ernst meinen!«, rief Tanja Weber. »Sie müssen die beiden da rausholen, so schnell wie möglich.«

»Frau Weber, wenn Leyla Cetin freiwillig zurückgegangen ist, können wir nichts machen«, sagte Thea Zinck. »Um alles andere kümmern sich meine Kollegen.«

Frau Koch nickte bestätigend. »Tanja, das erlebe ich in meiner Arbeit häufig. Die Frauen suchen Schutz bei uns, zu Recht, und gehen dann wieder zu ihren Männern zurück. Warum – das wissen nur die Frauen allein.«

Thea Zinck drückte den Aufnahmeknopf ihres Diktiergeräts und nannte Datum, Uhrzeit und die Namen der Anwesenden. Dann wandte sie sich an die Leiterin des Frauenhauses und sagte: »Frau Koch, Leyla Cetin war also bei Ihnen im Frauenhaus und nicht in der Türkei bei ihren Eltern, wie die Cetins ausgesagt haben.«

»Ja. Frau Weber stand letzten Freitag mit Frau Cetin vor unserer Tür.«

»Hatte sie ihren Sohn Atila dabei?«

»Nein. Sie hatte nur dabei, was sie am Leib trug. Jeans, Pullover, eine Jacke und Turnschuhe. Diese Sachen hatte sie sich, wie ich später erfuhr, von Frau Weber geliehen.«

»Ja, das stimmt. Ich hab ihr die Sachen gegeben. Sie konnte doch nicht mit ihrer Burka, oder wie das heißt, draußen rumlaufen.«

»Aha. Frau Weber, können Sie mir der Reihe nach erzählen, was an besagtem Freitag passiert ist?«

Tanja Weber räusperte sich. »Ich würde gern etwas früher beginnen, wenn Ihnen das recht ist.« Thea Zinck nickte, und die junge Frau fuhr fort: »Eigentlich fing alles damit an, dass ich ein Verhältnis mit Tayfun Cetin hatte ...«

Thea Zinck enthielt sich eines Kommentars und lehnte sich entspannt in ihren Stuhl zurück.

»Ich habe ... ihn in der Disco kennengelernt«, erzählte Tanja Weber weiter. »Er war sehr charmant und zuvorkommend, und ich wusste zuerst nicht, dass er verheiratet ist, sonst hätte ich mich nie auf ihn eingelassen. Das müssen Sie mir glauben. Er hat mich gebeten, unser Verhältnis diskret zu behandeln. Ich durfte ihn noch nicht mal anrufen. Zu Hause nicht und auch nicht auf dem Handy.«

»Mit welcher Begründung?«, fragte Thea Zinck.

»Er sagte, seine Eltern hätten eine Frau für ihn ausgesucht, aber er wäre lieber mit mir zusammen. Und er müsste erst alles mit seinen Eltern klären, bevor er sich zu mir bekennen könnte. Ich war so dumm. Er hatte nicht oft Zeit, aber Tayfun erklärte das mit seinem Job und mit den Verhältnissen in seiner Familie – und ich habe nicht weiter nachgefragt. Ich war sehr verliebt in ihn.« Sie schwieg und starrte auf die Tischplatte.

»Und dann haben Sie herausgefunden, dass er Sie belogen hat? Wie kam das?«

Tanja Weber schniefte, und Frau Koch reichte ihr ein Taschentuch. »Das war ein blöder Zufall. Ich habe mal mit einem Handy ein Foto von ihm gemacht, als er geschlafen hat. Das habe ich Yasemin gezeigt, mit der ich mich in der Abendschule angefreundet hatte.« Sie lächelte schief. »Wissen Sie, das war so eine Kabbelei zwischen uns, sie hat immer gesagt, ich hätte mir meinen Liebhaber nur ausgedacht, und ich wollte ihr das Gegenteil beweisen.« Sie verstummte wieder.

Thea Zinck wartete einen Moment, dann sagte sie: »Und Yasemin hat Ihnen dann erzählt, wer das ist?«

Tanja Weber nickte. »Ja. Dass der Mann ihr Bruder ist, dass er verheiratet ist und dass er einen kleinen Sohn hat.«

»Und Sie haben nie Yasemins Nachnamen und seinen in Verbindung gebracht?«

»Ich kannte seinen Nachnamen nicht«, flüsterte Tanja Weber. »Ich war doch noch nicht so lange mit ihm zusammen. Ich hab ihn auch nie danach gefragt. Es gab irgendwie keinen Grund dazu ...«

Frau Koch biss sich auf die Unterlippe, und Thea Zinck sagte: »Und weiter. Was hat Yasemin Ihnen noch über ihren Bruder erzählt?«

»Wie er seine Frau behandelt.«

»Nämlich wie?«

»Leyla wurde von ihm verprügelt, und er hat sie ... gezwungen, zum Sex, meine ich. Also vergewaltigt. Er wollte mehr Söhne. Leyla wollte das nicht. Sie wollte keine Kinder. Sie wollte die Scheidung. Aber sie wusste nicht, wie ... Und Yasemin hat ihr heimlich die Pille besorgt, und dann hat er die Packung gefunden und ist ausgerastet. An diesem Tag hat er sie dermaßen zusammengeschlagen, dass sie kaum noch laufen konnte. Er hat sie behandelt wie eine Sklavin. Yasemin war die Einzige in der Familie, die Leyla geholfen hat. Sie hat ihr auch Deutsch beigebracht. Tayfun wollte das nicht, und Leyla musste das vor ihm verheimlichen.« Sie holte zitternd Luft, und Frau Koch legte ihr den Arm um die Schultern.

Kai Stettner betrat den Raum und nickte seiner Chefin kurz zu, als er sich zu ihnen an den Tisch setzte.

»Kommissar Stettner betritt den Raum«, diktierte Thea Zinck in Richtung Aufnahmegerät. »Weiter: Sie kannten also die Wahrheit. Was passierte dann?«, fragte sie.

»Ich war völlig am Boden zerstört. Ich habe am nächsten Tag mit ihm Schluss gemacht.«

»Wie hat er reagiert?«

»Er wurde wütend und wollte wissen, woher ich das alles weiß. Ich habe Yasemin nicht verraten wollen und behauptet, ich hätte ihn zufällig mit seiner Frau gesehen … und jemanden in der Disco nach ihm gefragt. Er ist so wütend geworden. Er hat mich angeschrien, ich würde hinter seinem Rücken spionieren und dumme Fragen stellen. Er hat mich geschlagen und gebrüllt, ich wäre sowieso nur eine deutsche Hure.« Sie sackte zusammen und verbarg ihren Kopf mit ihren Armen.

Frau Koch drückte Tanja Weber an sich. Sie richtete sich wieder auf, fuhr sich mit der Rechten durchs Gesicht und sagte: »Scheiße … geht schon wieder.«

»Kommen wir zum letzten Freitag«, sagte Thea Zinck. »Wieso haben ausgerechnet Sie die Ehefrau von Tayfun Cetin ins Frauenhaus gebracht?«

»Yasemin stand plötzlich mit ihr vor meiner Tür. Leyla war für mich keine Nebenbuhlerin oder so, sie konnte ja nichts dafür, wie Tayfun sich verhalten hat. Im Gegenteil, sie war sein Opfer, und ich habe keinen Moment lang überlegt.«

»Wieso hatte Leyla ihren Sohn nicht bei sich?«

»Das ging nicht. Fatma Cetin, also Yasemins Mutter, hatte den Jungen mit ins Reisebüro genommen. Nach der Geschichte mit der Pille wurde Leyla tagsüber in die Wohnung eingeschlossen. Das ist im selben Haus, in dem die Cetins wohnen, eine Etage drüber. Aber Yasemin hatte sich einen Schlüssel besorgt. Und die Flucht war nicht geplant, im Gegenteil. Als Yasemin an diesem Tag zu Leyla gegangen ist, fand sie ihre Schwägerin zusammengeschlagen im Badezimmer. Tayfun hat immer schön aufgepasst, dass man nichts gesehen hat, ins Gesicht hat er sie nie geschlagen. Aber ihr Körper … grün und blau, schrecklich …«

»Und dann?«

»Sind die beiden einfach abgehauen. Yasemin hat das Richtige getan. Sie hat Leyla gepackt, ist mir ihr die Treppe runter und über den Hof. Dann sind sie auf Schleichwegen zu meiner Wohnung gelaufen. Niemand hat sie gesehen.«

»Was hatte Thorsten Gerlach mit alldem zu tun?«

»Yasemin und er ... sie hatten sich in der Abendschule ... angefreundet – etwas mehr als angefreundet. Ich glaube, die beiden waren verliebt ... Ja ... und er war zufällig zum Lernen bei mir, als die beiden kamen. Wir haben dann überlegt, wie wir Atila da rausholen können.«

»Und Thorsten Gerlach war sofort bereit mitzumachen?«

»Ja, er wollte Yasemin natürlich helfen. Und Leyla auch. Er hat gesehen, wie sie aussah. Da kann man nicht mehr weggucken.«

»Wie war der Plan?«

»Yasemin hat nach außen immer die fügsame Tochter gespielt. Niemand in der Familie hat auch nur geahnt, wie eng das Verhältnis zwischen Leyla und ihr war. Deshalb konnte sie Leyla nur schnell bei mir abliefern und musste sofort wieder zurück. Und sie wusste natürlich genau, dass nach Leylas Flucht die Aufregung groß sein würde. Sie hat später noch einmal bei mir angerufen, als sie mitbekommen hatte, dass die Männer für den nächsten Tag ein großes Treffen geplant hatten, bei dem organisiert werden sollte, Leyla zu suchen. Fatma sollte im Reisebüro bleiben, und Yasemin sollte auf den Kleinen aufpassen. Das war die Gelegenheit – dachten wir.« Sie begann wieder zu schluchzen. »Die wollten sich um elf Uhr versammeln, unten in der Wohnung der Cetins. Yasemin würde oben bei Atila sein und sollte sich heimlich mit ihm rausschleichen – und das hat ja auch geklappt. Thorsten sollte vor der Metzgerei stehen, Atila übernehmen und an mich übergeben.«

»Wo haben Sie gewartet?«

»Im Parkhaus an der Brückstraße, oben, auf dem vierten Deck, wo der Übergang zum Einkaufszentrum ist. Thorsten sollte mit dem Jungen durch die Passage ins Einkaufszentrum und dann hoch ins Parkhaus. Ich wollte dann mit Atila zum Frauenhaus fahren.«

»Was ist passiert?«

»Thorsten kam – aber ohne den Jungen. Er war total hysterisch. Es hätte eine Schießerei vorm Rathaus gegeben. Ein Auto wäre vorbeigerast ... und plötzlich sei eine Frau neben ihm tot umgefallen. Yasemin sei mit dem Kind an ihm vorbeigerannt und dann in der Metzgerei zusammengebrochen. Frau Koch hat mir dann erzählt, sie wüsste von der Polizei, dass Atila in einem Kinderheim sei. Aber wie er da hingekommen ist, weiß ich nicht.«

»Yasemin hat ihn mir gegeben«, sagte Kai Stettner leise.

»Ihnen? Aber wieso ... wo ...?« Tanja Weber sah Kai Stettner verblüfft an.

»Ich war zufällig da ... einkaufen«, erklärte Kai Stettner. »Sie hat gesagt, ich soll ihn in Sicherheit bringen. Das waren ihre letzten Worte. Ich hab Atila geschnappt und bin zur Hintertür raus.«

»Danke«, sagte Tanja Weber. Kai Stettner lächelte.

Thea Zinck verzog das Gesicht und sagte: »Frau Weber, ich möchte noch einmal auf eine Sache zurückkommen: Hat Thorsten Gerach gesagt, ob er die Leute in dem Auto erkannt hat?«

»Ja. Er hat mir gesagt, es waren Yasemins Brüder. Ich konnte das nicht glauben ... In der Zeitung hat dann ja auch gestanden, dass es eine russische Bande war, und ich hab' gedacht, Thorsten hat das nicht richtig gesehen ... in dem ganzen Chaos.«

»Woher wusste er, wie die Cetins aussehen?«

»Yasemin hatte ihm mal ein Foto gezeigt und ihm gesagt, welche Autos sie fahren. Das war eine Vorsichtsmaßnahme, weil sie was mit Thorsten hatte. Sie hat befürchtet, ihre Brüder würden ihm was antun, falls das mal auffliegt, ich meine mit ihrer Beziehung und so ... Und Thorsten sollte wissen, wie sie aussehen. Deswegen hab ich auch gedacht, dass er sich was einbildet ... wie kann man denn von einem Foto ... und dann in so einer Situation ...« Sie wischte sich die Tränen aus dem Gesicht. »Werden Sie sie jetzt verhaften?« Sie guckte Kai Stettner an.

Er nickte und wurde rot.

»Das werden wir. Sobald wir können. Uns fehlen allerdings noch stichhaltige Beweise«, sagte die Kommissarin.

»Aber meine Aussage! Thorsten hat gesagt, dass er sie erkannt hat!«

»Das gilt leider vor Gericht nicht als Beweis. Sie zitieren jemanden, der diese Aussage tragischerweise nicht mehr bestätigen kann«, erklärte Kai Stettner. »Aber wir wissen durch Sie, dass die Familie Cetin gelogen hat, was den Aufenthaltsort von Tayfuns Frau und den Jungen angeht. Da werden wir zuerst ansetzen. Und es gibt weitere Spuren, die wir so schnell wie möglich auswerten.«

»War Leyla Cetin bei einem Arzt, Frau Koch?«, fragte Thea Zinck.

»Das war sie. Ein Bericht liegt vor.«

»Gut«, sagte Thea Zinck und wandte sich wieder Tanja Weber zu: »Sie haben uns sehr geholfen. Dafür möchten wir uns bedanken.«

»Was werden Sie denn jetzt tun?«, fragte sie.

»Ich schicke Sie jetzt mit Frau Koch ins Frauenhaus. Dort bleiben Sie, bis wir Sie kontaktieren. Sie können noch nicht zurück in Ihre Wohnung.« Frau Koch nickte Tanja Weber zu und sagte: »Das ist die beste Lösung.«

»Es werden höchstens ein paar Tage sein«, sagte Kai Stettner.

Kapitel 31

»Gib doch mal Gas«, sagte Thea Zinck, als sie vom Parkplatz des Präsidiums losfuhren. Sie griff ins Handschuhfach, kurbelte das Seitenfenster herunter, setzte das Blaulicht aufs Autodach und schaltete die Sirene ein. »Bist du immer noch nicht nüchtern?«, übertönte sie das Martinshorn, als der Wagen mit quietschenden Reifen auf die Hauptstraße schoss.

Die Autos vor ihnen bildeten eine Gasse, durch die sie die Straße herunterrasten, bis sie in das Viertel abbogen, in dem die Cetins wohnten. In den schmalen Straßen kam Kai Stettner nur langsam vorwärts. Passanten blieben stehen und sahen ihnen hinterher; Kinder folgten ihnen auf Fahrrädern und Tretrollern.

»Wir brauchen Verstärkung«, sagte Thea Zinck und brüllte Befehle in ihr Handy. »Wo ist überhaupt Özgü?«

»Ich glaub, schon im Boxclub. Die Schränke der Cetins filzen, wegen der DNA und den Fingerabdrücken ...« Kai Stettner musste hart bremsen, als drei verschleierte Frauen mit Kinderwagen die Straße kreuzten. Statt schneller zu gehen, blieben sie stehen und starrten sie an.

Thea Zinck streckte den Kopf aus dem Beifahrerfenster und schrie: »Defol! Straße frei oder ich mach euch Beine, verstanden?«

Die Frauen schüttelten die Fäuste gegen sie, gingen dann aber eilig weiter. Kai Stettner gab Gas und preschte mit quietschenden Reifen um die nächste Kurve. Tayfun und Hakan Cetin verließen gerade das Haus, Hakan trug Atila auf dem Arm. Sie liefen auf Tayfun Cetins BMW zu. Wieder ging die Haustür auf, und eine verschleierte junge Frau stürzte schreiend auf die Straße. Thea Zinck griff nach Kai Stettners Arm und rief: »Stopp!« Er trat auf die Bremse und der Jeep kam schlingernd zum Stehen.

»Das muss Leyla sein«, sagte er. Das Martinshorn auf dem Dach lief langsam aus.

Leyla schrie nach ihrem Sohn. Sie hatte Tayfun eingeholt und zerrte an seinem Ärmel. Er holte aus. Seine Faust traf sie mitten ins Gesicht. Blut schoss aus ihrer Nase, und sie stürzte zu Boden. Als sie sich wieder aufrichten wollte, drehte er sich um und trat sie in die Seite. Dann spuckte er vor ihr aus.

Als Tayfun die Fahrertür des BMW öffnete, kamen zwei Mannschaftswagen der Polizei am anderen Ende der Straße in Sicht. Kai Stettner legte den Rückwärtsgang ein, riss das Lenkrad herum und stellte den Jeep quer auf die Straße.

Leyla war auf allen vieren zu Tayfun gekrochen und klammerte sich an seine Beine.

Thea Zinck und Kai Stettner stiegen aus dem Auto und gingen auf die Cetins zu. Aus den Augenwinkeln beobachtete die Kommissarin, wie mehr und mehr Gesichter in den Fenstern erschienen, Haustüren aufgingen und Anwohner auf die Straße traten. Die Kollegen aus den Mannschaftswagen waren ebenfalls ausgestiegen und gingen langsam auf die Cetins zu.

»Scheiße«, murmelte Thea Zinck, als Bekir Cetin aus dem Haus kam und auf seine Brüder zurannte.

Er schrie etwas auf Türkisch und zeigte auf Atila. Tayfun Cetin zog eine Waffe aus seinem Hosenbund und zielte auf seinen Bruder.

Kai Stettner sagte: »Was redet er denn? Mist!«

Im selben Moment brüllte Bekir: »Leyla, hau ab!« Er warf sich auf Tayfun und riss ihn zu Boden. Ein Schuss löste sich, und die Menschen auf der Straße rannten schreiend auseinander. Bekir holte aus und schlug seinen Bruder ins Gesicht. Tayfuns Körper erschlaffte.

Hakan drehte sich um, aber bevor er flüchten konnte,

hatte Bekir Tayfuns Waffe in der Hand. »Gib mir Atila«, keuchte Bekir. »Hakan, ich drücke ab.«

Hakan sagte etwas auf Türkisch. Bekir machte ein paar Schritte auf seinen Bruder zu und hielt ihm die Waffe direkt auf die Stirn. »Auf die Knie, Hakan. AUF DIE KNIE!«

Hakan zitterte am ganzen Körper und ließ sich auf die Knie fallen.

Bekir nahm den Arm des kleinen Jungen und zog ihn zu sich heran.

Ohne Hakan aus den Augen zu lassen, ging er langsam rückwärts auf Thea Zinck und Kai Stettner zu. Erst als er direkt vor ihnen stand, ließ er die Waffe fallen und sagte: »Sie können mich verhaften. Ich habe meine Schwester Yasemin ermordet. Allein.«

»Bring mich nicht zum Lachen«, sagte Thea Zinck und hob die Pistole auf und sicherte sie. Eine Polizistin kam herbeigelaufen, nahm Atila auf den Arm und brachte ihn zum Mannschaftswagen. Atila winkte Bekir zum Abschied. Bekir winkte zurück.

»Und du willst die Schuld auf dich nehmen? Bitte sehr, davon wird Yasemin auch nicht mehr lebendig. Außerdem kriegen wir deine Brüder wegen des Mordes an Thorsten Gerlach sowieso dran.«

Zwei Polizeibeamte nahmen Bekir Cetin in ihre Mitte und brachten ihn weg.

Im ersten Stock wurde plötzlich ein Fenster aufgerissen, und Fatma Cetin beugte sich hinaus und schrie aus Leibeskräften. Abdul und Osman Cetin tauchten hinter ihr auf. Sie packten Fatma bei den Schultern und rissen sie vom Fenster weg. Dann wurde das Fenster geschlossen, und es war wieder still.

Kai Stettner legte Hakan Cetin Handschellen an. Thea Zinck trat auf ihn zu, hielt ihm die Waffe unter die Nase und starrte ihm direkt in die Augen. Dann sagte sie leise etwas auf Türkisch. Hakan Cetin spuckte ihr ins Gesicht und schrie: »Yasemin war eine Hure! Sie kann froh sein, dass ich sie erschossen habe. Sie hatte es verdient, gesteinigt zu werden!«

Thea Zinck fing an zu lachen. Kai Stettner starrte sie fassungslos an.

»So rettet ihr eure Ehre?«, sagte die Kommissarin. »Indem ihr eurer Schwester in den Rücken schießt? Du bist ein Mörder, der sich hinter Allah und einer nicht näher definierten Scheißehre versteckt! Du bist ein *namussuz adam*. So sagt ihr doch? Oder? Ein ehrloser Mann. Ich hoffe, dass das alle hier verstanden haben. Sieht so Ehre aus?« Sie drehte sich um und starrte in die Menschenmenge. Dann gab sie den Kollegen ein Zeichen. Tayfun und Hakan Cetin wurden abgeführt und in einen Streifenwagen gesetzt. Thea Zinck rief ihnen hinterher: »Feiges Gesocks ... schiebt euch euren Koran doch ...«

»Chef ... es ist genug«, sagte Kai Stettner barsch.

»Ja, ja ...« Thea Zinck zog Kai Stettner mit, als sie um den BMW herumging. Auf der anderen Seite kniete eine Polizeibeamtin neben Leyla Cetin, die immer noch wimmernd auf der Straße lag und sich die Ohren zuhielt. Die Beamtin zuckte die Schultern und sagte: »Sie ist völlig weggetreten.«

Thea Zinck übergab die Pistole der Beamtin und sagte: »Ins Labor.« Dann packte sie Leyla bei den Schultern, drehte sie mit einem Ruck um und drückte sie fest an sich. Leyla hustete, atmete dann aber ruhiger.

»Leyla«, sagte Thea Zinck sanft, »Sie sind doch Leyla?«

Die junge Frau rang nach Luft. Ihr Gesicht war aufgequollen und zerkratzt. Blut sickerte aus ihrer Nase und tropfte auf Thea Zincks Hände.

Kai Stettner suchte in seinen Jackentaschen und zog ein angeschmuddeltes Stofftaschentuch heraus, das er

Leyla Cetin in die Hand drückte. »Es ist vorbei, Leyla«, sagte Thea Zinck leise und klopfte ihr auf den Rücken. »Kommen Sie. Ihr Sohn wartet auf Sie.« Die Kommissarin half der jungen Frau aufzustehen.

Leyla Cetin taumelte und sah sich um.

»Alles in Ordnung«, sagte Kai Stettner. »Da ist Atila.« Er winkte der Beamtin, die Atila auf dem Arm hatte. »Bring den Jungen her!«

Atila winkte und rief: »Aneh, aneh ...«

Leyla Cetin schloss ihren Sohn in die Arme. Die Kommissarin wartete einen Moment, dann sagte sie: »Kommen Sie.«

»Wo ist Tanja? Bitte«, stammelte Leyla Cetin.

Thea Zinck nickte. »Okay. Zuerst bringen wir Sie ins Krankenhaus zur Untersuchung. Nur zur Sicherheit. Wenn die Ärzte Sie gehen lassen, können Sie dann zu Tanja Weber fahren. Eine Beamtin wird Sie die ganze Zeit begleiten. Stettner, ruf bitte im Frauenhaus an und sag Bescheid, dass Frau Weber zurück in ihre Wohnung kann.« Sie legte den Arm um Leylas Schultern und führte sie zu Kai Stettners Auto.

Vor dem Einsteigen zögerte Leyla und warf einen furchtsamen Blick zurück. »Unsere Sachen«, murmelte sie, »meine Papiere, mein Pass.«

»Machen Sie sich keine Sorgen, darum kümmern wir uns. Steigen Sie bitte ein, es wird Zeit, dass wir hier verschwinden. Ich will nicht auf einen Krankenwagen warten«, sagte Thea Zinck und winkte eine Beamtin in Uniform heran: »Sie fahren mit.«

Während Leyla Cetin ihren Sohn auf die Rückbank setzte und hinterherkletterte, sah Thea Zinck sich um. Sie blickte in verschlossene und zornige Gesichter, junge Männer ballten drohend die Fäuste, Frauen mit Kopftuch schienen Verwünschungen zu murmeln, ältere Männer spuckten aus.

Kai Stettner ließ den Motor an und schaltete das Martinshorn ein. Die Kommissarin knallte die Beifahrertür zu. Die Beamtin in Uniform stieg als Letzte ein.

Die Gaffer wichen vor dem Wagen nur langsam zurück. Thea Zinck holte ihren Flachmann aus der Tasche.

Kai Stettner riss ihr die Flasche aus der Hand.

»Kai, misch dich nicht ein. Es gibt Tage, da kann ich gar nicht so viel saufen, wie ich kotzen möchte«, fauchte die Kommissarin.

Kai Stettner warf die Flasche unter seinen Sitz. »Aber nicht jetzt.«

Kapitel 32

Lothar Özgü und Kai Stettner stießen die Tür zu Ritas Kneipe auf. Sie war, bis auf zwei Männer, die sich an ihrem letzten Glas Bier festhielten, leer.

»Ich habe gerade abkassiert, Jungs«, sagte Rita mit Blick auf die Uhr. »Feierabend für heute.«

»Nur ein Bier, Rita«, bat Özgü, »wir hatten einen harten Tag.«

»Hab schon gehört.« Rita grinste. »Fall gelöst, hm? Und euer neuer Kollege hier«, sie lächelte Stettner an, »ist der Held der Stunde. Wisst ihr was? Ich gebe euch einen aus. Willst du eins mit Alkohol, Lothar?«

Özgü nickte, und sie stellte zwei frisch gezapfte Pils auf den Tresen.

»Danke, Rita, du bist die Beste. Wenn du willst, helfen wir dir gleich beim Aufräumen. Oder, Stettner?«

Stettner nickte und griff nach seinem Bier.

»Wenn du mir das noch mal anbietest, stell ich dich hier als Putze ein, Lothar. Ist ja geradezu unheimlich, wie gern du hier aufräumen möchtest. Hilf lieber deiner Frau im Haushalt.«

»Tu ich sowieso. Ich bin ein vorbildlicher Gatte.« Özgü prostete grinsend seinem Kollegen zu und trank. »Und woher weißt du schon wieder über alles Bescheid, Rita? Hast du eine Wanze im Präsidium?«

»Weil vorhin ein paar reuige Sünder hier waren, um ihre Schulden zu bezahlen. Ganz klein mit Hut waren die, richtig süß. Ein Schein nach dem anderen kam über die Theke geflogen.«

»Tja, Hauptsache, die lungern nicht auf der Straße rum«, sagte Özgü lachend.

»Die Türken sollen sogar geschossen haben. Stimmt

das?«, sagte Rita und guckte Kai Stettner neugierig an.

»Alles halb so schlimm«, sagte er, »Frau Zinck und ich waren nie wirklich in Gefahr.«

»Jetzt stell mal dein Licht nicht unter den Scheffel«, warf Özgü ein, »das hätte ganz schön nach hinten losgehen können.«

Stettner schüttelte den Kopf. »Nee, im Ernst, ich bin der Zinck echt nur hinterhergelaufen. Das ging alles so rasend schnell.«

»Das Ergebnis zählt. Wollt ihr noch ein kleines Pils? Ich drehe sonst jetzt die Zapfhähne hoch«, sagte Rita.

Beide Männer nickten, und sie stellte zwei frische Bier mit perfekter Schaumkrone auf die Theke. Dann reinigte sie die Zapfanlage, polierte ein paar gespülte Gläser und räumte sie in das Regal hinter sich. Stettner und Özgü sahen ihr schweigend zu, die beiden anderen Gäste stellten ihre Gläser auf den Tresen und gingen hinaus.

»Hast du eine Ahnung, was jetzt mit der Zinck passiert?«, fragte Özgü plötzlich. »Hatte sie schon Feindkontakt mit Abels?«

Stettner schüttelte den Kopf. »Nee. Ich habe sie zu Hause abgesetzt, bevor ich ins Präsidium gefahren bin.«

»Wahrscheinlich besser so. Ich kann mir aber nicht vorstellen, dass Abels die Suspendierung aufrechterhält, das kann er sich eigentlich nicht leisten. Wo ist Leyla Cetin jetzt?«

»Bei Tanja Weber. Ich habe ihre Vernehmung dort durchgeführt. Du kannst dir nicht vorstellen, was sie durchgemacht hat ... was beide Frauen durchgemacht haben ...«

»Ist sie hübsch?«, fragte Lothar Özgü.

»Wer?«

»Ach, nix«, sagte Özgü. »Wie weit seid ihr mit den Brüdern?«

»Ich weiß nicht, ob wir Tayfun Cetin für den Mord an

seiner Schwester drankriegen. Hängt davon ab, ob Bekir Cetin redet oder nicht. Aber ich hoffe, dass Tayfun in der Wohnung von Thorsten Gerlach Spuren hinterlassen hat. Du hast doch die Sachen aus dem Boxclub ins Labor gebracht?«

»Na klar. So viel DNA und Fingerabdrücke, da kannst du einen klonen, wenn du willst.«

»Hakan hat ja blöderweise auf offener Straße rumposaunt, dass er auf seine Schwester geschossen hat. Dieser Bekir, der tut mir fast leid.«

»Mitgegangen, mitgehangen«, sagte Özgü achselzuckend. »Mein Mitleid hält sich in Grenzen, um ehrlich zu sein. Was passiert weiter mit Leyla Cetin?«

»Frau Koch kümmert sich um sie. Wohnung suchen und so ... Und Leyla hat mit ihrer Familie in der Türkei telefoniert. Die landen morgen Mittag in Düsseldorf, um ihr hier zu helfen. Sie wird nicht in die Türkei zurückgehen.«

»Echt? Die wollen ihr helfen?« Özgüs Augenbrauen wanderten fast bis zum Haaransatz.

Stettner nickte. »Leyla war überglücklich. Ich glaube, sie hatte mit einer anderen Reaktion gerechnet.«

»Würde ich an ihrer Stelle auch«, sagte Özgü.

»Wie meinst du das?«

Rita hatte begonnen, die Stühle und Barhocker hochzustellen. »Austrinken, Jungs. Ich lasse euch raus.« Sie schloss ihnen die Eingangstür auf. »Bis die Tage.«

»Bis die Tage, Rita«, antworteten Stettner und Özgü im Chor, als sie in die Dunkelheit hinaustraten.

Die Nachtschwester des Altenheims ließ ihn herein.

»Herr Stettner, endlich. Frau Meissner hat den ganzen Tag versucht, Sie zu erreichen. Mindestens achtmal«, sagte sie in vorwurfsvollem Ton.

»Ich weiß. Ich hatte einen Einsatz. Ich hab die Nachrichten auf der Mailbox erst vorhin gesehen. Was ist denn passiert?«

»Nichts Schlimmes. Frau Meissner hat gute Neuigkeiten für Sie.« Sie holte aus einer Mappe auf ihrem Schreibtisch einen großen Umschlag. »Hier, das soll ich Ihnen geben.«

»Danke. Kann ich zu meinem Vater?«

Die Betreuerin nickte. »Ich habe vorhin nach ihm gesehen, da hat er tief und fest geschlafen. Aber gehen Sie ruhig zu ihm. Und wenn Sie wieder raus wollen, sagen Sie mir Bescheid.«

Kai Stettner bedankte sich bei ihr und ging den Gang entlang, bis zum Zimmer seines Vaters. Vorsichtig drückte er die Klinke herunter und trat auf Zehenspitzen ein.

Die alte Stehlampe neben dem großen Ohrensessel warf gedämpftes Licht in den Raum. Auf dem Tisch stand ein Tablett mit unberührten belegten Broten, die Ecken der angetrockneten Käsescheiben bogen sich bereits nach oben, die Salami schwitzte und verströmte einen stechenden Geruch.

Der alte Mann lag auf dem Rücken in seinem Bett und schnarchte leise. Mehrere Kissen im Rücken stützten seinen Oberkörper. Unter dem voluminösen Federbett wirkte sein abgemagerter Körper noch zerbrechlicher als sonst; er schien kaum größer als ein Kind zu sein. Stettner nahm sich ein Salamibrot vom Teller und setzte sich in den Ohrensessel. Langsam kaute er das Brot, während er den Umschlag öffnete. Ein Prospekt und mehrere Antragsformulare rutschten heraus. Auf dem Prospekt klebte ein Notizzettel.

»Herr Stettner, ich freue mich, Ihnen mitteilen zu können, dass ich für Ihren Herrn Vater einen Platz in einem sehr guten Pflegeheim gefunden habe. Alle Informationen finden Sie in den beiliegenden Unterlagen. Bitte melden

Sie sich schnellstmöglich bei mir, damit wir alles in die Wege leiten können.« Unterschrieben war die Nachricht mit »*Meissner*«.

Kai Stettner lehnte sich im Sessel zurück und legte die Füße auf den dazugehörigen Hocker. Eine Minute später war er eingeschlafen.

Kapitel 33

Siebter Tag: Freitag

»Guten Morgen, Herr Stettner!«

Er rappelte sich aus dem Sessel hoch und brauchte einige Sekunden, um sich zu orientieren.

In der Zimmertür stand eine Pflegerin, eine Hand auf ihre Brust gepresst, und keuchte: »Mein Gott, Stettner junior, haben Sie mich erschreckt!«

»Tut mir leid, ich bin gestern Nacht hier eingeschlafen«, murmelte er. Die Frau atmete erleichtert aus. »Möchten Sie mit Ihrem Vater frühstücken? Ich sage in der Küche Bescheid. Kaffee oder Tee für Sie?«

»Kaffee, aber ich möchte Ihnen keine Mühe machen.« Er streckte sich und drehte seinen Kopf hin und her. Seine Halswirbel knackten.

»Sie machen mir keine Mühe. Wenn Sie mit ihm essen, na ja, dann nehmen Sie mir Arbeit ab, um ehrlich zu sein«, sagte sie und verließ das Zimmer.

Kai Stettner weckte seinen Vater. Wie ein kleines Kind sträubte sich der alte Mann gegen das Zähneputzen, quengelte und drehte seinen Kopf weg, wenn sich die Zahnbürste näherte.

»Musst du heute nicht zur Schule?«, fragte der alte Mann.

»Erst zur dritten Stunde«, sagte Stettner, putzte seinem Vater den Mund ab und führte ihn zum Tisch.

»Guck mal«, sagte er und zeigte auf ein Bild in der Broschüre.

Sein Vater nahm das Heft und blätterte es konzentriert durch. Ab und zu zeigte er auf ein Bild und lächelte.

»Gefällt dir das Haus?«

»Der Garten ist schön. Da ist Wasser. Ist das Helgoland?«

»Genau«, log Kai Stettner.

»Dann fahren wir wieder mit dem Schiff?«

»Ja, Paps. Und du wirst mir beim Aussteigen helfen.«

»Du willst immer der Erste sein. So wie letztes Jahr. Da wärst du beinahe abgerutscht, wenn ich dich nicht gerettet hätte.«

»Genau. Wenn du nicht gewesen wärst.«

»Wie lange bleiben wir? Die ganzen Sommerferien?«

»Ja«, sagte Kai Stettner.

»Gut. Gehen wir.« Der alte Mann stand mühsam von seinem Stuhl auf.

Kai Stettner zog ihn sanft wieder zurück. »Nicht jetzt sofort, Paps.«

»Nein? Warum nicht?«

Kai Stettner seufzte. »Wir müssen jede Menge vorbereiten. Ich muss auch erst noch das Hotel anrufen, dass wir kommen. Ich wollte dich vorher fragen. Es muss dir ja gefallen.«

Sein Vater nickte. »Wir haben genug Geld, Kai.«

»Ich weiß. Du hast ein Sparbuch ...«

Kai Stettner trank seinen Kaffee aus. Sein Vater war in den Anblick seines Sparbuches vertieft. Das Handy klingelte, und Kai Stettner nahm das Gespräch an. Er freute sich, die Stimme von Tanja Weber am anderen Ende der Leitung zu hören. »Herr Stettner, ich habe Leyla gestern erzählt, dass Sie der Mann waren, der Atila gerettet hat. Und jetzt lässt sie mir keine Ruhe.«

»Was möchte Sie denn?« Kai Stettner lächelte und nickte seinem Vater aufmunternd zu, der das Sparbuch hochhielt.

»Sie möchte, dass Sie mit zum Flughafen kommen, damit ihre Eltern Sie sofort kennenlernen und sich bei

Ihnen bedanken können. Ihre Familie ist überglücklich, dass dem Kleinen nix passiert ist. Bitte, wenn Sie es einrichten können? Und wenn Sie vielleicht die Kommissarin …?«

Kai Stettner guckte auf seine Uhr. »Wann landet der Flieger in Düsseldorf?«

Es war fast halb zehn, als Kai Stettner das Altenheim verließ. Kurz entschlossen schlug er den Weg zu Thea Zincks Wohnung ein. Er parkte vor ihrem Haus und wählte ihre Handynummer. Die Mailbox sprang an: »Hallo, Frau Zinck, Kai Stettner hier … Ich würde Sie gerne sprechen, es geht um Leyla … Na ja, sie möchte …«

Ein dunkelgrüner Jaguar schnurrte heran und hielt hinter seinem Wagen. Kai Stettner klappte sein Handy zusammen und steckte es wieder ein. Er drehte sich um und erkannte Grischa auf dem Fahrersitz. Auf dem Beifahrersitz saß ein Mann, der wie Grischas Zwilling aussah. Die Autotüren gingen auf, und die beiden Muskelpakete schälten sich aus den Sitzen.

Kai Stettner stieg aus. Sascha öffnete die hintere Autotür. Thea Zinck streckte einen Arm aus dem Auto, den der Russe sich um die Schulter legte. Halb bewusstlos wurde sie aus dem Auto gezogen. Grischa nahm den anderen Arm, und gemeinsam schleppten sie die Kommissarin zur Haustür. Sascha hielt einen dicken Schlüsselbund in der Hand und wählte mit einem Griff den richtigen. Grischa drehte sich zu ihm um und fragte: »Hallo, Kai. Willst du mitkommen?«

Kai Stettner winkte ab.

»Hey«, lallte die Kommissarin. »Stettner, was willst du hier?«

»Gar nichts, Frau Zinck. Gar nichts«, sagte er.

»Kom' ma' her, ich hab' was für dich …«

Kai Stettner zögerte, ging dann aber über die Straße.

»Lass mal los, Sascha«, lallte Thea Zinck und griff umständlich in ihre Jackentasche. »Hier, kannstuhaben.« Sie streckte Kai Stettner ihre rechte Faust entgegen. Grischa nickte ihm zu, und er hielt die Hand auf. Thea Zinck öffnete ihre Faust, und eine Patronenhülse fiel hinein. »Derkleineschpass, weisstu, mit Horst ...«

Kai Stettner schüttelte den Kopf und sagte: »Ja, Chef. Danke.«

»Und jetzt hau ab, und lass dich feiern ... Kleiner.«

Grischa und Sascha schoben die Kommissarin in den Hausflur. Die Tür fiel hinter ihnen ins Schloss. Kai Stettner steckte kopfschüttelnd die Patronenhülse ein und ging zu seinem Wagen.

Zwei Stunden später standen er und Tanja Weber im Gewimmel der Ankunftshalle des Düsseldorfer Flughafens. Leyla hatte sich direkt vor den Ausgang der Gepäckausgabe gestellt. Atila hopste und zappelte vor Aufregung an ihrer Hand.

Tanja Weber warf einen Blick auf einen der Monitore. Laut Anzeige war die Maschine aus Istanbul längst gelandet, aber noch war keiner der Passagiere durch die Tür mit der Aufschrift *Zoll* gekommen.

»Was dauert denn da so lange?«, sagte sie. Kai Stettner legte ihr beruhigend die Hand auf den Arm. »Das dauert doch immer eine Ewigkeit mit den Koffern.«

Plötzlich kam Bewegung in die Menschen, denn die große Schiebetür hatte sich geöffnet, und die ersten Passagiere kamen heraus.

Leyla hob Atila auf den Arm und stellte sich auf die Zehenspitzen. Plötzlich schrie sie vor Freude: »Aneh!«, und eine kleine, rundliche Frau lächelte und winkte ihr zu. Neben der Frau ging ein älterer, gebeugter Mann mit grauem Bart. Dahinter ein schlaksiger Junge im Teenageralter.

»Da ist ihr Vater. Und das muss Emrah sein. Leylas kleiner Bruder«, sagte Tanja Weber aufgekratzt. »Sie hat ihn so lange nicht gesehen.«

Leyla übergab Atila an ihre Mutter, die ihren Enkel herzte und in den Armen wiegte. Ihr Vater trat einen Schritt zur Seite, um Platz für Emrah zu machen. Leylas Augen strahlten, und sie schloss ihren Bruder in die Arme.

Leyla drehte den Kopf und winkte Kai Stettner und Tanja Weber zu, näher zu kommen. Im selben Augenblick holte Emrah aus. Tanja Weber sah das Messer in seiner Hand und schrie. Leyla griff sich an den Hals. Das Blut sprudelte zwischen ihren Fingern hervor. Emrah stieß seine Schwester zu Boden und rannte mit dem Messer in der Hand an Tanja Weber vorbei in Richtung Ausgang. Die Menschen stoben schreiend auseinander. Die automatischen Türen am Ausgang öffneten sich nur langsam. Emrah strauchelte und prallte gegen das Glas.

Kai Stettner zog seine Waffe und schoss.

Danksagung

Allen, die geholfen haben.

Peter Gerdes
Fürchte die Dunkelheit
Kriminalroman
978-3-934927-60-5
272 S.; 11,90 Euro

Wolke de Witt
Sturm im Zollhaus
Ostfrieslandkrimi
978-934927-77-3
224 S.; 8,90 Euro

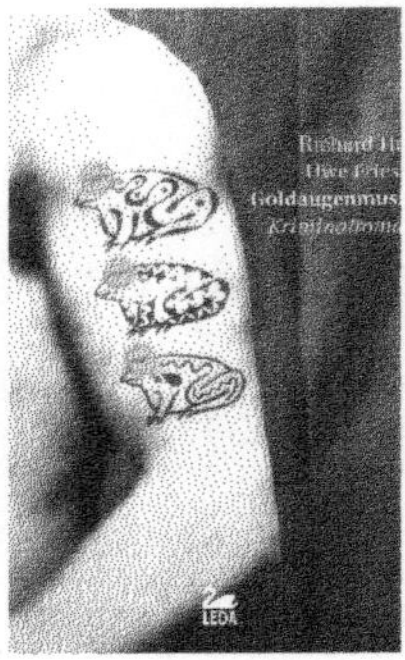

Richard Hey/
Uwe Friesel
Goldaugenmusik
Kriminalroman
978-3-934927-74-2
324 Seiten; 9,90 Euro

Mischa Bach
Stimmengewirr
Kriminalroman
978-3-934927-79-7
352 Seiten
9,90 Euro

Klaus Nührig
Penny Lane
Braunschweig-Krimi
978-3-939689-08-9
ca 272 Seiten
9,90 Euro

Peter Gerdes
Sand und Asche
Inselkrimi
Langeoog
978-3-939689-11-9
320 S.; 9,90 Euro

Mischa Bach
Rattes Gift
Ostfrieslandkrimi
978-3-939689-23-2
256 Seiten
9,90 Euro

Ulrich Hefner
Das Lächeln der toten Augen
Frieslandkrimi
978-3-93968917-1
448 Seiten; 9,90

Barbara Wendelken
Berbertod
Ostfrieslandkrimi
Wilhelmshaven
978-3-934927-95-7
224 Seiten; 8,90

Maeve Carels
Zur ewigen Erinnerung
OstFrieslandkrimi
978-3-939689-08-9
400 Seiten; 9,90 Euro

Peter Gerdes
Der siebte Schlüssel
Ostfrieslandkrimi
978-3-934927-99-5
320 S.; 9,90 Euro

Klaus Nührig
Auge
Kriminalroman
978-3-934927-20-9
144 Seiten
10 Euro